JANE DOE
E O BERÇO DOS MUNDOS

JEREMY LACHLAN

TRADUÇÃO SANTIAGO NAZARIAN

15
PARTE UM

.

93
PARTE DOIS

.

209
PARTE TRÊS

Para a mãe e o pai.

"Não se pode mapear esse terreno sagrado.
Este é um lugar *entre* lugares, um lugar mortal.
Aventureiros, cuidado: apenas os dignos
podem passar entre mundos."

ARUNDHATI RIGGS & A PORTA COLOSSAL

ESTE NÃO É O COMEÇO

O LAMPIÃO DELA PROCURA ENTRE A ESCURIDÃO. TEIAS SE PARTEM nos dedos; aranhas fogem. Ela passa uma mão sobre a parede de pedra do túnel e respira fundo, saboreando o cheiro da umidade, da terra, do desconhecido. Sentia falta disso. O povo acha que ela é velha, mas são todos uns bobos. Winifred Robin é um dos Grandes Aventureiros. Pode ser idosa, mas sua história está longe do fim. Nesta noite algo mudou. Ela pretende descobrir o que e por quê.

Winifred estava fazendo uma pesquisa nas catacumbas quando houve o terremoto. O chão tremeu, os pergaminhos balançaram. Velas caíram das paredes, apagadas. Um som profundo rugiu em direção a ela — o eco de pedra quebrando —, mas não foi bem o que ouviu nem o que ela sentiu momentos depois o que a intrigou.

Um hálito sinistro. Uma brisa.

Algo sopra em direção a ela agora, fazendo as teias dançarem. Ela está perto.

Há uma fenda ao redor da próxima curva. Um vazio longo e escuro, feito as trevas de mil anos; tão denso, que até a luz do lampião se afasta dele. Winifred não pensa em voltar atrás nem por um segundo. Essa é uma mulher que derrotou exércitos, enganou a morte, enfrentou deuses. Há apenas duas coisas que ela teme em todos os mundos. E altura não é uma delas.

Com o lampião preso ao cinto, ela escala pelo canto. Uma rocha cai na fenda. A escuridão a absorve. Não consegue escutar o barulho da rocha batendo no chão. Tira aranhas enquanto passa pela parede. São uns bichos peludos, do tamanho da palma da mão. A brisa das profundezas a envolve, mas ela chega em segurança ao outro lado. Endireita o manto carmim. Atreve-se a dar um sorriso.

Segue com precaução agora. A ilha de Bluehaven está tomada de minas abandonadas e de passagens secretas. Inclusive esta, fincada lá em segredo há mil anos, selada do mundo. Agora, no segundo aniversário da Noite de Todas as Catástrofes — dois anos desde que os terremotos começaram —, essa passagem se abriu.

Ela não acredita em coincidência. A mulher sabe que segredos são mantidos por um motivo.

Há uma pequena câmara entalhada na rocha no final do túnel. A luz dourada do lampião de Winifred joga uma luz dourada nas paredes quando pisa lá dentro. Franze a testa. Não há fendas aqui, nenhuma aranha. Na verdade, não há nada. A câmara está vazia.

Ela se vira no local, buscando, esperando por uma passagem secreta, um outro caminho. Será que alguém esteve lá antes dela? Escalou a fenda por um outro túnel?

O chão está liso. Sem pegadas. Nenhuma armadilha mortal armada na pedra. Ela caminha pela câmara, corre uma mão sobre a parede dos fundos, daí encontra: um pequeno símbolo gasto: vermelho-ferrugem, como sangue seco. Um antigo hieróglifo. Um triângulo com um lado curvado para dentro, como a vela de um navio ou uma onda, dentro de um círculo.

Incrível. Winifred conhece o símbolo — ela tem varrido a Grande Biblioteca por dois anos tentando descobrir seu significado. E aqui está. Estava bem debaixo de seus pés o tempo todo. Mas como? Por quê?

O símbolo a chama. Sussurra numa língua estrangeira, arcaica.

Ela o toca. O símbolo pisca, branco e ofuscante. Uma rajada de vento fantasma uiva pela câmara, acertando seu manto, levantando a poeira.

Winifred tenta tirar a mão da parede, mas está presa, fixa no símbolo, como se tostada numa chapa quente.

A dor é insuportável. Porém, não em sua mão. Em sua cabeça.

Winifred vê coisas. Flashes diante dos olhos. Uma história se desdobrando em sua mente como um livro lido rapidamente. Mas não *apenas* uma história. Algo real — ou que pelo menos será.

Uma visão do que está por vir.

Há uma fenda. Uma jaula. Um sacrifício. Há uma longa jornada, um enganador e um aliado. Há horrores do próprio passado de Winifred, nascidos das areias de um mundo distante, que a enchem de um arrepio que ela não sentia há tempo. Há rochas e ruínas. Morte e destruição. Quando Winifred acha que não pode suportar mais, o vento fantasma cessa, a pedra na sua frente se parte em mil pedaços e é jogada para trás. As trevas se apoderam dela.

Winifred não tem certeza de quanto tempo ficou apagada. Quando volta a si, seu lampião já está quase seco. A poeira baixou. O símbolo desapareceu. Ela se sente estranha. Esvaída de toda a energia, e ainda assim tomada de algo mais. Um amargo senso de propósito. A visão foi um presente, um aviso, um conjunto de instruções dos próprios Criadores. Winifred *viu*; porém, mais do que isso, ela entendeu. Há coisas que ela precisa fazer.

Coisas terríveis.

Esse presente vem com um preço.

Winifred fica de pé. Apoia na parede rachada uma mão ossuda, marcada. Ela sabe o que há além da pedra. Um mundo além da imaginação. Sua mão treme. Ela não consegue se lembrar da última vez em que chorou, mas se permite agora. Chora pelas coisas que fez, pelas coisas que está prestes a fazer e pela longa estrada que se abre diante dela. Quando termina, pigarreia e ajeita novamente o manto carmim.

Já chega. Ela precisa deixar este lugar — deixar e nunca mais voltar — porque o espanto do outro lado da parede é para outra pessoa. Esta não é a história de Winifred, afinal. É a história de Jane Doe. A menina dos olhos de âmbar.

PARTE · UM

DOZE ANOS DEPOIS

ESTOU ENCRENCADA DE NOVO. É UM RISCO PROFISSIONAL QUANDO você é conhecida como a Amaldiçoada, a Indesejada, a Portadora da Praga, uma Djinn. Tempo fechado, colheita perdida, cachorrinho desaparecido — eu sempre levo a culpa. Não tenho ideia do que fiz desta vez. Só sei que a Sra. Hollow está fazendo outro ritual de limpeza no topo da escada do porão. Murmurando para ela mesma coisas como "abominação repugnante" e "mancha catastrófica de proporções inconcebíveis". Está na cara que ela, de novo, andou procurando palavras difíceis no dicionário. Nunca é um bom sinal.

Normalmente, eu me prepararia para que a coisa demorasse. Eu me sentaria nas sombras, roeria as unhas, cantaria uma música. Mas não hoje.

Hoje preciso ir a um lugar. Hoje tenho um segredo.

Eu entro na faixa de luz emitida pela porta aberta.

— Hum, Sra. Hollow?

— Psiu! — A mulher é alta e magrela. Olhos piscantes, parecendo dez vezes maiores através dos seus óculos. Basicamente um louva-
-deus de um metro e oitenta à beira de um ataque de nervos. Ela tira meio limão do bolso do avental e espreme na moldura da porta.

— Preciso focar.

— Certo. O cuspe e giro. Desculpe. — A Sra. Hollow solta o limão e o tomilho, cospe nas mãos — *pff, pff* —, gira num círculo e grita.

— Desapareça! — Então congela, com as mãos elevadas, os dedos abertos.

Nada acontece, é claro, mas é bem impressionante.

— Mandou bem — eu digo. — É que estou meio apertada pro banheiro...

— Ugh. Droga. — A Sra. Hollow sai do transe e limpa a mão no avental, balança a cabeça. — Foi embora. A vibração. Você estragou. Vou ter de começar de novo.

— Talvez se você me contasse o que você acha que eu fiz...

— Não foi você. Bem, não foi *apenas* você. Ele também — ela aponta um dedo para meu pai, deitado em seu cantinho, ainda acordado, mas finalmente calmo. É que nós moramos no porão, sabe? Com ratos e tudo mais. — Ele nos mantém acordados a noite toda, gritando como um demônio. Já chega! Ou aprende a controlá-lo ou ele vai embora.

Meu rosto fica vermelho.

— Não é culpa dele. O terremoto o assustou, só isso.

— O terremoto que *você* causou, sua monstrinha...

— Beatrice! — Uma voz berra do andar de cima. O marido dela, Bertram, uma anta que vive quase sempre empoleirada na mesa da cozinha. Ele quase nunca deixa a cozinha porque: a) é onde fica a comida; e b) ele morre de medo de tudo: germes, animais, pólen, livros, contato humano básico, eu. O homem berrou com um cabide uma vez, juro. — Dê a ela o Discurso.

Ah, ah. Tudo menos o Discurso. Agora não.

— Excelente ideia, meu potinho de mel! — A Sra. Hollow me encara, de repente tão sincera, tão magoada. — É assim que você nos retribui, é? Nós te abrigamos por pura bondade de nosso coração. Te alimentamos. Te empregamos. Droga, até te dei banho quando você era bebê, e tudo o que você pode fazer para demonstrar gratidão é nos deixar acordados a noite toda? Bem, deixe eu te dizer uma coisa...

A mulher continua, mas aprendi a ignorá-la há muito tempo.

Claro, parte disso é verdade. Os Hollow realmente deram abrigo a mim e a meu pai, mas só porque perderam no sorteio. Ninguém nos queria quando aparecemos em Bluehaven, então o conselho da cidade colocou os nomes de todos os casais da ilha num barril e tirou os sortudos. Meia hora depois fomos jogados na porta dos Hollow com duas galinhas e uma vaca para amenizar o golpe. Não há "bondade" no coração deles. Eles não têm amigos. Fingem que Violet — a própria *filha* deles — não existe e me tratam como escrava desde quando consigo me lembrar. Eu limpo o banheiro lá de fora, lavo as roupas, pego ovos, ordenho a vaca, tiro o lixo e esfrego o chão, tudo isso enquanto cuido de meu pai em tempo integral.

Jane, Pau para Toda Obra.

— Está escutando, menina? Eu disse que é por isso que você merece uma morte terrível e solitária.

— Ah. — Minha vez agora. — Me desculpe, Sra. Hollow. A senhora está completamente certa. Sou uma má influência. Totalmente podre. Prometo que vou me esforçar mais no futuro, senhora.

Por sorte, a mulher nunca foi boa em perceber sarcasmo.

— Que bom. Vamos sair para o festival em algumas horas. Você sabe o que fazer.

Eu faço que sim.

— Ficarei aqui. Olharei para a parede. Rezarei por perdão. Como sempre.

— Precisamente. O Lamento da Mansão é um dia importante para todos nós — ela aponta um dedo para mim. — Não estrague tudo! Com sorte, os Criadores vão ter piedade de nós este ano — ela acrescenta, querendo dizer que se tiver sorte eu serei atingida por um raio, atacada por cães raivosos ou picada até a morte por abelhas.

— Só podemos torcer — eu digo, forçando a barra.

A Sra. Hollow franze a testa para mim, então acena para meu pai.

— Faça com que ele fique quieto! — E com isso ela recua e bate a porta.

— Finalmente — murmuro.

Eu passo ao redor do meu colchão esfarrapado no chão e me abaixo no cantinho do pai, que está espremido em sua cama. Ele mal conseguiu dormir noite passada, devido ao terremoto. Ele se revirou e gritou, suando sobre os lençóis. Com os terremotos, seus rompantes têm piorado ultimamente. Mais intensos. Quase violentos. Agora seus olhos grandes e marrons estão vidrados novamente, fixos naquele olhar de mil anos. A maioria das pessoas veria a casca vazia de um homem, mas eu sei bem. A leve marca na testa. O tremor nas mãos. Sei que ele está lá em algum lugar, e está com medo.

Ele quer que eu fique.

— Achei que ela não iria embora nunca — eu digo, forçando um sorriso. — Você está bem?

Ele não responde, é claro. Eu nunca o ouvi de fato falar, nenhuma vez.

Cuidar do pai é a única tarefa de que eu gosto. É trabalho pesado. Muito triste. Não tenho ideia em qual pesadelo ele está preso e há muito tempo desisti de tentar adivinhar. Claro, ele pode ficar de pé e caminhar se eu o ajudar. Um passo arrastado. Ele consegue beber, mastigar e engolir, usar o banheiro no cantinho, mas é basicamente isso.

Ele não consegue falar. Não consegue rir. Não consegue me abraçar. Eu não posso jogar com ele ou levá-lo para fora. Pior de tudo: não posso deixá-lo melhor. Só posso afofar os travesseiros, arrumar os cobertores, servir sopa, partir o pão, escovar os dentes, lavar o cabelo, cortar as unhas e me fazer as mesmas perguntas que vagam na minha cabeça há anos: Como ele era antes de ficar doente? Qual é seu verdadeiro nome? Quando seu cabelo ficou nesse cinza prematuro, esfumaçado? Quais são seus pratos favoritos, cores, estações e músicas? E as grandes perguntas: De onde viemos? Como era minha mãe? Qual é o nome dela? Ela tem olhos como os meus? Ela está lá em algum lugar, esperando por nós do Outro Lado? Por que não está com a gente aqui agora? Resumindo, o que de fato aconteceu na noite em que viemos a Bluehaven?

Sei que o pai tem todas as respostas — deve ter —, mas estão presas dentro dele, como besouros se debatendo dentro de um pote. Eu só posso imaginar. Alguns dias isso me deixa louca, mas eu o amo, simples assim, o que significa que eu não queria que nada fosse diferente. Claro, queria que ele saísse dessa e me tirasse deste lugar, mas desejos são perigosos, eles nos distraem. *Esta* é nossa vida. Sempre foi, provavelmente sempre será. Pelo menos era nisso que eu costumava acreditar.

Agora não estou mais tão certa.

Acordei ao amanhecer com um farfalhar rápido. Limpei a baba do meu queixo e o sono dos olhos em tempo de ver um bilhete passado pela fenda da minúscula janelinha do porão. Não um bilhete qualquer. Uma fotografia antiga. Uma foto do pai, dormindo numa cadeira num grande estúdio em tom de sépia: ainda doente, acho, mas levemente mais jovem, rosto menos marcado. Senti como se tivesse engolido uma pedra. Nunca tinha visto uma foto dele. Arrastei um caixote debaixo da janela e fiquei na ponta dos pés, desesperada para ver quem a tinha deixado, mas já tinha ido embora. Segurei a foto na luz leitosa. E foi quando notei a mensagem do outro lado.

Minha casa. White Rock Cove. 10 da manhã. Venha sozinha se quiser respostas – E. Atlas.

Eric Atlas. Não fazia sentido. Ainda não faz. O ilustre novo prefeito de Bluehaven andando escondido pela cidade de manhãzinha, passando mensagens por janelas? O cara esteve aqui na casa há poucas semanas. Eu não o vi, claro, mas pude ouvi-lo através da porta do porão. As botas pesadas. A voz grave. Ele disse que estava checando com os Hollow, sentado na cozinha por uma hora, as queixas deles; então, por que todo esse segredo agora? Por que hoje? Andei de um lado para o outro e refleti, cocei a cabeça. Questionei, planejei e armei com a Violet quando ela desceu para dizer oi, antes de seus pais acordarem.

— Você precisa ir — disse ela. — Pode ser um truque, mas você precisa ir.

E ela estava certa. Provavelmente era um truque. Uma tática para me atrair num espaço aberto. Uma peripécia do Festival ou algo assim, sei lá. Mas preciso ir. Preciso arriscar, preciso *saber*.

Esse sentimento não surge todo dia, a sensação de que tudo poderia mudar.

Eu tiro a foto amarrotada debaixo do travesseiro do pai. Melhor lugar para esconder é no porão. O pai tem um cobertor enfiado debaixo das pernas na foto, e tem uma mesa ao lado dele. Uma lareira também. Atrás dele, um gabinete tomado de livros, armas e vasos. Com certeza não foi tirada na casa dos Hollow. Então, onde é que foi tirada? E quando?

A respiração do pai acelera. Eu seguro sua mão, dando uma apertada.

— Não se preocupe, Johnny-boy. Volto antes de você se dar conta.

Preciso correr. O velho relógio da parede diz que são quase nove e meia, o que significa que o sinal da Violet deve surgir a qualquer momento. *Só uma distração*, eu disse a ela. *Nada de loucura. Não vá explodir nada.* Ela prometeu, de coração e tudo, mas vi um brilho nos seus olhos.

Prendo meu cabelo — longo, escuro, com tantos nós que juro que partiria um pente —, daí enfio a foto no bolso e dou um beijo na bochecha do pai.

— Te preparo algo para comer depois, tá?

Eu me viro, não olho para trás. Deixá-lo sozinho já é bem difícil.

Havia um tempo quando eu conseguia passar pela janelinha do porão, mas esse tempo já se foi, então agarro meu manto e sigo de mansinho pela escada. Os Hollow não vão trancar a porta até saírem, então sair não é problema. Mesmo assim, eu espero um momento, segurando o fôlego.

Daí acontece.

Há um estalo agudo. Em algum lugar nos fundos, acho. A Sra. Hollow grita.

— De novo não! O balde, Bertram, onde está o balde? Violet! Volte aqui agora mesmo!

Eu sorrio.

A garota é incorrigível. Tem oito anos e já é uma piromaníaca.

A porta dos fundos range, aberta, o que significa que é hora de me mover. Eu passo no corredor, fecho a porta do porão e saio pela porta da frente o mais rápido que posso, esforçando-me ao máximo, como sempre, para ignorar as Três Leis penduradas sobre a porta, bordadas e emolduradas, cobertas com uma camada fina de poeira. O padrão em toda casa de Bluehaven.

....
Entramos na Mansão por livre e espontânea vontade.
Entramos na Mansão desarmados.
Entramos na Mansão sozinhos.
....

PRAÇA PRINCIPAL

BLUEHAVEN É UM BURACO. UMA BAGUNÇA DESTRUÍDA DE CASAS DECRÉ-pitas e becos sem saída espremidos juntos por todo lado ao redor da costa rochosa da ilha. Vigas de madeira suportam muros salientes e calhas tortas. Fossas marcam as ruas estreitas. Os terremotos fizeram seu estrago. Duvido que haja uma única superfície da cidade sem uma rachadura — uma das principais razões pela qual o povo daqui faz com que eu me sinta tão bem-vinda quanto um pum dentro de uma banheira, nas raras ocasiões em que saio na rua. Então mesmo que o Sol esteja brilhando, mesmo que esteja quente como o inferno e eu não tenha respirado ar puro por três dias, puxo o capuz do meu manto no momento em que saio à rua. Não posso arriscar. Preciso manter a cabeça abaixada, andar rápido, buscar os suspeitos de sempre.

A velha Sra. Jones, que berra sempre que me vê passar. O Sr. Annan, que fecha todas as janelas e chora no escuro. A velha de vermelho, a maldita Winifred Robin, que me persegue pelas sombras quase toda vez, andando quando eu ando, parando quando eu paro, sumindo as poucas vezes em que me viro para afastá-la. É sinistro, claro, mas já me acostumei com tudo isso. As crianças geralmente correm para o outro lado quando me veem, como se eu tivesse uma doença contagiosa. As portas batem, cadeados fecham. Velhos cochicham suas rezas. Porém, nesta manhã, é uma cidade fantasma. Não há ninguém à vista.

— Ei, espere aí! — Violet vira a esquina atrás de mim em suas botinhas vermelhas, sorrindo como milhares de sóis. — Antes que você comece, eu não explodi nada. Só pus fogo no lixo. — Ela me alcança. — Algo *dentro* do lixo é que explodiu, não foi culpa minha.

— Você sabe que podia apenas ter chamado sua mãe para o andar de cima ou algo assim, né?

Violet torce o nariz. — E onde está a graça nisso? Além do mais, não posso te ajudar se eu estiver presa em casa, posso? — Ela bate as mãos. — Então, qual é o plano?

— Estou indo para White Rock. Você vai pra casa.

— Ã-hã. Se você for pega furando o toque de recolher, vai ficar presa no porão por um mês. Ou pior. Eles podem te expulsar. Te esfaquear. Ah! Eles podem te esfaquear, *depois* te expulsar!

— Uau!! Finja que não está chateada com isso, Violet.

— Claro que eu não quero que nada disso aconteça. Vamos encarar, você está presa no porão com o John todo dia, o que significa que sou sua única amiga; você não pode ir pra escola, o que significa que não é das crianças mais espertas; e agora sai pra caminhar num dia quando as pessoas literalmente se reúnem para queimar imagens suas na Praça Principal.

O fato de as crianças em Bluehaven saberem sobre a queima de imagens é algo que não pode ser normal, pode? Que lugar maldito.

— Está dizendo que preciso de toda a ajuda com que eu puder contar?

— Estou dizendo que precisa de *mim*.

— Ótimo — eu suspiro. — Você pode vir comigo até a beira do vale, mas daí precisa voltar. A mensagem disse "venha sozinha". Se nós assustarmos o Atlas, isso tudo pode ser em vão. E se algo acontecer antes disso, você corre pra casa. Não pare. Não olhe para trás. Combinado?

Não parece incomodá-la, mas Violet vive sendo provocada por morar sob o mesmo teto que eu. Nem quero pensar no que aconteceria se o povo descobrisse que somos amigas.

— Combinado — diz ela.

Fico na esquina de Sunview e Main. Violet caminha abaixada à frente para se certificar de que o caminho está livre. Ela tenta assobiar, mas ainda não pegou o jeito, então ela tosse e pigarreia até eu entender e me juntar a ela. Um bando de moleques acabou de passar. Uma mulher varre sua varanda algumas casas à frente. Eu passo pela rua, escondida como uma bandida, e levo Violet por um beco bem rapidinho.

Bluehaven é como um labirinto gigante, mas conheço cada rua, cada atalho. Claro, eu só saio para fazer uma ou outra tarefa para os Hollow hoje em dia — pegar lenha, comprar arroz —, mas eu costumava sair o tempo todo, principalmente de noite. Eu vagava pelas ruas à luz da Lua, vasculhando o lixo da vizinhança em busca de roupas ou bugigangas que podiam ter jogado fora, talvez até um lanchinho noturno para mim e meu pai. Às vezes eu atacava as plantações de manga e coco e trazia um banquete para casa. Não demorou muito para eu fazer cada caminho milhares de vezes.

— Eu estava pensando... — Violet diz agora. Ela mergulha e rola debaixo de uma janela para se certificar de que ninguém a veja. Um movimento inútil, já que a janela está lacrada, mas pelo menos ela está curtindo. — Se isso é uma emboscada — ela salta e limpa o pó —, imagino que você deva fazer sua parte. Divirta-se. Seja a malvada. Corra, grite e diga a eles que se não te derem uma caixa de brita, você vai afundar a ilha toda, ou algo assim.

— Por que eu iria querer uma caixa de brita?

— Por que não?

Um cruzamento movimentado. Uma rua à direita em Kepos Road. Não tem jeito, a não ser me misturar um pouco, seguir o fluxo. Esconder-me em plena vista e esperar que o povo passando não repare em nós.

Puxo meu capuz ainda mais baixo. Foco nos meus pés e deixo Violet conduzir o caminho. Fico esperando uma mão me pegar e me girar, e a multidão se virar para mim toda ao mesmo tempo.

Violet para. Eu bato nas costas dela e alguém bate em mim. Eu me preparo, pronta para correr, mas o cara só diz "me desculpe" e continua caminhando. Eu quase rio.

Se ele soubesse.

— O que está havendo? — eu cochicho.

— Dois caixotes à frente — Violet cochicha de volta. — Estão bloqueando a rua. Idiotas. Podemos tentar passar por debaixo deles, mas...

— Não — eu digo. — Vamos. É arriscado, mas vamos ter de cortar pela Praça.

Passamos abaixadas por um beco lateral e começamos a correr. Posso sentir os segundos passando. Contornamos latas de lixo, saltamos fossas, passamos por baixo de um varal e reviramos uma pilha de caixotes e barris, o zumbido da Praça Principal cada vez mais alto. Verifico meu bolso. A foto misteriosa ainda está lá, sã e salva. Eu a seguro firme, lutando contra a vontade de correr de volta para o porão e me certificar de que o pai está bem. Às vezes eu juro que há uma linha invisível nos conectando que se desenrola, estica, daí puxa meu coração e minhas entranhas sempre que vou longe demais. Sempre que demoro muito.

Está puxando mais forte do que nunca hoje.

Violet capta meu olhar. Ela me conhece muito bem.

— Ele está bem, Jane — ela diz, ofegante ao meu lado. — Quero dizer, ele está bem mais seguro do que você. Mas não se preocupe, a praça vai estar lotada. Todo mundo está ocupado demais se preparando para o festival para notar qualquer coisa. Você vai ver só.

E ela está certa. A Praça Principal está pulsando. Todo mundo está ocupado construindo barraquinhas e montando o palco. Empurrando carrocinhas de fruta e espetinhos de carne de porco. Bandeiras se penduram dos postes. Abrem faixas entre as colunas dos prédios ao redor. Do Colégio Memorial Dawes. Do Museu de Antiguidades Sobrenaturais. Da grande Prefeitura. As bandeiras e faixas são brancas, símbolo de paz e renovação. O Lamento da Mansão marca o aniversário da Noite de Todas as Catástrofes. É o dia do ano em que o povo se une para celebrar e lembrar as aventuras de outrora. Para agradecer aos deuses — Po, Aris e Nabu-kai — também conhecidos como os três Criadores. Para cantar, rezar, banquetear, dançar e — sim — queimar imagens minhas e do meu pai. Estão lá agora. Empilhando esses troços de palha sobre rodas.

Talvez o festival tenha começado como um evento melancólico, mas hoje em dia é mais como uma festa. E definitivamente eu não estou na lista de convidados.

Eu não devia mesmo estar aqui, *mesmo*.

— Eu *amo* essa época de festival — Violet grunhe quando passa um carrinho cheio de fogos de artifício.

— Sossega o facho, sua *piro* — eu a puxo pela multidão. — Gosto da ideia desses fracassados correrem de algo além de mim, mas quer mesmo repetir o ano passado?

— Ah, se eles não quisessem crianças ao redor do Dragão de Rodas, deveriam ter colocado uma placa ou sei lá. E eu só disparei metade deles.

— Eles ainda estavam guardados. Eu pude ouvir as explosões lá do porão.

Violet suspira.

— É, você deveria ter visto. — Então ela fica com os olhos meiguinhos para mim. — Queria que você pudesse vir essa noite, Jane. Você nunca veio. Por que não experimenta?

— Preciso mesmo responder isso?

— Podíamos te fantasiar. De árvore ou sei lá. Colocar uns galhos, umas folhas...

— Eu não vou pro festival, Violet. Nunca. Agora pode mudar de assunto?

— Tá. Vou mudar. Já mudei. Mas você sabe o que vai acontecer este ano?

— Se eu acho que você vai explodir algo? Provavelmente.

— Não, boba. O que todo mundo está pensando... E você? Imagina que a Mansão vai finalmente despertar?

Olho ao redor pela multidão. Entre as construções, empurrões, limpeza e varredura, todo mundo fica olhando para a Escada Sagrada no fim da praça. Reta como uma porta, esfarelando nos cantos, a escadaria colossal se estende por todo o morro íngreme no centro da ilha, erguida sobre as fazendas escalonadas por uma série de arcos. Pra cima, pra cima, pra cima ela sobe, seguindo pelo duro morro rochoso

— uma altura estonteante já, quase tão íngreme como uma escada de mão — até ser devorada por uma enorme porta de pedra. A entrada para o grande tesouro pranteado de Bluehaven.

A Mansão.

Com suas colunas imensas e pedras mal entalhadas, a Mansão parece mais uma ruína antiga do que qualquer outra coisa. Uma gárgula gigante coroando a ilha, nascida dos penhascos, tão antiga quanto o mar e o céu. Estátuas despedaçadas tomam suas paredes sem janelas. Vinhas mortas sobem pelas laterais. Por milhares de anos, o povo de Bluehaven a venerou, exaltou, viajou através dali para os Outromundos, mas agora permanece assim — dormente, sem vida, fechada para todos — por mais de uma década. Catorze anos, para ser precisa.

Desde que eu e o pai viemos para a cidade.

Dizem que houve uma tempestade. Dizem que o pai caiu pelo portal no topo da escada. Um homem sem passado. Sem nome. John Doe — um João Ninguém, eles o chamaram. John Doe e sua bebê, Jane. Aparentemente, eu estava enrolada em seus braços, chorando.

Dizem que o primeiro terremoto começou na mesma hora.

— Jane? Oi? — Violet puxa meu manto. — Eu disse, você acha que ela vai despertar?

— Sei lá, não me importa.

— Tudo bem, tudo bem. Sua ranzinza... Eu não acho que seja sua culpa, por sinal.

— Eu sei.

— Quero dizer, *você* iria causar a Noite de Todas as Catástrofes?

Violet cospe no chão e lustra uma pedra entre seus pés, uma habilidade refinada que ensinei a ela ano passado.

— Você tem medo do escuro, você baba quando dorme e não sabe nem *nadar*, quanto mais amaldiçoar uma ilha inteira. E, sim, você é meio bizarrinha, mas não é uma aboma... quer dizer, uma abomo...

— Abominação.

— Isso. A questão é que ninguém sabe de onde você e o John vieram. Ou o que de fato aconteceu na Mansão naquela noite. A Srta.

Bolin acha que você amaldiçoou sua terra natal. Arruinou tudo. Ela contou pra toda classe ontem que o John devia estar tentando deixá-la num mundo diferente, porque ele tinha tanta vergonha de você e tal, então você o amaldiçoou também, como um tipo de bebê gênio do mal, por isso que ele está doente. — Ela balança a cabeça. — Besteira.

— Na verdade é uma teoria bem popular, mas ainda assim valeu pelo voto de confiança.

Violet força a vista na Mansão.

— Pelo menos você pode dizer que já esteve lá dentro. Tem muita sorte, se pensar bem.

— Vocês aí! Ei!

Droga. O Velho Barnaby Twigg acabou de me ver na multidão.

— Alaaaaarme! O diabo está entre nós! Vade retro, larápia!

— Abaixe-se. — Eu puxo Violet para trás de um caixote de bananas.

A obsessão de Barnaby com a Mansão chega a outro nível. Determinado a testemunhar o novo despertar em primeira mão, esse maluco barrigudo dorme, come, às vezes até toma banho dentro do poço no centro da praça só para poder ser o primeiro na Escada toda manhã e o último de noite. Está vestido em seu melhor traje safári hoje. Por sorte, todo mundo está tão acostumado com os devaneios dele, que o ignora completamente.

— Parta agora ou vou te destruir — ele berra, subindo no topo do poço — assim como fiz com os soldados demônios de Yan! Matei todos eu mesmo. Com um golpe, *bum, tchá, rás*! Tudo verdade.

— É — eu murmuro. — Sou a menina mais sortuda daqui.

Violet agarra meu braço.

— Jane — ela cochicha e aponta para um relógio pendurado da mão de um estranho por perto. Eu me inclino, mal posso ver as horas.

Meu estômago revira.

Já passou um minuto das dez.

— Ai, droga...

Deixamos Barnaby em seu discurso e nos metemos de volta na multidão, seguindo para a rua que leva para White Rock Cove. Violet tenta me convencer a deixá-la ir.

— Sem chance — eu digo. — Dê meia-volta e espere por mim no lado oeste da angra. Se eu não chegar em... sei lá, quinze minutos, volte pra casa, dê uma olhada no pai e fique firme. Não venha me procurar, tá?

— Mas não posso só voltar e...

— Não tenho tempo pra discutir, Violet. Vai. Eu vou ficar bem.

— Tá — ela diz. — Tá, tá, tá. — Está andando de um lado para o outro como se precisasse fazer xixi, mas me encarando com um olhar supersério. — Boa sorte, Jane. Te vejo do outro lado.

E ela corre pela multidão.

A PESCA DO DIA

AS RUAS DE BLUEHAVEN PODEM SER UM BOM JOGO PARA MIM, VEZ OU outra, mas sou banida de entrar em todos os prédios públicos. Nunca me importei realmente. O museu? A Prefeitura? Um tédio com Eca! maiúsculo. Mas quanto à escola, a curiosidade me venceu anos atrás. Tentar resistir a esse lugar colorido onde as crianças se juntam todos os dias para aprender, ler, rir e brincar era como tentar resistir à vontade de fazer xixi. Quanto mais eu segurava, mais eu precisava ir.

Costumava me infiltrar alguns dias por semana. Aprendi os horários abaixada sob uma janela aberta. Aprendi os nomes das nuvens escondida num beco do lado de fora da sala de ciências. Quando eu tinha 9 anos, entrei *de fato* numa classe e passei a maior parte do dia trancada dentro de um armário. Espiando a classe por uma fenda na porta, descobri como os ancestrais vieram do outro lado do mar, tendo fugido das Terras Mortas. Compreendi a diferença entre um labirinto e um esconderijo. Até aprendi que armadilhas não precisam ser feitas com armas. Infelizmente, o armário que eu escolhi estava cheio de materiais para arte, daí quando chegou a hora de os alunos pintarem seu Outro Mundo favorito, o professor me encontrou e me jogou pela janela. A segurança foi reforçada, a escola foi esfregada, limpa com incenso e tudo.

Desde então, tive de pegar emprestado os livros da Violet.

Então não sou nenhum gênio. Matemática, ciências, história? Esqueça. O que eu tenho *sim* é uma baita sabedoria das ruas. Habilidade em sobreviver vinda de toda uma vida num lugar em que não sou bem-vinda. Sei quando correr, quando me esconder, quando deitar. Sei que tenho de ficar nas sombras sempre que entro em White Rock Cove porque, como o Prefeito Atlas, os pescadores venceram o medo de mim há muito tempo. Diabos, nesses anos todos já me jogaram tripas de peixe, me ameaçaram com ganchos e me perseguiram com facas pela rua. Acho bem que é tudo encenação. Duvido que fariam alguma coisa se me pegassem — um cara quase me pegou, mas recuou na mesma hora, todo sem graça, como se alguém ou *algo* fosse pular de trás de mim e arrancar sua cabeça —, mas é melhor eu não testar essa teoria particular.

Eu me escondo atrás das armadilhas para lagosta e bandejas de algas secas, absorvendo a cena. A sorte está do meu lado hoje. Uma nova pesca veio fresca para o festival. Os pescadores estão ocupados descarregando seus veleiros, puxando baldes pelo cais, limpando as pescas nas grandes mesas de pedra, jogando os restos para o exército de gatos rondando suas pernas.

A rocha branca que dá nome à angra em si se projeta da água, além dos barcos, como uma rocha pálida surgindo das ondas. Atlas mora no lado mais distante da angra, mas há tanto lixo espalhado por esse lugar, que eu posso basicamente rastejar e correr até lá sob lonas, por trás de caixotes e de pilhas de redes.

Logo estou batendo na porta da frente de Atlas. Atrasada, mas só um pouquinho. Tiro meu capuz. A residência do prefeito é enorme. Quatro andares, varandas arqueadas, canteiros de flores com jasmim nas janelas. O velho prefeito Obi bateu as botas há mais ou menos um mês. Cara legalzinho até, acho, já que o método preferido de ele lidar comigo e com o pai era fingir que a gente não existia. Nunca nos deu problema. As cinzas do cara nem tinham esfriado quando uma nova eleição foi convocada. Atlas ganhou de lavada e não perdeu tempo em se mudar para sua nova casa.

Eu bato de novo, mas ninguém responde.

— Que diabos está fazendo aqui, Doe?

Que legal. Não tem o Atlas, mas seu filho salta logo atrás de mim. O moleque é alguns anos mais novo do que eu, mas já quase do meu tamanho. Vai virar um verdadeiro armário.

— Eric Junior — eu digo. — É. Hum. Só vim... ver seu pai.

Ele não toca o alarme nem grita por ajuda. O que ele faz é me olhar de cima a baixo, como se estivesse tentando entender se eu estava mesmo ali ou se era um fragmento terrível de sua imaginação.

— Por que meu pai iria querer ver você?

— Ah, você sabe. — Enfio a mão no bolso e seguro firme a foto. — Relembrar os velhos tempos, jogar gamão. Discutir planos para uma estátua minha e do meu pai na Praça Principal.

Eric Junior franze a testa para mim. Eu pigarreio, digo a ele que estou brincando e milagrosamente recebo um sorriso. Um daqueles sorrisos ensaiados, de vitória. O tipo de sorriso que deveria me fazer derreter e babar, tremer nas bases. E quem sabe? Se eu gostasse de meninos talvez funcionasse, mas acho que não gosto. De menino, quero dizer.

— Bem engraçado, Doe — o Eric Junior diz. — Mas sinto muito, ele não está. — Ele levanta uma sobrancelha para mim. — Deixe que eu pergunte para o pessoal dele. Com certeza alguém sabe onde ele está.

— Não, por favor...

— Ei, pessoal — Eric Junior grita. — Jane Doe está procurando meu pai. Alguém sabe para onde ele foi? Alguém quer ajudá-la?

Os pescadores congelam. Até os gatos abandonam as cabeças dos peixes e nos encaram.

— Hum, acho que não — Eric Junior diz. — Na verdade, que idiota eu sou. Acabei de me lembrar que ele está na Prefeitura trabalhando em seu discurso. Tá bem bom este ano. — O bestinha bate no meu ombro e sai de lado, pronto para curtir o show. — Que pena que você não foi convidada.

Uma gaivota grasna. Um gato mia. Um sino solitário bate ao longe.

— B-bem... — eu digo na direção dos pescadores. — Estou atrasada, então vou deixá-los para...

— PEGUEM-NA!

Eles avançam. Naturalmente eu corro para salvar minha vida. Me abaixo e desvio. Salto sobre um barril, deslizo por baixo de uma das mesas de limpar peixe, salto de pé novamente. Por um segundo imagino que posso conseguir — há uma abertura na multidão, um beco à frente —, mas então algum idiota arremessa uma âncora contra mim, uma âncora de verdade, e preciso mudar de direção. Logo eu estou cercada. Tudo é um borrão. Todos estão gritando comigo, se aproximando, então sigo para o único espaço aberto que vejo. Antes de eu me dar conta, estou correndo pelo velho e frágil cais se estendendo para o mar.

Os pescadores não estavam apenas se aproximando. Estavam me conduzindo.

Estou presa. Sobre a água. Talvez eu não seja tão esperta assim.

Os pescadores comemoram agora. Até Erick Junior se junta, saltando e gritando.

Eu me sinto enjoada. Posso ouvir a água batendo abaixo dos meus pés. Vejo minha sombra afundando entre as placas de madeira podre. Alguns barcos estão ancorados por perto, mas para uma garota que não sabe nadar eles poderiam estar flutuando no horizonte. Eu me viro, lentamente. Os pescadores já estão tomando o cais em minha direção, liderados por Eric Junior e um gigante desdentado de perna de pau. Peg, eles o chamam. É, eles são ótimos para apelidos por aqui.

— Nós te avisamos pra não mostrar a cara aqui novamente, pequena Jane — ele grunhe.

O cais range com nosso peso somado. Balança um pouco.

— Precisamos *mesmo* sair deste troço — eu digo. — Por favor. E-eu vou pra casa. Agorinha mesmo.

— Você não tem casa — Erick Junior diz. — Você é um parasita, Doe. Uma sanguessuga secando esta ilha. Você e seu pai retardado.

Eu mal consigo pensar "ninguém chama meu pai de retardado, seu cocozão", antes de ele se adiantar dos outros e avançar para mim. O cais estala e treme.

— Espere — eu grito —, ninguém se mexe! — Mas é tarde demais.

O cais balança para um lado. Os pescadores despencam como dominós. Erik Junior bate em mim e nós caímos, acertando duro a água, mergulhando. Meu manto é pesado demais e me puxa para baixo, como se meus bolsos estivessem cheios de pedras. Eu me agarro a Eric Junior. Ele chuta, se debate, tenta se soltar, mas não posso soltar. Eu me agarro a ele, grito bolhas de socorro, e meus pulmões apertando e queimando. É como se eu estivesse presa em um dos meus pesadelos.

Então ele some.

Eric Junior desaparece e um silêncio sinistro se estabelece ao meu redor. Posso ouvir meu próprio coração batendo, cada espasmo na minha garganta, mas só consigo pensar no meu pai, deitado no porão à mercê do louva-deus e da anta. Sozinho. Com fome. Esperando. Preocupando-se.

O fio invisível entre nós puxa e torce. Mas agora há uma sensação diferente. Alguma coisa com tentáculos me envolvendo, apertando, me levando para longe. Não, não para longe. Para cima. Estou subindo, cada vez mais rápido, pega numa rede de pesca. Irrompo da água num flash de luz do Sol forte e o ar toma meus pulmões. Não estou apenas respirando, estou voando. A rede balança, me joga no convés de um barco e eu caio em cima de uma bagunça, de coisas emaranhadas. Consigo sorrir até perceber que alguém está me observando. Uma velha num manto vermelho ao lado das polias.

A maldita Winifred Robin em carne e osso.

A pele dela é enrugada e marcada. Como uma tábua de cortar peixe. Mãos como garras. Ela avança pelo deque em minha direção e tira uma espingarda do manto. Claramente minha situação não melhorou.

— Me desculpe, Jane — ela diz. — Você vai acordar com uma bela dor de cabeça.

E ela me apaga com o cabo da arma.

VOZES NO ESCURO

MEU SONO GERALMENTE É TOMADO DE PESADELOS. FLASHES DE BEbês chorando, estranhos fugindo de monstros, corredores de pedra infinitos e uma luz branca ofuscante. Na maioria do tempo é apenas eu me afogando num mar distante. Não é à toa que Violet acha que tenho medo do escuro. Sempre acordo gritando, revirando nos meus lençóis suados. Porém isso que aconteceu — ser de fato apagada por alguém — não é nada mal; é como ser envolvida num cobertor grosso e quente. Um casulo flutuante onde nenhum sonho ruim pode te alcançar. Um lugar seguro, mais profundo do que o sono normal.

O único problema é que tenho que acordar.

— Fiquei surpresa em receber sua mensagem. — Uma voz grave atiça meus ouvidos. — Capturá-la após todos esses anos. Jogá-la dentro desse troço. É bem atípico de você, Robin.

— Talvez — diz uma velha voz áspera. A voz *dela*. — Mas tenho meus motivos.

— É o que você diz. Porém, você não me contou ainda quais são os motivos. Nada nunca é simples com você. Você não coloca seus pés num barco há anos. Como sabia que ela iria acabar na água? Não vai me dizer que é mera coincidência.

— Claro que não é coincidência. Não existe isso.

— Então como...

— Você esperou catorze anos por esse momento, Eric. Estou surpresa de que esteja fazendo perguntas. Eu entreguei a menina. Ela não está mais sob minha proteção.

Um momento de silêncio.

— Você sabe o que isso significa, Robin. O que você está permitindo que eu faça. Pode ter feito um acordo com meu antecessor, mas não vou entrar nessa. Quebrar o toque de recolher, vagar pelas ruas, bater na minha porta, tamanha audácia. Atacar um grupo inocente de pessoas, atacar meu próprio *filho*. E causar outro terremoto, hoje acima de tudo, horas antes do Lamento? Está piorando. Nós todos sabemos disso. Não podemos viver assim. Não vamos viver assim.

— Como eu disse, não posso mais protegê-la.

— E quanto ao outro?

— O tempo dele já está chegando. Deixe-o assim. Agora, se me permite, a Srta. Doe está prestes a acordar. Eu gostaria de ter uma palavrinha a sós com ela.

— Acha que pode me dizer...

— Eu *sei* que posso, Eric. Fora. Nem pense em escutar através da porta. Depois que eu terminar com Jane, você pode fazer como quiser, mas, até lá, quero privacidade absoluta.

Não gosto do som disso, mas ela está certa sobre uma coisa. Meu casulo está se abrindo, lentamente girando no escuro. Uma porta bate. Meus olhos se abrem. As formas estão borradas, os sentidos se aguçam. É hora de encarar o mundo desperto novamente, queira eu ou não.

A JAULA E A CURADORA

O PIOR DE SER CONHECIDA COMO A AMALDIÇOADA É QUANDO VOCÊ está cuidando da sua vida, seguindo instruções de uma mensagem secreta e acaba sendo perseguida, afogada, presa numa rede de pesca e leva um golpe na cabeça com uma espingarda. Minha cabeça dói, minha boca tem gosto de meia podre cheia de algas, e estou certa de que há um peixe morto preso na minha calcinha. Sinto muito por ele, mas pelo menos seus problemas acabaram.

Os meus parecem estar só começando.

— Bem-vinda de volta ao mundo dos vivos, Jane.

Estou jogada no chão de uma jaula. Uma jaula presa nos fundos de uma carroça estacionada num barracão apertado de barcos.

Meu manto sumiu, minha túnica está úmida, meus pulsos estão presos e há um trapo na minha boca. Um barquinho a remo está encostado na parede à minha direita, cercado por montes de caixotes e âncoras. À minha esquerda...

Ai, merda.

Winifred Robin está me encarando.

— Não se preocupe — ela diz. — Não vou te machucar. Creio que você sabe meu nome.

Eu faço que sim, com os olhos fixos nela. Ela não se intimida nem pisca.

— Que bom. Sou a curadora do Museu das Antiguidades de Outromundo. Desculpe pela jaula e as amarras, mas não tive escolha. Vou remover seu trapo, mas você deve entender que gritar por ajuda seria inútil. — Eu estremeço enquanto ela chega perto das barras da jaula.
— Agora, devagar, devagar.

Eu me inclino para ela, hipnotizada pelas cicatrizes cortando seu rosto, pescoço e mãos. São marcas de garras? De batalha? Ela cortou bem feio com papel?

— Ótimo — a mulher murmura, jogando o trapo cheio de baba no chão. — Houve outro terremoto enquanto você estava na água. Só um tremor, na verdade, mas temo que sua pequena fuga tenha deixado todo mundo ouriçado. Eles temem que você provoque outro ao acordar.

Tento cuspir o gosto de sujeira da minha boca. Não funciona.

— Ouça, senhora...
— Winifred.
— Certo. Winifred, que seja. Olha, está com a ideia errada. Não foi minha culpa que o cais quebrou. Se aqueles idiotas não tivessem me perseguido para começar...
— Não me importo com o cais.
— Então diga a todos que eu só estava seguindo as ordens do prefeito. Onde está meu manto? Olha no meu bolso. Tem uma foto dentro com uma mensagem atrás, e...
— Eu sei da mensagem. — Winifred tira um cantil prateado de seu manto, joga entre as barras no meu colo. — Beba. É chá com um ramo de tanaceto. Uma erva para melhorar sua cabeça.
— Claro que é. — Jogo o cantil de lado. — Valeu.
— Pelo amor dos deuses, menina, não estou tentando te envenenar. Se eu te quisesse morta eu teria deixado você se afogar. Entendo que pode ser difícil para você acreditar, mas estou do seu lado.
— Meu lado? Me desculpa, mas eu acordei numa ilha diferente ou você também bateu a cabeça? Você sabe quem eu sou, certo?
— Claro.
— Mas você não me odeia.
— Não.

— Não tem medo de mim? Nem um pouquinho?

Winifred suspira, levanta uma sobrancelha.

— Tá — eu digo. — Se é minha amiga, por que me jogou numa jaula?

— Isso é... complicado. — Winifred vai até uma das janelas sujas da porta dupla do barracão. — O que você diria se eu te dissesse que cada homem, mulher e criança em Bluehaven está em grave perigo e você é a única pessoa que pode ajudá-los?

— Eu diria que você claramente tem provado demais das suas ervinhas especiais. — Eu pego o cantil com as mãos amarradas e farejo com cuidado. — Por quê?

Winifred se vira.

— Porque todo homem, mulher e criança em Bluehaven *está* em grave perigo e *você* é a única pessoa que pode ajudá-los.

O silêncio toma o barracão, mas não por muito tempo. Uma bolha de risada se forma na minha barriga e sai pela boca. Não posso evitar. É mesmo uma pena. Incapaz de continuar aguentando aquele gosto na minha boca, eu decidi que era mais seguro dar um gole de chá. Era quente e doce e fez minha cabeça se sentir melhor. Agora sobe pelo nariz e escorre pelo queixo.

Winifred não se impressiona.

— Isso não é motivo para riso, Jane.

— Mas..., mas é uma piada, certo? Algum tipo de pegadinha para o festival.

— Infelizmente para todos nós, não é. — Winifred circula minha jaula como um tubarão. — A tensão entre você e o restante do povo está próxima a chegar ao ponto máximo. O Prefeito Obi e eu chegamos a um entendimento há muito tempo, que os deuses abençoem sua alma, mas Eric Atlas não é tão compreensível nem tão complacente. Eu conversava com ele antes de você acordar. Ele está furioso com o que aconteceu mais cedo. Está convencido de que você tentou afogar o filho dele.

— Que baboseira! Eu te disse, olha no meu manto. O Atlas me *disse* para encontrá-lo...

— Não — Winifred diz —, ele não disse.

Não posso acreditar no que estou ouvindo. Foi ela. Tem de ser. Posso ver pela forma como ela está me olhando, o brilho naqueles malditos olhos.

— Foi você. Você me deu a foto. Por quê?

— Porque o destino às vezes precisa de um empurrãozinho na direção certa.

— Que destino? De que diabos está falando?

Winifred para de andar de um lado para o outro, agarra as barras da jaula.

— Tudo está prestes a mudar, Jane. Algo terrível vai acontecer com esta ilha, terrível e ainda assim absolutamente *necessário*. Atlas vai vir te pegar logo mais. Não brigue com ele. Siga o jogo. Precisa confiar em mim.

— Confiar em você? Senhora, eu nem te conheço.

— Mas eu te conheço, Jane Doe. — Winifred gira o pulso e tira outra foto de sua manga. — Melhor do que você imagina. — Ela coloca a foto no chão da jaula e avança para as grandes portas de madeira.

— Ei — eu grito —, não pode me deixar aqui. Se está do meu lado, me ajude.

— Estou te ajudando — Winifred diz. — Queria poder te contar tudo agora, mas o Sol já está se pondo. As respostas vão vir. — Ela aponta para a foto. — Confie em mim.

Quando ela vai embora, eu surto. Chuto a jaula, tento soltar meus pés com as mãos e meus pulsos com os dentes, mas os nós estão muito apertados. Eu até me puxo pelas barras de madeira e tento virar a carroça. O troço não mexe. Sem mais nada a fazer, eu xingo comigo mesma e vou até a foto.

Eu congelo.

— Não pode ser...

O papel é parecido com o da foto do meu pai: enrugado, com as pontas dobradas, podia estar no bolso de Winifred há anos. Mas essa foto é minha — eu bebê. Tenho certeza. Mesmo que a foto tenha um tom de sépia, meus olhos de âmbar brilham um pouco demais. Estou sentada num tipo de biblioteca, sorrindo para a câmera, usando um dos livros como chapéu.

Eu viro a foto e franzo. Há um tipo de símbolo desenhado atrás. Quase um triângulo, como uma barbatana de tubarão ou um espinho, cercado por um círculo.

E abaixo do símbolo, outra mensagem:

Tudo acontece por um motivo.

PIOR CENÁRIO POSSÍVEL

MINHA TÚNICA FICA ÚMIDA NO CALOR SUFOCANTE. O SOL DESCE EM direção ao horizonte, iluminando faixas de poeira pelas fendas das paredes do barracão. Uma mistura de batuques tribais vem da Praça Principal que se juntam aos sons distantes de risadas.

O Lamento da Mansão começou. Devem ter se passado horas desde que Winifred partiu.

O pior cenário possível surge em minha mente. O prefeito e seus capangas irrompendo pela porta, com tridentes erguidos e prontos para me espetar. O Sr. e Sra. Hollow vindo com saquinhos de pipoca, prontos para curtirem o show. Peg me jogando de volta na água.

O fato de que nada disso aconteceu ainda só pode significar que Atlas está planejando algo ruim. Bem ruim. O cara conhece meu ponto fraco, afinal. Ele sabe o que mais me machucaria.

Ele pode ir atrás do pai.

Eu não o deixo sozinho tanto tempo há anos. Atlas pode ter entrado no porão, o arrastado da cama e o jogado na rua, e eu não estaria lá para impedir. Peg pode tê-lo jogado na água. O pai afundaria mais rápido do que eu. Não teria a menor chance.

Só os pensamentos já fazem minhas mãos tremerem.

Eu só quero voltar para o porão e me certificar de que ele está bem. Servir uma gororoba, colocá-lo na cama, talvez até contar uma história ou cantar uma música. O pai adora música. Posso ver. Não gosto de contar vantagem, mas sei bem que sou uma ótima cantora.

Eu deveria cantar um pouquinho agora para passar o tempo, mas não estou no clima. Em vez disso, eu remexo minha calcinha e jogo o peixe morto longe. Não é fácil com duas mãos presas. Bato os pés. Suo. Tento soltar as cordas novamente e suo mais um pouco. Encaro a foto até meus olhos doerem e perderem o foco, então tento encontrar uma pista na mensagem de Winifred, um significado secreto por trás do símbolo. Estranho, mas não posso evitar achar que já vi isso antes.

Além disso, meio que preciso mijar. Estou seriamente considerando me abaixar no cantinho quando escuto um ruído de algo batendo atrás de mim. Eu solto a foto.

Violet está acenando para mim através de uma janela alta na parede dos fundos, com o rosto pintado em faixas pretas, laranja e brancas. Ela deveria ser um tigre, mas não mete medo nem tentando. Está segurando uma maçã do amor do tamanho de sua cabeça. Nunca a vi tão feliz em toda a minha vida.

— Vá pela frente — eu grito. — Acho que a porta não está fechada, então não precisa...

Violet quebra o vidro com sua maçã.

— Deixa pra lá.

— Jane qualquer-que-seja-seu-nome-do-meio Doe — Violet joga o doce e entra, caindo numa pilha de caixotes —, eu te deixo por um segundo... *uau*. Esse galo na sua cabeça é do tamanho de uma noz! Machucou? Parece feio. Tipo, bem, bem...

— Estou péssima. Entendi. Como sabia que eu estava aqui, Violet?

— Eric Junior. Eu o vi se vangloriando para Meredith Platt no festival. Ela pintou o rosto junto comigo. Fez uma *borboleta* na bochecha. Dá para acreditar?

— Foco, Violet. O que ele disse exatamente?

— O Eric Junior? Disse que você tentou afogar todos os pescadores e Winifred Robin te pegou. E disse que é segredo. Acho que o pessoal ainda não sabe. Bacana essa jaula, por sinal.

— É, adorei. Quase quero ficar aqui para sempre.
— É. — Ela torce a cabeça. — Espera, sério?
— Claro que não. Obrigada por vir. Procure aí no meio dessa tralha alguma coisa para cortar essa maldita corda. Precisamos sair daqui o quanto antes.

Violet salta do caixote e procura em meio à tralha espalhada pelo barracão.

— Por sinal, esperei tipo meia hora por você. Mesmo depois do pequeno terremoto. Daí fui para casa como você mandou, e esperei, esperei...
— Deu uma olhada no meu pai? Ele está bem?
— Está sim. Eu te disse que ele ficaria bem. Sentei com ele um tempinho, mas daí fiquei bem, *bem* entediada e achei que o Atlas podia ter te levado para o festival, então voltei para a Praça e, bom, daí me distraí. — Ela revira uma caixa de materiais.
— Você devia ter me dito que iríamos destruir metade da angra.
— Foi um acidente, Violet. E não foi metade da angra, foi um píer.
— Ainda assim. Teria sido legal ver. — Ela tira uma faquinha de pesca da caixa e vem em direção à jaula. — Eu podia ter te ajudado a dar uma lição neles.

Abençoadas sejam as botinhas dela. Ela corta a corda das minhas mãos mordendo a língua. Ela sempre morde a língua quando se concentra. Os pais dela odeiam isso. Na verdade, parece que eles odeiam tudo nela. Talvez eles a amem bem no fundo, mas nunca demonstram. A verdade é que eles se ressentem de ela ter feito amizade com a menina do porão. Tentaram evitar isso. Nos dois primeiros anos da vida da Violet, o Sr. e Sra. Hollow se certificaram para que nunca estivéssemos no mesmo cômodo. Antes de me mandarem para cima limpar a casa, ela era trancada em seu quarto. Antes de ela ser mandada para a cozinha, eu era trancada no meu. Eu a ouvia chorando e rindo, bufando no andar de cima, nunca a via. Depois de um tempo, ouvi pequenos passos de bebê. Eu mantinha meu ouvido na porta do porão e ouvia as histórias que a Sra. Hollow contava a ela no café da manhã. Histórias de medo, de coisas ruins à espreita embaixo da casa e demônios se passando por meninas de olhos de âmbar. Mas os Hollow não sabiam com quem estavam lidando. Mesmo pequenininha, Violet ficava fascinada. Comecei a ouvir ela se mexendo do outro lado da porta. Um dia olhei pelo buraco da fechadura e vi o olho dela me encarando de volta. A Sra. Hollow a arrastou para longe e disse que ela podia pegar fogo só de olhar para mim, o que só fez a pequena piromaníaca querer me ver ainda mais. Ela saiu algumas horas depois e foi até a janela do porão. Nunca vou me esquecer desse momento. Eu, de pé na base da cama do pai, olhando para cima. Violet nublando o vidro com sua respiração, sorrindo para mim.

O restante, como dizem, é história.

— Então — diz Violet —, como ela é?

— Ela quem?

— A Winifred Robin — Violet bufa para mim. — Vamos, você podia se mostrar um pouco mais empolgada. Ela é a aventureira mais incrível que Bluehaven já viu. Esteve na Mansão mais vezes do que qualquer um. Já li todos os livros dela. Os moleques da escola dizem que ela despirocou depois que a Mansão fechou, como a maioria do povo por aqui, creio eu. Ela mora debaixo do museu. Nunca conversa com ninguém. É basicamente uma eremita, mas, tipo, uma eremita bacana. E você a conheceu de *verdade*.

— Nossa, que sorte a minha. — Violet corta os últimos pedaços da corda, que solta no piso da jaula. Eu esfrego os vergões no meu pulso e pego a faca. — Valeu.

Eu corto a corda nos meus pés.

— Por que não desfaz simplesmente com as mãos? — Violet pergunta.

— Tentei, mas a mulher dá nó como um pirata. Quer saber como ela é? Na verdade, não tenho ideia de como descrever Winifred. Por um lado, ela me acertou na cabeça com uma espingarda e me enfiou nesta jaula. Por outro, ela salvou minha vida. Até me ofereceu uma bebidinha sem veneno. — Solto a corda e a chuto para longe, fico de pé e me alongo. — Foi *ela* que passou a foto pela janela esta manhã, não o Atlas. Ela que escreveu a mensagem. Ela está zoando comigo, mas... — passo a Violet a foto de eu bebê — olha só.

Violet suspira.

— É você? Oh, tão pequenininha!

— Todos esses livros. É a Grande Biblioteca, certo? Debaixo do museu?

— É — Violet diz. — E achamos que você nunca entraria, hein? — Ela balança a cabeça pensando, vira a foto. — Tudo acontece por um motivo? Que esquisito. O que o desenho significa?

— Sei lá. — Verifico o cadeado e a corrente na porta da jaula. Inútil. Ando ao redor da jaula e sacudo cada barra de madeira, esfregando o galo na minha testa. — Ela disse que o Atlas vai fazer algo. Disse que algo ruim vai acontecer, mas que é *necessário*, e que sou a única pessoa que pode ajudar a todos. Talvez no pôr do sol.

— *Você* será a pessoa que vai salvar todo mundo? Estamos ferrados, então.

— Olha, esta faca não vai conseguir cortar essas barras. Vamos ter de quebrá-las. Procure um martelo ou algo assim.

— Pode deixar. — Violet devolve a foto e corre para a tralha toda, revirando. Segura uma grande chave de fenda enferrujada. — E isso?

— Algo maior.

— Isso? — Ela aponta para uma enorme âncora.

— Menor.

— Isso? — Ela gira um pé de cabra no ar.

— Perfeito.

Ela volta à jaula, sorrindo.

— Então, o que faremos depois que você se libertar?

— Caímos fora daqui. — Enfio a foto no bolso, enfio o pé de cabra entre duas barras e puxo. — Voltamos para casa, nos certificamos de que meu pai está bem, localizamos Winifred novamente e conseguimos algumas respostas. — Uma das barras estala. Eu sorrio e reposiciono o pé de cabra. — Atlas vai surtar quando encontrar a jaula vazia. O Eric Junior mencionou o que ia...

Um sopro quente passa pelas fendas na parede do barracão, carregando o som de tambores novamente. Tambores e uma risada distante. Congelamos. Uma voz. O *clip-clop* lento de um cavalo. Passos ficando mais altos.

— Vá — eu cochicho, jogando a barra da jaula. — Pela janela.

— De jeito maneira, Jane. Se eles vão te levar para algum lugar, eu também vou.

— Olha, agradeço por isso, mas não temos tempo para... *O que está fazendo?* — Ela rasteja para baixo da carroça. — Não, Violet. Sai daqui.

Mas é tarde demais. Os cascos do cavalo pararam. A porta sacode.

— Corra assim que puder, menina — eu murmuro. — Se te pegarem...

— Eu chuto as bolas deles — Violet cochicha. — Os idiotas nem vão esperar.

A porta se abre. Uma luz dourada toma o barracão num redemoinho de poeira. Quatro silhuetas estão na porta. Atlas, Peg, Eric Junior e um cavalo.

Meu pior cenário possível está prestes a começar.

A FACA MANUVIANA

UM TERNO CHIQUE DE TRÊS PEÇAS. CABELO PENTEADO PARA TRÁS. Queixo marcado. O Prefeito Atlas é uma estátua pomposa e imponente que ganhou vida. Pamonha de primeira.
— Com quem está conversando, Doe?
— Ninguém.
— Ouvimos vozes — Peg diz, mancando por lá, verificando as pilhas de tralha. Ele mudou de roupa desde que mergulhamos no mar. Eric Junior também. — Não vem com essa.
— Não. Quero dizer, é. Eu *estava* falando comigo mesma. Faço muito isso. Por causa dessa coisa de não ter amigos. — Violet ri debaixo da carroça, eu bato o pé para cobrir o ruído. — Desculpa. É um tique nervoso. — Piso de novo para reforçar. Eric Junior me olha feio, na retaguarda com o cavalo. Quero dar um soco nele. — Por sinal, eu não estava tentando te afogar, *Junior*.
— Isso é mentira — Peg diz. — Eu vi tudo. — Ele olha debaixo da carroça. Por sorte, Violet saiu do chão, está esticada entre os eixos, com o rosto para cima. Posso vê-la entre as tábuas embaixo de mim. Eles teriam de rastejar por baixo para vê-la. — Não tem ninguém aqui.
Atlas está bem na minha frente, com as mãos nos bolsos.
— Você estava amarrada e amordaçada quando eu saí, Doe. Robin te ajudou, não foi? Deixou as coisas mais confortáveis para você?

— Talvez.

Peg se estica para dentro da jaula, dá uma farejada que nem um porco no chiqueiro.

— Sobre o que falaram?

— Sobre o tempo. — Não posso evitar de proteger Winifred. A minha foto bebê selou o acordo. Um pacto velado, por enquanto. — Ah, e aulas de natação. Provavelmente é uma boa ideia mesmo.

Peg dá um soco na jaula.

— Corta a baboseira, sua monstrinha! O que ela te disse?

— Poupe o fôlego, Gareth — Atlas diz, e só consigo pensar: "Gareth? O verdadeiro nome do Peg é Gareth?". — Ela não vai nos contar o que a Robin disse e nem precisa. Depois desta noite serei considerado um herói, e aquela velha bisbilhoteira não vai ter escolha a não ser se enfiar naquele museuzinho dela para sempre. — Ele dá a Eric Junior um aceno contido. — Está na hora.

Eric Junior conduz o cavalo no barracão e o prende à carroça. Violet se remexe um pouco embaixo. Peg junta a corda cortada e a faca do chão da jaula.

— Quer que eu a prenda novamente?

— Deixe-a. A multidão vai achar mais dramático se tiver um toque de perigo envolvido.

Meu rosto se contrai.

— O que vocês vão fazer?

Os lábios do prefeito se alargam num sorriso.

— Diga-me, Doe, já ouviu falar de Manuvia? Não? Que pena. É um belo lugar. Céu turquesa. Uma selva infinita, repleta de vida. Viajei por lá na minha primeira aventura pela Mansão.

— *Eric Atlas e o Cerco do Templo Vermelho* — Eric Junior diz, prendendo a última correia no cavalo. — É uma história incrível.

— A melhor — Peg diz, o que me surpreende. Ele não me parece exatamente o tipo que lê.

— Se você não fosse proibida de colocar seus olhos nas Crônicas de Bluehaven, eu altamente recomendaria — Atlas continua. — Não que eu goste de me gabar. Enfim, eu passei pela Mansão com facilidade.

Algumas armadilhas, mas nada sério. Manuvia é que estava cheia de problemas. Ao chegar, descobri que uma tribo maligna de canibais, conhecida como Gothgans, havia roubado algo do Grande Reino de Manu. Uma relíquia. Na verdade, é só uma faca, mas para as tribos de Manuvia era considerada uma arma misteriosa e muito poderosa. De acordo com a lenda, a faca tem o poder de absorver a energia daqueles que mata ou fere e transfere a energia para quem a empunha. Então, minha missão era simples: pegar a faca e salvar o mundo. A jornada às cavernas dos Gothgans foi longa e cheia de perigos; não vou te ocupar com os detalhes, são muitos e extraordinários. Peguei a faca. Naturalmente os Gothgans não ficaram felizes. Mesmo eu fazendo meu triunfal retorno para Manu, eles cercaram o Templo Vermelho, onde ficava a faca, por noventa dias e noites. Eu batalhei e sangrei ao lado dos manuvianos por três meses inteiros, e os Gothgans foram derrotados. O Grande Reino de Manu, ou melhor, a própria Manuvia foi salva.

Não estou gostando do rumo dessa história.

— Depois que declaramos vitória, Kucho, o ancião tribal, chamou todos para a base da escadaria do templo. — Atlas começou a andar de um lado para o outro. — Entenda, os manuvianos acreditam, e digo acreditam porque, apesar de eu nunca ter voltado lá, eu acho que ainda estejam vivos e prosperando, que tudo tem um espírito. Ar, pedra, água, chamas e ossos. Tudo. Também acreditam que esses espíritos podem ser corrompidos. Partidos. O espírito do Templo Vermelho, tendo passado por uma batalha tão longa e sangrenta, sofria o maior perigo de todos. Tinha de ser salvo. Revivido. *Saciado*.

Olho por entre as tábuas. Vejo os olhos esbugalhados de tigre da Violet me encarando.

— Capturaram trinta e sete Gothgans na batalha — Eric Junior diz. — Desses trinta e sete, nove eram mulheres, seis idosas e... quatro crianças, certo, pai?

— Correto, Junior. Foram levados para as escadas, suas vidas esparramadas pelas pedras, uma por uma, dadas de alimento ao templo, não em nome da batalha, mas em nome da cerimônia. O sacrifício foi feito muitas vezes antes. É assim que o templo recebeu seu nome.

— Templo Vermelho — diz Peg. — Por causa de todo o sangue, entende?

— Valeu — eu digo a ele. — Já entendi.

— E os cortaram com isso — Atlas tirou uma faca de seu colete. Uma lâmina afiada curvada com um cabo de marfim entalhado na forma de centenas de corpos se contorcendo, entrelaçados. Ele foi até a jaula, a girou entre os dedos. — A própria faca manuviana.

Engoli em seco.

— Eles... te deram?

— De certa forma. Eu merecia, depois de tudo o que fiz por eles. Um presente poderoso para um guerreiro poderoso. Peguei logo antes de voltar para casa. Não tem nenhum poder mágico ou mítico, tenho certeza disso, mas é incrivelmente afiada. — O prefeito traça a lâmina no pescoço. — Um corte por sacrifício. Só foi preciso isso. As pessoas têm feito isso por milhares de anos em Outromundos. Rituais de limpeza nas escadas do templo. Oferendas para deuses e monstros. — Ele dá de ombros com seu corpo pesado. — Não vejo por que deveríamos ser diferentes.

— Não vejo motivo nenhum — Peg zomba.

— Você aterrorizou esta ilha pela última vez, Jane Doe — Atlas diz e sorri. — Vamos te levar ao festival. Vamos te sacrificar para a Mansão ao cair do Sol.

O LAMENTO DA MANSÃO

HOUVE UM TEMPO EM QUE EU FUI OBCECADA COM OS OUTROMUNDOS. Costumava me meter no almoxarifado do Golden Horn e me esconder atrás de barris de cerveja, escutando atentamente os velhos do bar contarem suas histórias. De volta ao porão, eu as reencenava para meu pai, me prendendo aos detalhes desses lugares diferentes, esses mundos sem maldições e toques de recolher. Mundos melhores, onde sorrir não fosse uma contravenção e onde talvez — apenas talvez — o pai pudesse caminhar, falar e brincar. Talvez até um mundo onde a mãe estivesse esperando por nós com braços abertos, pronta para nos levar para casa — nossa *verdadeira* casa.

É uma ideia empolgante demais para ignorar.

Eu até costumava adorar o Lamento da Mansão. Presa no porão, eu escutava pela janela aberta, tentando adivinhar quais histórias estavam sendo comemoradas, saboreando o perfume do churrasco de salsichas e castanhas assadas com açúcar. Chegando a noite, comemorava com os fogos de artifício que eu não via, a cada estouro e estalo. Maravilhava-me com cada flash de luz que explodia sobre o muro de pedra do vizinho como um arco-íris partido. Eu visualizava estrelas explodindo sobre a ilha e me perguntava se dava para pegar os pedaços que caíam. Mas tudo isso era antes. Antes de eu entender o que o significado da palavra *pária* queria dizer. Antes de eu perceber que o festival amaldiçoava a mim e a meu pai.

O Lamento da Mansão rapidamente passou para a longa lista de coisas a que eu não dava a mínima. Os sons, cheiros, as histórias, a própria ideia dos Outromundos. Aquele mítico lar doce lar. Eu arquivei o desejo de embarcar numa missão para encontrar minha mãe, enterrei fundo. Sabia que eu tinha de fazer uma escolha. Passar a vida desejando algo que nunca aconteceria ou focar o que eu tinha. O que estava *lá*, na minha frente. O que era real. Cuidar do pai. Protegê-lo.

Agora estou prestes a me tornar a atração do festival.

E meu pai vai ficar sozinho.

Minha prisão sobre rodas chacoalha e retumba pela rua da Praça Principal, puxada pelo cavalo. Mal consigo ouvir a voz da Violet com o barulho todo, o que é bom, vendo que ela escolheu o pior lugar para se esconder na história de lugares idiotas para se esconder. Ela pergunta como estou.

— Tudo lindo — eu murmuro entre lábios congelados.

— Segura aí, menina — ela diz. — Pelo menos você finalmente vai ver o festival, certo?

Ninguém nota quando emergimos do beco. Atlas, Peg e Eric Junior param o cavalo atrás de um amontoado de barris e esperam, observando a cena. A multidão empolgada. As barraquinhas de comida movimentadas. As bandeiras, as faixas e os confetes num tom rosa do pôr do sol. Os malabaristas e cuspidores de fogo. Barnaby Twiggs vagando ao redor do poço, girando uma espada.

Eu avisto o Sr. Hollow na multidão tentando desesperadamente evitar tocar em qualquer um, com um lenço preso na boca. A Sra. Hollow está rindo e batendo palmas ao lado dele. As imagens de mim e do meu pai não foram acesas ainda, mas estão sendo usadas como alvo para ovos e flechas. Um grupo da base das Escadas Secretas canta e sacode as mãos em algum tipo de dança ritualística. As crianças observam, hipnotizadas, enquanto os frequentadores dos velhos tempos, de rosto vermelho, encenam suas aventuras do Outromundo em cada palco, com instrumentos feitos em casa. Batalhas com feras. Guerras épicas. Fugas difíceis de antigos templos de armadilhas.

A praça toda é uma massa pulsante de gente, cores e ruídos.

A Mansão se projeta sobre isso tudo, contornada contra o céu dourado do crepúsculo, com seus traços perdidos nas sombras. Não posso deixar de sentir que ela está me encarando, um sapo faminto de olho numa mosca.

Não consigo manter o olhar por muito tempo.

É quando percebo que o Sr. Hollow está olhando diretamente para mim. Ele balança um lenço para mim. Agarra o braço da Sra. Hollow. Ela também me vê e ganha um tom de verde sujo.

Eles gritam juntos, longo e alto. Um guincho de perfurar os ouvidos e gelar o sangue.

Um a um, os artistas param de se apresentar, os malabaristas param com os malabares, os cuspidores de fogo deixam as chamas se apagarem em fios de fumaça. Barnaby continua caminhando e cantando até uma salsicha perdida voar pela multidão e acertá-lo no peito. Então ele para e encara com o restante da multidão.

Um silêncio pesado se estabelece na praça.

— O que está havendo? — Violet cochicha. — Por que esse silêncio todo?

Eu me sinto nua, exposta, como uma minhoca num anzol, pendurada sobre um cardume de peixes.

— Hum... oi — eu digo a todos.

O Sr. Hollow aperta o peito. Alguém solta um grito reprimido. A velha Sra. Jones desmaia nos braços de algum idiota vestido numa toga de lençol, mas Atlas não perde tempo.

— Não temam, bons cidadãos de Bluehaven. A Amaldiçoada finalmente é nossa prisioneira!

Uma arfada coletiva toma a praça. Com um movimento de cabeça eu faço sinal para Violet correr. Ela me encara de volta em desafio. A multidão não sabe o que fazer, o que sentir. Alívio? Felicidade? Terror? Não estão certos se celebram ou comemoram ou correm para casa e se escondem. Mas Atlas os atiça, tira o melhor deles. Ele assegura de que estão protegidos, fala de minha traição, de seu amor infinito por eles todos, e logo as ovelhinhas de Bluehaven começam com os aplausos. O idiota de toga solta a Sra. Jones e beija um cara ao lado dele. Os Hollow até se abraçam por três segundos inteiros.

— A amaldiçoada atacou um grupo de pescadores inocentes cinco horas atrás em White Rock Cove! — Atlas grita. — Correu atrás deles com um facão! Ameaçou sequestrar seus primogênitos! Quando tentaram fugir, ela os levou até o cais e tentou afogar todos. Tentou afundar a ilha toda com outro terremoto! — Gritos de ultraje da multidão agora. — Mas meu filho saltou para um barco próximo, prendeu a fera numa rede de pesca e a trouxe à praia para que ela encare seus crimes!

Eric Junior abre um sorriso tosco e levanta os punhos. Todo mundo dá *urras* e *vivas* e *graças* aos Criadores. É impressionante, para ser honesta.

Insano, mas impressionante.

Atlas levanta as mãos, silenciando a balbúrdia.

— A sentença, Gareth, por favor.

Peg tira um pergaminho do colete e pigarreia.

— Pelos poderes recém-concedidos a ele como Prefeito de Bluehaven, o Honorável Eric Nathaniel Atlas, filho do estimado aventureiro Nathaniel Constantine Atlas, assim sentencia Jane Doe, filha de fulano de tal Doe à... espera... Não consigo entender minha própria letra. Qual é a última palavra aqui?

— Morte — eu digo, acrescentando numa voz bem mais baixa —, idiota.

— Ah, é, MORTE!

Surpresa, surpresa, a multidão enlouquece. Aproveitando a deixa, um bando de pescadores levanta grandes cestas de palha pela multidão e jogam em mim ovos podres, peixes, frutas e vegetais.

— Catorze anos atrás, essa obscenidade e seu pai invadiram o nosso mundo — Atlas grita acima dos rugidos. — Amaldiçoou nosso lar! — Ele tira a faca manuviana do colete. — Agora sua morte vai nos libertar! Já se foram os dias de injustiça! Já se foram os dias de medo e tristeza! Hoje terminamos nossos longos anos de sofrimento! Esta noite pegamos nosso destino em nossas próprias mãos!

CREPÚSCULO

QUANDO A JAULA CHEGA À ESCADA SAGRADA, EU ME SINTO COMO UM monte de estrume e tenho um cheiro ainda pior. Violet não está melhor, ensopada do lodo que escorre entre as tábuas entre nós. Pelo menos ela ficou protegida dos projéteis mais duros. Pedras, botas, objetos de cena, pedaços do palco em si. Tudo o que eu tinha para me proteger eram as barras da jaula bloqueando alguns ataques e metade de uma melancia para usar como capacete. É O MÁXIMO QUE POSSO FAZER.

— O que acha do festival agora, hein? — pergunto a Violet, mas acho que ela não pode me ouvir. O que mais posso dizer? Não olhe? Feche os olhos? Corra para casa e não olhe para trás? Por favor, por favor, por favor, cuide do meu pai? Não deixe que eles o machuquem?

O fio invisível puxa meu coração e minhas entranhas. Tenho vontade de vomitar.

Isso não pode estar acontecendo. Não pode ser. Nada disso parece real.

Tento lutar com Peg quando ele me tira da jaula. Eu balanço os braços, chuto, digo as coisas que todo mundo diz quando está prestes a ser degolado. Coisas inúteis como "me deixem ir" e "tire suas mãos sujas de mim". Ele não escuta, claro, apenas me puxa até a escadaria e me prende com sua perna de pau enquanto os tambores dão seu *bum--ba-dum* e a multidão aplaude com a batida. Atlas segura a faca manuviana bem no alto, e todos os idiotas da praça gritam por meu sangue.

— Acho que não adianta pedir para vocês... ai... que esqueçam tudo isso, adianta?

— Pode implorar o quanto quiser, bruxa — Atlas grunhe. — Não vai fazer diferença. Deveríamos ter feito isso anos atrás. — Então os tambores batem *tum, bam, bum* e Atlas grita: — Em nome dos Criadores! Po, Aris, Nabu-kai!

Aperto bem os olhos fechados. Tento me ver num lugar feliz. Qualquer lugar menos aqui.

Então uma voz grita.

— Espere! — E o silêncio reina novamente.

Abro um olho, depois o outro. A faca paira sobre mim, perigosamente próxima. Atlas está olhando para mim, veias pulsando em sua testa. Olhos vermelhos, tremendo.

Peg tira a perna do meu peito e se vira para a multidão.

— Quem ousa interromper?

— Eu ouso — é a única resposta que ele recebe.

Atlas me puxa de pé, torcendo meu braço atrás das costas. Ele sabe tão bem quanto eu quem é.

— Senhoras e senhores — ele grita —, estamos em presença de uma lenda viva.

O manto vermelho. As cicatrizes. Sua presença aqui claramente é tão rara quanto a minha. Aqueles mais próximos dela na multidão recuam intimidados. Apenas uma pessoa fica ao lado dela. Uma figura curvada também com um manto de capuz. Alguém do museu, talvez? Um aprendiz?

— Winifred Robin — Atlas diz. — Que honra. O que te traz aqui esta noite? — E num tom mais baixo, agressivo, inegavelmente implorando: — Nós tínhamos um acordo.

— O acordo permanece. — Juro que os olhos de Winifred migram para a carroça onde Violet ainda está escondida, abaixada atrás de uma das rodas. — Está tudo como deve ser.

— Quê? — grito. — Como pode dizer isso? Você disse que estava do meu...

Atlas cobre minha boca com a mão.

— Eu só queria parabenizá-lo, Eric — Winifred diz. — Está fazendo um belo espetáculo. E devo dizer que sinto terrivelmente pela interrupção.

— Sem problema — Atlas pigarreia. — E-e obrigado.

Cochichos passam pela multidão. Todos olham de Winifred para Atlas e de volta, esperando algo mais. Mas a velha apenas o encara, nem mesmo pisca. É o suficiente para fazer as palmas da mão dele suarem. Eu deveria saber. Posso sentir o gosto.

— Mais alguma coisa? — ele finalmente pergunta. — Senhora?

— Sim. Na verdade, há sim.

— Hum? — Atlas murmura. Não posso evitar me sentir aliviada.

Winifred estava apenas brincando com ele. Devia estar prestes a dizer que era tudo um jogo. Vai exigir que ele me solte ou...

— Pode conduzir o sacrifício um pouco mais alto na escada?

Quê? Espera. Não.

— Meu amigo aqui não é tão alto como eu, sabe. Eu odiaria que ele perdesse.

— Hum... — Atlas diz novamente. — E, ah, quem é seu amigo?

Winifred coloca um braço ao redor dos ombros do homem misterioso. É quando eu noto que ele oscila. As mechas de cabelo branco saindo do capuz.

— Para você, Eric, ele não é nada. Para Jane, por outro lado, ele é tudo.

Ela tira o capuz e o fio invisível me puxa novamente, revirando meu interior tão forte, que eu quase desmaio. Não posso me mover, não consigo pensar em como isso é possível, mas lá está ele, olhando para o chão como se nada estivesse acontecendo, como se nem tivesse deixado o porão.

Winifred Robin trouxe meu pai à festa.

— Como você ousa trazer *ele* aqui — Atlas grunhe. — Gareth! Peguem-no em custódia!

Peg e seus homens avançam na multidão com armas erguidas. O pânico passa por meu corpo e tudo parece desacelerar. Winifred desaparece na multidão, deixando o pai desprotegido, sozinho, à deriva num mar raivoso. Agora estão clamando por seu sangue assim como o meu. Eu grito e tento me soltar de Atlas, com a raiva crescendo dentro de mim, uma maré furiosa. A pedra treme abaixo do meu pé. O céu não está mais preso num cabo de guerra entre dia e noite. As nuvens vermelho-sangue estão roxas.

Anoiteceu.

A multidão se espalha. Atlas me diz para parar, mas eu continuo gritando, lutando, tentando chegar ao pai. Sou jogada nas escadas trêmulas. Eric Junior me segura, mas ninguém vê Violet vindo, nem mesmo eu. Ela bate em Eric Junior, que cai em Atlas, que cambaleia para trás, mas se recupera bem rápido, girando sua faca novamente.

Puxo Violet para mim, a protejo com meu corpo e bato em Atlas enquanto me viro, mas a lâmina me atinge, cortando a palma da minha mão, até o osso. Minha mão acerta a escadaria. Algo parte dentro de mim e uma maré furiosa transborda. Posso sentir as rachaduras na pedra seguindo para cima e para baixo na escadaria, cortando a praça. Posso sentir a ilha toda tremendo até o centro.

ROCHAS E RUÍNAS

O QUE ACABOU DE ACONTECER? ESTOU SEGURANDO MINHA MÃO contra meu peito, contendo o fluxo de sangue com minha túnica, coberta num suor frio e tremendo. Violet está gritando no meu ouvido, mas não consigo focar. Minha mão está me matando. Minha visão ficou turva. O ar está carregado de ruídos.

— Vamos, Jane, precisamos ir! — Violet me dá um tapa, me puxa de pé. — Agora!

Bluehaven está sendo destroçada. É o caos. O cavalo galopa ao redor da praça, ainda preso na carroça. Peg está apagado ou pior. Parte da multidão flui para os becos, seguindo para suas casas ou para o mar. Outros ficam nos espaços abertos, mas nenhum lugar é seguro. O chão abre aos seus pés. Janelas estraçalham, paredes desmontam. Não consigo ver meu pai em nenhum lugar.

— Precisamos sair daqui.

— Ah, sério? — diz Violet. — De onde tirou essa ideia, gênio?

Ela agarra minhas mãos feridas e me puxa para a escadaria. Estou lenta e desajeitada demais. Nem vejo Atlas chegando até ele estar quase sobre mim. Ele tem aquela faca maldita novamente, mas um chute ligeiro de Violet, e ele está de joelhos, apertando a virilha, fazendo uma careta.

— Eu te disse que eu iria pegá-lo — diz ela.

Um poste cai. O palco despenca. Através da multidão que grita agora, nós mudamos de direção de novo e de novo, abaixando e cambaleando pela praça. Eu me sinto aérea. O sangue de minha mão escorre livremente pelo peito, mas não posso parar. Preciso encontrar o pai.

O pensamento me dá energia.

Uma mulher berra e aponta para nós. Pedaços enormes da Escada Sagrada estão se soltando, caindo pelo morro. Batendo nas casas de fazenda, derrubando árvores e chalés dos fazendeiros, despencando na praça e cobrindo as imagens numa chuva de gravetos. As rachaduras aos nossos pés abrem largas, algumas de meio metro ou mais. Eu e Violet, de mãos dadas, saltamos uma e viramos à esquerda, quando a carroça do cavalo passa. Estamos correndo pela Prefeitura agora, tecendo entre as colunas de pedra.

Definitivamente não é o lugar mais seguro para se estar.

A coluna à frente despedaça. Eu pego Violet, salto sobre uma pedra caída e mergulho no saguão da Prefeitura bem quando as grandes portas batem fechadas atrás de nós, bloqueadas pelos detritos que caem.

— Para dentro? — Violet grita. — Você nos trouxe *para dentro*? E se o teto cair?

— Estou trabalhando nisso. — O piso xadrez está coberto de poeira e detritos. O teto alto em cúpula está despedaçando e a estátua no centro do saguão já perdeu a cabeça. Há outros sobreviventes aqui também, nenhum deles feliz em me ver. Os Hollow. Eric Junior. A velha Sra. Jones. Meredith Platt. Basicamente todo mundo burro o suficiente para vir para *dentro* no meio de um terremoto. Eles se armam com tudo o que conseguem encontrar: pedras, pesos de papel, cacos de vidro das janelas altas na parede, uma cadeira. — Ah, me dá um tempo...

A Sra. Hollow arranca Violet dos meus braços com um agudo "tire as mãos da minha filha!". Violet tenta se soltar, mas o Sr. Hollow a agarra também. Não para protegê-la, suspeito, mas para usá-la como escudo humano. Ninguém mais se move. Não são tão corajosos como Atlas. Até Eric Junior recua agora.

Todo mundo está aterrorizado. Bem, todo mundo menos Winifred Robin.

Ela está lá também, caminhando calmamente em minha direção.

— Estique a mão.

— Onde está meu pai? O que você fez com ele?

— Sua mão, Jane — ela diz. O teto em cúpula racha novamente. Mais pedaços de rocha despencam. As pessoas se espalham e gritam, mas Winifred nem pisca.

— Estique a mão. Agora.

— Pai — eu grito, mesmo sabendo que ele não pode me ouvir. Eu cambaleio e caio para trás. Minha túnica está inundada de sangue e minha cabeça está girando. Mas então Winifred agarra meu braço esquerdo, enfia algo pequeno na minha mão cheia de sangue e tudo muda. O chão dá um tremor final poderoso, como se a ilha em si tivesse dado de ombros, se sentado e suspirado. O terremoto parou.

Tudo ficou silencioso. Se não fosse pela poeira que baixou, eu pensaria que o próprio tempo congelou.

Eu me sento, piscando. Winifred sorri para mim. Mas antes de que alguma de nós possa dizer uma palavra, alguém grita lá fora. Várias pessoas, na verdade. Gritos de ultraje, de medo. Eric Junior testa as portas, mas elas não abrem. As pessoas viram as cabeças para as janelas altas quebradas na parede, se reunindo embaixo delas como pequenas flores famintas pelo sol.

— O que está havendo aqui? — o Sr. Hollow pergunta.

— Aconteceu — Winifred diz, e ela fecha os olhos como se escutasse uma bela música. Um som favorito que não escuta há anos. — A mansão acordou de seu sono.

A PARTIDA

INICIALMENTE TODO MUNDO NO SAGUÃO ESTÁ CHOCADO DEMAIS PARA se mover, mas logo estão todos se apertando pelas portas, tentando abri-las. Eu ainda estou no piso, olhando uma velha chave de metal manchado no talho em minha mão. Deixo cair entre meus dedos. Ela aterrissa no chão com um baque torpe. Winifred se abaixa e rapidamente prende uma atadura na minha mão, mas não consigo parar de olhar para a chave sangrenta caída na poeira. Há um símbolo no cabo. Aquele que Winifred desenhou atrás da minha foto. O semitriângulo num círculo.

— Jane, melhor você dar uma olhada.

Violet está de pé nos ombros da mãe, olhando através de uma das janelas quebradas. Estranho, provavelmente é o momento mais íntimo que já vi as duas compartilharem.

— Não fale com ela, Violet — a Sra. Hollow grunhe. — Você sabe que não pode. Por que *ela* deveria olhar afinal? A última coisa que queremos é que ela nos amaldiçoe novamente...

— É seu *pai*, Jane — Violet diz. — Ele está lá fora e ele está... está...

Eu me levanto num piscar, seguindo em direção a uma mesa virada no canto do saguão. Eu pego, viro e encosto na parede abaixo da janela quebrada, lançando dardos contra Winifred Robin com os olhos. — Juro que se algo aconteceu a ele...

— Você não pode detê-lo, Jane.
— Detê-lo por quê?

Subo na mesa. Salto para a pequena janela estreita e olho para o vidro estraçalhado. É uma zona de guerra lá fora. A praça é uma bagunça. Pilares de fumaça se erguem da cidade à frente. O cavalo e a jaula desapareceram. As pessoas estão saindo das sombras. Cambaleando. Chorando. Encarando e apontando para as Escadas Sagradas.

— Violet, onde...

Então eu o vejo, meu pai, subindo a escadaria, já na metade do caminho.

— Ele está prestes a entrar na Mansão, Jane — diz Winifred. — Ele foi escolhido.

— *Quê?*

Não sou nem eu quem diz isso. São os Hollow. Eric Junior. Praticamente todos os idiotas da sala. Todo mundo está olhando feio para Winifred.

— Agora escute aqui, sua destruidora de lares! — A Sra. Hollow empurra Violet de volta para os braços do Sr. Hollow. — Primeiro você invade minha casa e solta aquele... aquele *homem*. Daí interrompe o festival bem quando estava ficando interessante e agora tem a audácia de sugerir...

— Tenho a audácia de fazer muitas coisas, Beatrice. Não esqueça com quem você está falando. Já te deixei se safar de muitos feitos horríveis no passado, mas esses dias terminaram. Uma nova era começou em Bluehaven, e John Doe está mostrando o caminho. Agora vai ficar discutindo comigo ou vai impedir que Jane se una a ele?

Eu odeio essa mulher. Ninguém havia notado que eu tinha saltado da mesa e estava indo para os fundos do saguão. Agora estão olhando para mim como uma alcateia de lobos ferozes, que são esses cachorros grandes que uivam e caçam em bandos. Li sobre eles num livro.

— Corra, Jane — Violet grita.

Então eu corro. Passo por uma escadaria, por um longo corredor. Abro caminho em algum tipo de escritório e empurro a mobília revirada até uma janela.

A Sra. Hollow grita atrás de mim.

— Volte aqui, Doe! Você é uma mancha nesta ilha! Uma cicatriz catastrófica...

Mas eu já saí pela janela, já avançando para a escadaria. Tropeço mais de uma vez — numa rocha, uma tábua, em Peg. Sempre que tropeço ou caio, eu me recomponho e volto a correr. O pai é apenas um pontinho agora, três quartos escada acima. Queria poder me esticar, agarrar o fio invisível e puxá-lo de volta em segurança antes de ser tarde demais.

Porque não sou a única pessoa tentando detê-lo.

Atlas encontrou uma pistola. Alguém deve ter derrubado na praça. Está correndo para a escadaria também, mas não me viu chegando. Ele dispara contra meu pai. Erra feio. Ergue a pistola e atira novamente. Eu salto sobre uma pedra e então trombamos. Acertamos o chão duro e rolamos. A pistola voa. Consigo jogá-la para longe de Atlas, mas ele agarra meu tornozelo, me puxa e sobe em cima de mim, com as mãos no meu pescoço. Ele aperta. Inclina-se.

— Chega de joguinhos, *menina* — ele rosna.

Estou engasgando. Não consigo respirar. Eu estico minha mão boa, busco qualquer coisa para me ajudar. A pistola, um pedaço de madeira, um pau.

— Sua amiguinha não está aqui para salvá-la agora nem a desgraçada da Winifred Robin.

Uma pedra. Eu agarro, seguro firme, acerto Atlas na cabeça o mais forte que posso. Um baque oco, e ele cai ao meu lado.

— Que bom que posso cuidar de mim mesma — eu chio.

Cambaleio de pé, tossindo e cuspindo, esfregando o pescoço. Só consigo dar três passos antes de minhas pernas cederem e alguém me agarrar por trás.

Winifred está aqui, me segurando.

O pai está no topo da escadaria agora. Um pontinho vermelho, um homem minúsculo pelo tamanho da Mansão e sua grande porta de pedra. Ocorre a mim que nunca estivemos tão longe assim antes.

Por que ele está me deixando? Como isso pode estar acontecendo? Ele não para. Não olha para trás. Ele escala direto para a Mansão e nem podemos vê-lo mais pelo ângulo da escadaria. Mas podemos ver o grande portão de pedra abrindo largo, pronto para engoli-lo inteiro. Nada pode detê-lo agora.

— Uma porta se abre — Winifred sussurra —, uma aventura começa...

Não sou boa no grito; diabos, posso contar nos dedos o número de vezes que gritei na minha vida. Mas quando a porta da Mansão se fecha novamente e eu sinto o fio invisível se esticar, puxar e partir com um solavanco, não consigo evitar que as lágrimas venham.

Eu luto nos braços de Winifred. Quero seguir meu pai, correr para a Mansão e me jogar dentro, mas estou fraca demais. Exausta. Partida.

Ele se foi.

Não posso subir as escadas agora, de todo modo. Uma multidão de gente foi na frente. Dúzias de aldeões passam por nós, gritando, empurrando, desesperados por tentar a sorte no portão. Barnaby Twiggy está no meio disso, avisando todos para recuarem.

— É minha vez — ele berra. — Meu destino! Minha vez!

— Precisamos ir — Winifred diz. — Aquela porta não vai abrir novamente por um longo tempo. Atlas vai te procurar novamente quando acordar. Precisamos te levar para um lugar seguro.

Meu pai se foi. Eu o perdi. Eu o perdi e não sei como vou pegá-lo de volta.

— Preciso... preciso ir atrás dele.

— Você vai — Winifred diz. — Mas não por lá. Há outro modo.

É quando eu noto a marca da minha mão na escadaria. Da mancha sangrenta sai cada rachadura na pedra e se espalha a partir dela. Subindo e descendo as escadas. Pela praça. Pelos becos. Minha mão esquerda pulsa novamente. A atadura já está marcada de sangue.

— Eu... eu que fiz isso?

— Vamos, Jane — Winifred diz. — Precisamos conversar.

O MUSEU DE ANTIGUIDADES DE OUTROMUNDO

O SAGUÃO ESTÁ DESERTO. WINIFRED TRANCA A PORTA NO MOMENTO em que entramos. O lugar está uma bagunça. Tapeçarias se penduram tortas em paredes rachadas. O teto em cúpula parece perigosamente prestes a despencar. Alguns dos vitrais das janelas quebraram.

— Por aqui — diz ela.

Nossos passos ecoam pelo local cavernoso. Minhas mãos tremem. Eu me sinto anestesiada. Estou coberta de sangue, suor e uma gosma vegetal, e o fio invisível está se arrastando atrás de mim pela poeira, agora solto, desconectado do meu pai.

Ele se foi. Ele se foi. Ele se foi.

Por que estou seguindo essa mulher? Não é tudo culpa dela?

Talvez eu esteja em choque. Estou definitivamente em choque. Diabos, eu nem deveria estar aqui. Não tenho permissão. Juro que essas estátuas imensas nas paredes estão olhando feio para mim. Sayuri Hara. Atticus Khan. K.B. Gray. Finn Pigeon. Parecem guardas antigos. Sentinelas com armas, bússolas, globos e livros. São os Grandes Aventureiros. O povo cujas explorações pela Mansão se tornaram base de lendas.

A estátua no centro do saguão é a maior de todas. Aquele cara Dawes, pelo qual todo mundo enlouquece por aqui. Há todo tipo de palavras grandiosas usadas para descrevê-lo. Imponente. Feroz. Cruel. Eu só vejo um panaca de rabo de cavalo e tanguinha. A placa na base da estátua diz que ele entrou na Mansão há mais de dois mil anos.

Aparentemente ele foi o primeiro a entrar. E nunca mais voltou.

O pai se foi. Está em perigo. Vá pegá-lo.

— Estamos descendo — Winifred diz, seguindo por uma escadaria em espiral num canto distante. — Como você, eu me acostumei a viver no subterrâneo.

Então descemos, girando mais fundo e mais fundo sob o museu. Afastando-nos cada vez mais do pai, passo a passo.

No fundo da escadaria, Winifred abre uma porta pesada de madeira.

— Bem-vinda à Grande Biblioteca. Ou talvez eu devesse dizer: bem--vinda de volta...

A biblioteca é enorme, iluminada por centenas de lampiões a óleo pendurados nas paredes, com colunas de pedra e fileiras aparentemente infinitas de prateleiras. As mesmas prateleiras da minha foto de bebê. Parece uma cidade subterrânea e o cheiro de pó e antigos pergaminhos...

— Por aqui, por favor...

Winifred tira um lampião do suporte, segue por um dos corredores. Eu pego alguns dos títulos nas prateleiras: *Isobel Harper e o Túmulo do Rei Serpente. Hughlance Boone e a Lâmina Glacial. Jack Lee e a Luz Trevosa.* Há mais alguns milhares de títulos só nesse corredor.

São as Crônicas de Bluehaven. Alguns livros parecem bem preservados. Outros têm encadernação de couro gasto e letras desbotadas, apagadas. É impressionante tudo isso. Não posso negar.

— São tantos...

Winifred concorda.

— Um livro para cada aventura na Mansão escrita pelos próprios heróis ao retornarem.

Passamos pelo arco, descemos uma escadaria, por um corredor com parede de pedra e um estúdio quente, aconchegante — o mesmo estúdio da foto do pai. Há uma lareira crepitando, a mesa tomada de pergaminhos, o enorme gabinete cheio de espadas antigas, rifles, globos e vasos. Uma enorme pintura se pendura da parede ao lado do gabinete.

Um canyon tomado de cavernas. Um dos supostos reinos infinitos conectados à Mansão, suponho.

— Sua mão — Winifred diz. — Está com dor?

— Claro que estou com dor. — Me sinto mais valente agora. Mais brava também. O choque começa a passar. — Por que me trouxe aqui embaixo? Para onde meu pai foi?

— Seu pai simplesmente seguiu o caminho que foi colocado diante dele. — Winifred avança sobre a mesa e tira um pequeno decantador e duas taças de cristal de uma das gavetas. Ela serve um líquido dourado em cada. — Assim como estou seguindo o meu.

— Deveríamos tê-lo parado.

— Não se pode parar o que deve ser, Jane, assim como não se pode impedir a Lua de nascer.

Winifred vira sua taça num gole, coloca a outra na frente de uma cadeira vazia na mesa.

— Beba. Vai ajudar a diminuir a dor na sua mão. E na sua cabeça.

— Tem um cheiro péssimo. Mais ervas especiais?

— Uísque.

— Ah. — Quem dá *uísque* para uma menina de 14 anos? — Obrigada, mas eu... estou cortando o álcool.

Winifred dá de ombros.

— Muito bem então. Vamos falar sobre seu caminho.

— *Meu* caminho?

— Claro. Você é a heroína dessa aventura, goste ou não.

— Olha, só quero pegar meu pai de volta...

— E aí está a aventura. — Winifred tira um saco verde de trás de sua mesa e joga aos meus pés. — Tem uma toalha aqui. Não consegui encontrar nenhuma calcinha limpa ou meias entre seus pertences enquanto eu pegava seu pai, mas peguei uma túnica limpa e uma calça. Pode não ser o melhor traje para a missão que você está prestes a...

— Missão? Não, não. Não tem nada disso de *missão*, tá? Olha, valeu por revirar minhas calcinhas e... — Tiro um pedaço de pão do saco, vejo algumas tâmaras também — valeu pelo lanche. Mas assim que as coisas acalmarem lá fora eu vou subir a escadaria, vou pegar meu pai e voltar para o porão.

— Não vai ser tão simples assim, e você sabe disso. Cada momento de sua vida te conduziu a isso, Jane. Vai entrar na Mansão, sim, mas não pela Escada Sagrada. — Ela coloca a chave na mesa; deve ter pego antes de me seguir para fora da Prefeitura.

— Precisa pegar isso. Mantenha segura. Devolvo a você e com você deve ficar.

— *Devolve* a mim? O que quer dizer exatamente?

— Quero dizer que tirei de você quando nos conhecemos e agora devolvo. — Winifred se senta, se encosta para trás na cadeira. — Eu estava lá, Jane. Na noite do primeiro terremoto. Na noite em que você e John vieram para Bluehaven. Fui eu que te encontrei na escadaria. — Ela me acena a cadeira vazia. — Sente-se por um momento, por favor. Há coisas de que você precisa saber.

A NOITE DE TODAS
AS CATÁSTROFES

— HOUVE UMA TEMPESTADE NAQUELA NOITE. EU ESTAVA CRUZANDO a Praça Principal quando o chão começou a tremer. Olhei para a Mansão quando um relâmpago a acertou. Vi o portão se abrir, seu pai caindo no topo das escadas. Corri para ajudá-lo. — Winifred se serve de outra dose de uísque, balança o copo. — Ele tinha tanta dor, mas eu não consegui localizar nenhum ferimento visível. Seu pai parecia estar lutando com algo dentro, como se estivesse envenenado. Você chorava nos braços dele. — Ela mostra a chave na mesa. — Isso estava preso numa faixa ao redor do seu pescoço, como um talismã. Quando me estiquei para tocá-lo, seu pai agarrou meu pulso. "Esconda", ele disse. "Mantenha segredo. Não conte a ninguém." Perguntei o que havia acontecido, de onde ele tinha vindo, mas algo se partira dentro dele. Ele desmaiou. Eu a peguei nos meus braços e escondi a chave no bolso. Nunca mencionei a ninguém desde então.

Eu tiro os restos de ovo do meu pescoço para evitar que minhas mãos tremam.

— De onde veio? O que ela abre?

— John é a única pessoa que pode responder isso. Não sei o que aconteceu com ele na Mansão, mas ele claramente passou por uma longa e horrível provação.

— E a doença dele? Acha que é verdade que eu posso ter...

— Amaldiçoado? Não. Diferente de muitos tolos desta ilha, eu já vi várias maldições, até eu já fui amaldiçoada. Não é nada agradável, posso assegurá-la. — Winifred pausa, perdida em pensamentos. — A doença do seu pai é algo totalmente diferente. Mas o que é, não sei dizer.

— Então... o que aconteceu em seguida? Depois que você nos encontrou na escada?

— Eu sabia que tinha de levar você e seu pai em segurança o mais rápido possível. O chão ainda estava tremendo. O terremoto não foi tão violento quanto o desta tarde, mas mesmo assim foi alarmante. Bluehaven nunca havia sido atingida por um antes, pelo menos não na minha época. Uma reunião do conselho da cidade foi feita naquela noite. Assustados pelo terremoto, eles fugiram para a praça. Eric Atlas, Idris, quer dizer, o Prefeito Obi, e alguns outros nos viram. Eles ajudaram a carregar seu pai. A ilha estava um caos. As pessoas tomavam as ruas, temendo a ira dos Criadores, juntando-se na Praça Principal. Uma grande multidão havia se reunido quando chegamos ao fim da escadaria. Eu te envolvi um pouco mais firme no meu manto e então... bem, a coisa mais estranha aconteceu. Você parou de chorar. O terremoto cessou. Ninguém se moveu. Ficamos lá na chuva fina, todos nós, esperando, pelo que eu não sei. Então você abriu os olhos. Eles brilhavam como âmbar.

— Olhos de um monstro.

— Olhos *diferentes* — Winifred diz. — Nada monstruosos. Mas notáveis, se quer saber.

— Mas o povo se apavorou, certo?

— Mentes simplórias temem o que é diferente, Jane. Todo mundo ficou aterrorizado, desesperado por respostas, e lá estava você. Alguns sugeriam que quebrássemos a Primeira Lei e tentássemos jogá-la dentro da Mansão. Outros sugeriam banir você e John, colocando-os nas Terras Mortas. Idris e eu protestamos, mas fomos afogados por uma frase simples.

— Ela é amaldiçoada.

— Precisamente. Sinto muito, Jane. Tudo aconteceu tão rápido. Seu futuro obviamente estava marcado muito antes de você passar pelas portas da Mansão. Era como se você fosse *destinada* a ser responsabilizada pela Noite de Todas as Catástrofes.

Eu agarro minha taça e tento virar o uísque num só gole, como Winifred, mas queima como fogo, então acabo cuspindo quase tudo de volta na taça. Odeio a ideia de destino. O pensamento de que *alguém*, *algo*, em *algum lugar*, está controlando cada movimento meu me faz sentir como um fantoche, e meio que tenho medo de fantoches desde que os Hollow fizeram uma peça instrutiva na cozinha chamada *A Garotinha que Desafiou Seus Guardiões*. Era uma tragédia épica de duas horas.

— Está tudo bem, Jane?

— Sim. — Estou andando de um lado para o outro no estúdio agora. — Não. Talvez.

— Vem — Winifred aponta para o saco —, agora que está acordada você poderia bem mudar. O tempo está contra nós, e eu me recuso a deixá-la entrar na Mansão parecendo uma salada podre.

— Pode apenas me contar onde fica a segunda entrada? — Eu me sentei. Escutei. — Meu pai está sozinho lá... lá *dentro*. E ele provavelmente está perdido e com medo. Sou tudo o que ele tem.

— Precisamente, por isso que você precisa estar totalmente preparada quando partir. — Abro a boca para protestar, mas Winifred simplesmente mostra o saco novamente e diz: — Logo, logo.

"Respire", eu digo a mim mesma. "Ele não está morto. Está bem. Você vai encontrá-lo."

— Certo. — Minha mão ferida pulsa enquanto busco na sacola. Não vai ser divertido. Minhas roupas se prendem a mim como uma segunda pele úmida, e a ideia de me trocar na frente daquela velha também não me apetece. Começo aos poucos, tiro as botas e meias.

— Vá rápido.

— Certo. — Winifred se vira na cadeira para o lado para me dar um mínimo de privacidade. — Ah, e lembre-se de limpar atrás das orelhas. Agora, onde estávamos?

— O povo. — Eu respiro fundo e puxo a túnica sobre a cabeça, passando vegetais podres por todo meu rosto. — O povo sendo idiota. — Acrescento com uma tosse. Pego a toalha e esfrego uma gosma de mamão no meu tornozelo. Sacudo sementes de melancia do cabelo.

— Ah, sim. Bem, por mais assustado que o povo estivesse, eu deixei claro que não iríamos banir ninguém. Idris me ajudou. Ele era um amigo querido. Um bom homem. Levamos você e John para a Vintage Road, onde eu morava na época. Eu supunha que John iria se recuperar, logo iria acordar de seu transe. Acreditei que as respostas viriam. Como eu estava errada... Semanas se passaram. Os terremotos continuaram. O povo subia a Escada Sagrada sem resultado. A Mansão havia sido o sustento de Bluehaven por milhares de anos, mas parecia ter secado. Não abria para ninguém. O desespero se tornou raiva. Multidões se reuniam diariamente do lado de fora da minha casa. Um barco foi preparado para vocês, mas não tinha como eu entregá-los. Eric conduzia o levante, claro. Virou o povo contra mim. Me chamou de criadora de caso. Traidora. Minha reputação afastou os boatos por um tempo, mas o medo é uma coisa perigosa. Todo mundo, menos Idris e os anciões do conselho, preferiram acreditar que você havia infectado minha mente, me enlouquecido, assim como John. Mas eu suportei essa tempestade, e Eric logo percebeu que seria preciso muito mais do que rumores e boatos para me derrubar. Após um terremoto particularmente assustador, e contra a vontade do conselho, ele conduziu um grupo pela Vintage Road. Uns cinquenta homens e mulheres. Houve as bobagens de sempre, claro. Gritos, tridentes e por aí vai. Pode-se dizer que a caça às bruxas havia chegado ao clímax. Me deram um ultimato: entregar você e seu pai imediatamente ou sofrer as consequências. Por sorte eu havia me preparado e lacrado as portas e janelas naquele dia, quando as notícias do grupo chegaram aos meus ouvidos. Para resumir, o cerco começou à meia-noite e terminou uma hora depois, quando Eric e aquele panaca perna de pau forçaram as tochas contra as janelas do térreo.

Eu tiro as calças e esfrego as pernas.

— Eles tentaram nos queimar vivos?

— O plano deles era nos mandar para fora, e funcionou, para horror deles.

— O que quer dizer?

— Quero dizer que decidi que era hora de lembrar a todos o quão perigosa Winifred Robin pode ser. Eu saí na rua e contive todos que estavam no meu caminho.

Tiro a calça do saco.

— Mas você disse que eram cinquenta pessoas.

— Cinquenta e três, para ser precisa. Eu me certifiquei de que ninguém ficasse seriamente ferido. Alguns ataques nas articulações e pontos de pressão, uma voadora ou outra, nada demais. O fogo queimou a casa, mas Idris já tinha entrado e tirado você e John em segurança.

Não sei o que dizer. Winifred provavelmente poderia avançar pela mesa agora e me virar do avesso se quisesse.

— Isso tudo soa... uau.

— Não quero parecer prepotente, mocinha, mas "uau" não faz jus. — Winifred vira o que restava do seu uísque. — Não havia nada que eu pudesse dizer ou fazer para impedir o povo de culpá-la pela Noite de Todas as Catástrofes, mas disse a eles que, se algum mal ocorresse a você, eu soltaria uma fúria sobre Bluehaven rivalizando com os antigos Deuses do Caos. Quando a casa caiu e as brasas tomaram o céu da noite, disse a Eric que ele seria o primeiro a pagar o preço. Idris e os outros anciões o expulsaram do conselho imediatamente.

— E todos nos deixaram ir?

— Deixaram? — Winifred disse. — Minha queridinha, eu não dei escolha a eles.

— Então, o que deu errado? — Eu sacudo a túnica limpa e a visto. É aquela que tirei do lixo dos vizinhos no ano passado. — Por que acabamos sendo sorteados para os Hollow?

— Não houve sorteio, Jane. Isso foi uma mentira criada pelos Hollow para evitar que você soubesse do seu passado. Para evitar que você me localizasse em busca de respostas. — Winifred se vira de volta para me encarar e pigarreia. Ela parece incomodada. — A verdade é que você passou seus primeiros dois anos em Bluehaven vivendo sob meus cuidados, aqui no museu.

— A segunda foto — eu pesco a foto antiga, em que pareço feliz, do bolso da minha túnica improvisada. A foto está suja agora, tem cheiro de abóbora podre. — Você tirou enquanto eu morava aqui?

Ela concorda.

— Cerca de um ano após sua chegada.

Encaro a foto, meu sorriso.

— Eu pareço feliz.

— Você era — Winifred diz.

— Não por muito tempo, certo? — As palavras saem da minha boca antes de eu me dar conta de que estavam lá. Antes de eu poder sentir como são amargas.

— Por que não ficamos aqui com você?

— Eu não te abandonei, Jane. Por favor, entenda isso. Se fosse por mim, você e John ficariam comigo, mas havia outras forças operando aqui. Sim, você teve dificuldades com os Hollow, mas...

— *Dificuldades?* — Eu jogo minha foto na mesa. — Eles nos trataram feito cachorros por anos.

Winifred suspira.

— Jane, Beatrice estava em dívida comigo, ressentida, por muitos anos. Não vou entrar em detalhes agora, porque essa é outra história, mas já salvei a vida dela uma vez. Muito antes de você vir a Bluehaven. Quando entreguei você e o John na porta dela, ela não tinha chance a não ser honrar a dívida e te aceitar. Além disso, eles não foram sempre tão...

— Terríveis? Cruéis? Malvados?

— *Complexos*. Sim, eles nunca foram flor que se cheire, mas Bertram e Beatrice não são maus. Eles nem participaram da campanha do Eric contra você depois da Noite de Todas as Catástrofes. Eles vivem no mundinho assustado deles há anos, mas esse mundo despencou no momento em que bati na porta deles. O caso se espalhou rapidamente. Idris e o conselho de anciões aprovaram uma lei proibindo qualquer um de machucar você e o John; como eu, eles acreditavam que os Criadores os haviam enviado por um motivo, para proteção; mas outros viram o movimento como um convite. Um sinal de que eu finalmente havia desistido. Ainda enfezado com sua expulsão do conselho, Eric organizou vários ataques a você e John, alguns que colocaram a vida dos Hollow em perigo também. Eu detive todos eles, protegendo-a de longe. É por isso que o Eric mudou de tática, começou a manipular os Hollow. Ele os encheu de presentes, cochichou coisas, sugeriu formas de tornar sua vida intolerável. Você costumava viver no andar de cima, sabe. Foi ele que sugeriu o porão.

— Uau, ele é mesmo um filho da...

— Mãe, sim.

— Na verdade, eu iria dizer...

— Eu sei o que você iria dizer, mas não tolero palavrões. — Winifred pausa por um segundo. — Bem, não aqui, pelo menos. Então veja só, Bertram e Beatrice sempre estiveram numa posição difícil: desesperados para agradar Eric, mas com medo de me trair.

— Agora preciso ter *peninha* deles?

— Nada disso. Mas lembre-se, Jane. — Ela vira a foto, bate na pequena inscrição abaixo do símbolo. — Tudo acontece por um motivo. Você teve uma vida difícil crescendo naquela casa, mais difícil do que qualquer criança deveria ter de passar. Você sofreu, ah, sim, mas esse sofrimento te deixou forte, muito mais forte do que imagina. Também criou um laço forte entre você e John.

Winifred empurra a cadeira para trás e fica de pé.

— Mais importante, você está *viva*, Srta. Doe, e como o futuro de Bluehaven agora está em suas mãos, isso é uma ótima notícia mesmo.

ESCONDERIJOS E SUBTERFÚGIOS

— VENHA — WINIFRED DIZ, AVANÇANDO PELO CÔMODO ATÉ O GABInete. — É hora de partir.

— Ah, *agora* é hora? Bem depois de me dizer que o futuro desta maldita ilha está em minhas mãos? Uma ilha cheia de gente que me detesta?

— Resumindo? Sim.

Afundo meus pés descalços nas minhas botas úmidas.

— Tá. Mas é melhor me contar o restante da história antes de voltarmos para a praça. Você disse que os Hollow nos aceitaram porque deviam a você, ótimo, mas isso não explica por que você nos entregou.

— Não vamos voltar para a praça. — Winifred abre um pequeno armário montado na base do gabinete. Tira um maço, do tamanho de tijolos, de tecidos pretos e enfia em seu manto. — Eric recuperou os sentidos há vários minutos. Neste momento mesmo ele está invadindo o museu com sete homens armados bem perigosos.

— Como você sabe isso? E que troço foi aquele? O que você colocou no seu... — Sou cortada por um *estalo* distante, um tiro, ao longe, mas perto o suficiente para encher meu estômago de borboletas. Não, abelhas. Não, vespas. Vespas com ferrões bem grandes. — Oh...

— Deixa para lá — Winifred diz. — Tudo está acontecendo como o planejado.

Ela segue para a porta do estúdio. Fecha. Ela nos tranca dentro.

— Espere. Achei que você disse que estávamos partindo.

— Estamos. — De volta ao gabinete agora, Winifred empurra um vaso de cerâmica para o lado e... click... o enorme quadro do cânion cheio de cavernas se abre. Há um conjunto de escadas em espiral atrás. Uma passagem secreta.

— Agora. Coloque a chave em seu bolso e não se esqueça dos lanchinhos. Você deve estar faminta. — Ela tira um lampião. — Pode deixar as roupas sujas.

Pego a chave da mesa e enfio no bolso, então enfio as tâmaras e o pão em outra.

— E quanto às armas?

— Como?

— Você tem armas, certo? Aquele troço preto que você tirou do armário? Preciso de uma também. Eu podia pegar aquela espada lá. Ou a besta.

— Você conhece a lei — Winifred diz. — Você entra na Mansão por livre e espontânea vontade. Entra na Mansão desarmada. Entra na Mansão sozinha.

— Não levo nem uma faquinha?

Não recebo resposta. Ela apenas abre o quadro e acena para a escadaria além.

— Para onde leva afinal? — pergunto, me abaixando lá dentro.

— Pelas catacumbas. Confie em mim, Jane. Mova-se rapidamente, mova-se em silêncio.

Winifred puxa a pintura cuidadosamente fechada atrás de nós. Seu lampião toma a escadaria apertada com um brilho dourado. Os degraus são velhos, a pedra é lisa e gasta. Seguimos uma atrás da outra. Winifred na frente, serpenteando para baixo, baixo, baixo.

— Então — eu quase sussurro. — O futuro de Bluehaven depende de mim, hein? Isso é só uma expressão, certo? Tipo "eu tenho o mundo nas mãos", ou algo assim.

— O mundo está nas suas mãos, Jane, e não, isso não é uma expressão. Já te disse antes que todo mundo nesta ilha está em perigo. Esse perigo não passou ainda.

— Claro que não — eu murmuro. As vespas avançam e atacam.

— Dois anos depois que você e John vieram a Bluehaven, dois anos exatamente, eu descobri uma câmara escondida abaixo das catacumbas. Nessa câmara, encontrei um antigo hieróglifo pintado na parede. O símbolo da chave.

Pego a chave do bolso, viro em minhas mãos.

— Não pude acreditar — Winifred continua. — Após todos os meus anos de pesquisas infrutíferas, aqui estava, bem abaixo dos meus pés. Estava aqui, esperando, em segredo, desde o Princípio, bem antes dos meus ancestrais virem para esta ilha.

— Mas o que significa?

— Novamente, a única pessoa que pode responder isso é seu pai. Mas eu fui atraída pelo símbolo na parede, Jane. Eu o toquei e me deu uma visão. Imagens piscaram diante de meus olhos. Vi cada evento levando a esse dia, a esse momento. Eu entregando você e John para os Hollow no dia seguinte. As tentativas feitas contra a vida de vocês em seguida. Os pescadores atrás de você em White Rock Cove nesta manhã. A jaula. Eric erguendo sua faca infernal na Escada Sagrada. Violet vindo te salvar. Seu pai subindo pela escadaria, vestido de vermelho. Você saindo pelo portão escondido, uma segunda entrada para a Mansão. Ela está bem aqui, Jane, na câmara, esperando por você. O terremoto desta noite abriu o caminho.

— Espere aí. Está dizendo que nos entregou para os Hollow porque um símbolo bizarro na parede te *mandou*? Você parece bem louca. Sabe disso, né?

— Já me chamaram de coisa pior.

— Quero dizer, uma *visão*? Como isso é possível?

— Os Criadores — Winifred disse, um silêncio de referência em sua voz.

Eu deveria saber que ela diria isso. Po, Aris, Nabu-kai. A Porteira, o Construtor e o Escriba. Os três deuses que supostamente construíram a Mansão.

— Ainda não entendi como...

— Nabu-kai. O Escriba. Que tudo vê. O símbolo foi pintado com o sangue dele.

— Ah, tá — eu digo. — O sangue do Profeta. Bem, isso faz muito sentido.

— Como eu saberia que tinha de jogar a rede de pesca naquele ponto preciso em White Rock? Que Eric tentaria sacrificá-la? Que testemunhar seu pai em perigo de morte faria com que você causasse o maior terremoto que Bluehaven já viu?

Eu congelo.

— Opa, opa, opa.

Winifred para alguns passos à frente, se vira. Suas cicatrizes e rugas parecem gritantes à luz oscilante do lampião.

— Quando *eu* causei o terremoto? Você disse que eu não era amaldiçoada.

— Não acho que seja. Mas claramente você tem uma conexão com os terremotos.

A marca de minha mão com sangue na Escada Sagrada. A pedra partida como vidro.

— O primeiro terremoto aconteceu quando você caiu pelo portão, Jane. Ele parou quando você parou de chorar. Esta tarde, houve um tremor quando você caiu na água. Melhorou quando você voltou a respirar. O terremoto que ocorreu durante o festival...

— ...começou quando vi meu pai em perigo.

— E se tornou caótico no momento que seu sangue atingiu a Escada Sagrada. Só parou quando eu te devolvi a chave.

— Mas por quê? O que a chave tem a ver com isso?

— Não sei, Jane. A questão é que eu acredito que os terremotos acontecem sempre que você está assustada. Quando você realmente teme por sua vida e as vidas daqueles que ama.

— Mas a maioria dos terremotos acontece de noite.

— E como você dorme, Jane? Em paz? Você raramente dormia em paz quando bebê.

As vespas caem mortas.

— Tá, então eu... eu tenho pesadelos. Muitos. Mas isso é normal, certo? Todo mundo tem. E, afinal, já estive em perigo muitas vezes e nada aconteceu. Hoje não foi exatamente meu primeiro encontro com os pescadores.

— Porque o medo se tornou uma segunda natureza para você, Jane. Com todo o tormento que você passou nesta ilha, temer por sua vida se tornou lugar-comum. Você tem medo, sim, mas creio que os terremotos não ocorreram nesses momentos porque você aprendeu a *administrar*. Só quando você perde controle, quando está mais vulnerável, é que algo acontece.

Um segundo tiro ruge pela escadaria como um trovão, mais perto do que antes. A porta do estúdio foi aberta. Posso ouvir Atlas gritando ordens. Passos e outras vozes abafadas. Winifred apenas ergue as sobrancelhas. "Eu te disse."

— Tá — eu sussurro. — Vamos dizer que suas visões bizarras sejam reais e que eu realmente tenha esses poderes loucos. Por que você quer acioná-los? Se tudo o que disse é verdade, então você ainda tem escolha, certo? Você podia ter ignorado as visões. Podia ter nos deixado ficar aqui com vocês doze anos atrás. Podia *não* ter passado a foto pela minha janela esta manhã.

— E deixá-la nessa semivida em que esteve presa todos esses anos?

— Se significa que meu pai ficaria seguro, então sim. Nada disso teria acontecido. Eu não teria sido exibida no festival, Bluehaven não estaria, tipo, quebrada, e o pai...

Minha garganta se aperta. O pai ainda estaria aqui.

— Eu não tive escolha — Winifred diz, colocando uma mão firme no meu ombro. — Terrível, mas necessário, lembra-se? Eu não vi cada peça do quebra-cabeça, longe disso, mas vi o suficiente. O símbolo era uma mensagem dos Criadores, Jane. Um aviso dos próprios deuses. Algo aconteceu com você e John dentro da Mansão, o que foi eu não sei, mas a chave, os terremotos, o despertar da Mansão, essas coisas estão todas conectadas.

— Como? Por quê?

— Isso é precisamente o que você precisa descobrir.

A mão de Winifred se aperta em meu ombro.

— Esta é sua história. Sua aventura. Você deve entrar na Mansão e encontrar seu pai. Só então os mistérios vão se revelar. Só então seu destino ficará claro.

Eu queria poder dizer que as palavras de Winifred estão passando direto por mim, mas posso sentir aquele fio invisível, ainda partido de meu pai, começando a mudar. Está esgarçando, se multiplicando, se transformando em outra coisa. Como as cordas de uma marionete enroladas nos meus tornozelos e pulsos, fazendo uma forca no meu pescoço. Se o que ela diz é verdade, talvez as cordas da marionete sempre estiveram aqui. Talvez tudo esteja levando a isso.

AS CATACUMBAS

É APERTADO E ÚMIDO DENTRO DAS CATACUMBAS. O TETO É TÃO BAIXO, que Winifred quase tem de se abaixar quando ela sai de trás de um pesado tapete que esconde uma porta secreta. À nossa esquerda, uma parede tomada com tochas acesas. À nossa direita, dúzias de arcos sombreados. Tumbas tomadas de caixões entalhados na pedra e estátuas de criaturas estranhas. Eu estremeço.

— Não tenha medo, Jane — Winifred diz. — Os mortos têm seus segredos, mas estão em paz.

— Ã-hã — murmuro —, claro.

Cada passo que eu dou parece mais duro do que o anterior, como se eu estivesse passando por uma água invisível. Chega até meu umbigo, meu peito, meus ombros, pressionando de todos os lados, tornando difícil respirar. Porque estou cercada de gente morta. Porque não tenho ideia do que estou fazendo. Porque o pai se foi e todas as minhas perguntas sem resposta ainda estão rodando por minha mente.

O que aconteceu com a gente dentro da Mansão? O que aconteceu com minha mãe? De onde viemos? E quanto à chave? O que acontece com esses malditos terremotos?

— Por aqui. — Winifred me conduz além da escadaria pública principal. Vozes raivosas e passos ecoam em nossa direção. — Rápido.

— Ela se vira por uma passagem estreita. Pequenas alcovas marcam as paredes, guardando centenas de antigos pergaminhos e velas semiderretidas.

— Os Pergaminhos dos Mortos — Winifred diz. — Um registro de cada alma descansando aqui e no cemitério.

— Incrível — eu digo. — Hum... Por que o segundo portal fica aqui embaixo?

— Porque eu é que deveria encontrá-lo — ela diz. — Assim como você deve atravessá-lo.

Viramos à esquerda e à direita e então chegamos a um beco sem saída. Ou pelo menos seria, caso não houvesse um buracão sujo no chão.

— É aqui? Vou descer isso aí?

Uma picareta enfiada na pedra. Uma corda cheia de nós. Winifred pega uma ponta e prende na minha cintura. Ainda posso sentir o uísque no hálito dela.

— Vou te baixar o mais suave que eu puder. Há uma fenda centenas de metros túnel abaixo. Você não terá problema em escalar. Ah, mas cuidado com as aranhas. A câmara está do outro lado. Você só precisa tocar o portal e ele vai se abrir.

— E quando eu entrar? E se meu pai já tiver ido para um mundo diferente? Como eu o encontro?

— É algo que você precisa resolver — Winifred diz. — O portal pode te levar a qualquer lugar dentro da Mansão. Ninguém nem chegou perto de explorar tudo isso, porque seria impossível, simplesmente não tem fim; mas já vi mais do que a maioria. — Winifred olha para o buraco e fica toda nostálgica. — Você vai ver, Jane. Um número infinito de corredores e câmaras interligados. As paredes em si zumbindo, tão vibrantes, como se a pedra em si estivesse viva. Em cada novo cômodo um mistério. Uma surpresa em cada corredor. Tantos segredos esperando para serem descobertos. Tantos mundos novos para encontrar. — Ela se concentra em mim agora. — Mas você deve tomar cuidado. Acredite em mim quando eu digo para não baixar a guarda. A Mansão é um lugar cheio de maravilhas, sim, mas também de perigos. E muitos.

Eu me lembro de algumas das histórias que escutava no bar Golden Horn.

— Quer dizer armadilhas e troços assim? Alçapões, espetos, lâminas cortantes?

— Mecanismos antigos com apenas um propósito.

— Matar gente.

— Garantir que apenas os dignos passem entre mundos.

Winifred prende o lampião em minha calça e dá mais algumas dicas, mas não consigo prestar atenção. Uma brisa fétida passa por minhas bochechas, como se o buraco estivesse respirando. Não consigo ver nada lá embaixo. É um breu. Aposto que Violet pularia sem pensar duas vezes, mas...

— Espere. E Violet? Acha que ela está bem?

— Ela está bem — Winifred diz.

— Eu deveria ter dito tchau. Quero dizer... Quanto tempo acha que vou ficar longe?

— Tempo é algo volúvel, Jane. A Mansão é uma ponte para o Outromundo. Cada mundo opera em seu próprio tempo, então um dia em Bluehaven pode ser igual a uma semana, um ano, talvez até uma vida em outro lugar. Quanto à Mansão em si, o tempo pode fazer coisas estranhas aqui. Estranhas mesmo. — Ela aponta para o buraco. — Chega de perguntas. À frente é o único caminho.

Minha garganta se aperta. A água invisível sobe até meu pescoço, meu queixo, ameaçando me afogar em terra firme. Eu vou até o buraco.

— Tá, mas tem *certeza* de que a Violet está bem?

Winifred assegura. Acho que vou ter de confiar nela.

— Bom. Pode dizer a ela... diga que eu agradeço. Por ter me salvado na escadaria e tal. — Minha cabeça está zumbindo, minhas mãos mais úmidas do que panos de chão. — E diga a ela, diga a ela...

— Vou pensar em algo apropriado — Winifred diz.

Eu me viro para ela agora, sem saber o que dizer. É, ela meio que nos entregou porque um pergaminho possuído de uma parede disse para ela fazer isso, mas ela salvou nossas vidas mais de uma vez.

Sacrificou a própria reputação, sua vida toda aqui em Bluehaven. Todo esse tempo que ela me seguiu pela ilha estava me protegendo, cuidando de mim, afastando ameaças. Eu deveria agradecê-la. Droga, deveria ser bem cafona e dar um abraço também, mas não estou acostumada a agradecer aos adultos.

Estou revirando as palavras, mas não consigo soltá-las.

— Eu sei, Jane — Winifred diz, colocando uma mão no meu ombro. Porém, antes de tudo ficar muito meloso, a voz de Atlas ecoa pela passagem, gritando feito um louco, chamando meu nome, e Winifred suspira.

— Porém, eu não agradeceria a mim ainda se eu fosse você.

E ela me empurra.

PRIMEIRO · INTERLÚDIO
O TRABALHO DE WINIFRED ROBIN

ATLAS E SEUS HOMENS IRROMPEM PELOS PERGAMINHOS DOS MORTOS com armas erguidas.

— Solte a corda, Robin — ele diz. — Acabou. Você não pode mais esconder a menina lá embaixo para sempre. Vamos terminar de uma vez por todas com essa loucura.

A corda termina de desenrolar. Jane conseguiu. Uma descida rápida, mas segura.

Winifred sorri.

Encarando os homens ela diz a verdade. Que eles chegaram tarde demais. Suas vidas agora estão nas mãos de Jane Doe. Eles não acreditam nela. Eles zombam, balançam a cabeça. Atlas aponta para a faca manuviana no peito dela, e ela decide que também vai pegar aquilo antes do fim.

Antigas relíquias merecem mais respeito.

— Está mentindo, sua velha. Agora saia do caminho.

Winifred dá aos homens uma chance de ir embora, voltar à superfície, ajudar suas famílias. Ela diz a eles que a caçada terminou e tira a bomba envolta no pano preto de seu manto para provar.

Cinco barras de dinamite. Mais do que o suficiente para selar o túnel abaixo.

Ela rapidamente acende numa vela próxima. A bomba solta faísca e chia.

Cada homem, exceto Atlas, dá um passo atrás.

— Calma aí — ele diz. — Mantenham posições, homens. Ela está blefando. Ela não ousaria.

Mas Winifred pode sentir a dúvida dele, seu medo. Ela pode sentir, farejar, ver em seus olhos.

"À frente é o único caminho", ela disse à Jane, e é para onde Jane está indo agora. Winifred tem certeza. Ela sabe que Jane está correndo pelo túnel o mais rápido que pode, tirando aranhas do caminho, tropeçando em pedras, esfolando mãos e joelhos, porque Winifred deixou um aviso lá esta manhã. Uma simples palavra, bem escolhida, traçada na poeira do chão para que Jane saiba exatamente o que vai acontecer.

Que Po, Aris e Nabu-kai a protejam.

— Solte isso, Robin — Atlas diz. — Acabou.

O pavio está ficando curto. Winifred deve calcular a queda perfeitamente. Os homens vão disparar as armas no momento em que ela soltar, mas ela já desviou de balas antes. Será preciso apenas dez segundos para sobrepujá-los. A bomba vai explodir e Atlas vai se render de uma vez por todas. Ela não vai dar outra chance a ele. E, quando tudo estiver feito, quando Jane estiver segura, Winifred vai encontrar a jovem Violet lá fora. Vai dizer à menina que ela não verá Jane por um longo, longo tempo, mas seu papel nessa história está longe de ter terminado. Seu treino deve começar imediatamente.

Mas, primeiro, a bomba.

Ela ergue a mão, joga a dinamite sobre o buraco. O pavio já quase todo queimado. Segundos permanecem. Mais um, Atlas diz a ela para deixar disso e dar passagem. Ela diz que já o ouviu da primeira vez, mas em sua mente ela está pensando: "três, dois, um...".

PARTE · DOIS

AS MARAVILHAS ALÉM DO MURO

"JANE, VOU EXPLODIR O MALDITO TÚNEL DEPOIS DE TE EMPURRAR."

Era tudo o que Winifred tinha que dizer. Mas não. Falar isso deixaria as coisas fáceis demais. Eu só tinha um aviso mixuruca com quatro letras escritas na terra.

Bang.

Sem ponto de exclamação, sem ênfase, sem desculpas. Eu me perguntei por um segundo que diabos significava, mas então me lembrei do saco preto que ela tirou do gabinete e imaginei que era uma bomba. Tudo o que eu pude fazer foi me levantar, avançar e escalar. Eu saltei nessa câmara velha bem a tempo. A bomba acionou um desmoronamento, claro, era a ideia.

O túnel está selado. Atlas e seus capangas não podem me deter agora.

Tenho sorte de não ter perdido o lampião. Tive de prendê-lo na minha calça novamente, enquanto escalava a fenda. Agora está de volta na minha mão, iluminando o segundo portão, que meio que parece um dente gigante enfiado na parede. A pedra do portão é pálida e lisa, mas há uma pilha de pedras mais escuras ao redor da base. Restos da parede de pedra que estava bloqueando aqui todos esses anos, creio eu. Não tem sinal do símbolo bizarro da Winifred.

Esta é a quinta vez que tentei juntar coragem o suficiente para tocar a pedra. Fico dizendo a mim mesma que é apenas uma porta, nada mais, mas não é apenas uma porta, é uma porta que esteve esperando por mim. Um portão para um lugar onde eu nunca estive.

Caminho ao redor da câmara. Fiz xixi num cantinho. Comi as tâmaras e o pão. Já limpei aranhas esmagadas das minhas botas. Já virei a chave nos meus dedos e me perguntei o que Violet fará quando descobrir que deixei a ilha sem dizer adeus.

Agora me pergunto se é possível encontrar um homem na Mansão. Um homem em todos os mundos. É uma agulha no palheiro, sem dúvida. Só que o palheiro não termina nunca.

Não quero pensar no futuro de Bluehaven.

Não posso pensar nos Criadores ou nos terremotos. Preciso focar uma única coisa: pegar meu pai de volta. Visualizo seu rosto. Seus olhos castanhos. A forma como ele quase sorri às vezes quando conto uma piada a ele.

Eu toco o portão.

A câmara ruge e eu quase faço cocô nas calças porque o portão abre de uma vez — não para fora como o portão principal, mas para o teto — e sou bombardeada pelo ar frio.

Preciso fazer isso. Saltar. Agora mesmo.

Respiro fundo e salto sobre a pilha de rochas na escuridão. Meus pés aterrissam em algo frio. Algumas velas em castiçais negros ganham vida sozinhas nas paredes ao meu redor. Estou num corredor curto e vazio, com neve até os tornozelos.

O portão fecha com estrondo atrás de mim.

Bem-vinda à Mansão, Jane. Bem-vinda a um novo tipo de esquisitice.

A CHAVE MESTRA

ACONTECE QUE A NEVE É BEM, BEM FRIA. EU NÃO DEVERIA ME SURpreender, já que a neve é água congelada e tal, mas ainda me surpreendo. É mais macia do que eu imaginava. Mais seca também. Fica com um tom sinistro de laranja sob a luz da vela. Quando pego um pouco e passo entre os dedos, ela se esvai, como poeira. Quando coloco na língua, ela derrete. Não sou especialista na Mansão, mas estou bem certa de que isso não deveria estar aqui. Neve é uma coisa que acontece ao ar livre, em Outromundo. Violet nunca mencionou corredores cheios de neve sempre que ela falava sobre as Crônicas de Bluehaven.

Tem algo de errado. Posso sentir.

Até onde eu sei, não há armadilhas aqui.

Examino as paredes geladas de cada lado, passo uma mão sobre a pedra. Não é nada como a Winifred disse que seria. Não está zumbindo. Não está vibrando. Com certeza não parece vivo. É só pedra, fria e morta.

Dou um passo à frente e rapidamente salto para trás.

Não tem nenhum *bum*, nem *bangue*, nem *bam* ou *tuim*. É só eu, a neve e o silêncio, tão alto, que posso senti-lo. Tem uma porta de madeira do outro lado do corredor. Rachada e saliente, vazando neve e gelo.

Provavelmente vou ter de cavar para o próximo cômodo.

À frente é o único caminho.

Dou alguns passos cautelosos, meus pés esmagando suavemente a neve, a boca soltando fumaça como uma chaminé. Minhas mãos já estão tremendo. Quando chego à porta, seguro o fôlego e escuto, mas algo pressiona sobre mim um peso invisível. O silêncio é denso demais, pesado demais.

— É só uma porta, nada mais — eu digo para quebrar o silêncio. Uma porta trancada, ao que parece. E eu me pergunto.

Podia ser simples assim?

Tiro a chave do bolso, coloco na fechadura e *clique*.

Um mistério resolvido, mais um bilhão em frente.

O pai encontrou a chave na Mansão, mas como? Onde? As chaves da Mansão devem ser raras, se Winifred nunca fez a conexão. Não me lembro de nenhuma aparecendo nas histórias que ouvi. Eu me lembro de Violet dizendo que as pessoas tinham de seguir em frente se encontrassem com uma porta fechada e tentar a sorte em outra, confiando que a Mansão as estivesse guiando da forma certa.

Uma chave muda tudo.

"Esconda", o pai disse a Winifred. "Mantenha segredo."

Deve haver mais aí. Talvez a chave abra mais do que esta porta. Talvez abra *todas*.

Se abrir, tem um valor incalculável.

Mas não posso me ater a isso agora. Preciso continuar em frente antes de congelar.

Enfio a chave de volta no meu bolso e limpo o gelo na base da porta. Quando empurro o troço destrancado, soa como ossos quebrando.

Tem uma parede de neve atrás. É hora de cavar.

Começo no topo, cavando e tirando, tremendo bastante agora. Quando escorrego, a neve cai pelo meu pescoço, na minha calça, nas minhas botas, mas não demora para eu socar o ar, puxando o lampião para a próxima... Eu queria dizer "sala", mas a palavra não faz justiça. É ainda maior do que o saguão do museu e tem pelo menos vinte andares de altura. E está tomado de arcos, colunas e camarotes, todos entalhados na mesma pedra antiga. Aquelas sinistras velas que se acendem sozinhas já ganharam vida, junto a algumas tochas, muitas em lugares que nenhuma mão humana alcançaria. Não há janelas, apenas centenas de portas de madeira em cada pilar, sob cada arco. A maioria das portas neste piso térreo está enterrada três quartos na neve. Aquelas que posso ver nos pisos acima parecem congeladas, mas estão desimpedidas. Estalactites de gelo se penduram de cada canto, uma galeria de facas brilhantes.

É bonito. Assustador, mas bonito.

Quero chamar meu pai, mas aquela quietude sufocante me segura. Uma sensação de que invadi uma cena intocada desde o começo de tudo.

— Pai — eu cochicho alto em vez de gritar. — Está aí?

Nenhum movimento. Nenhum som, tirando as batidas do meu coração.

Há portas demais. Caminhos demais para se escolher. Eu realmente não quero cavar novamente, então sigo para o arco preto escancarado no fundo do corredor, abrindo caminho pela neve à altura do meu joelho e mantendo a mão na frente do lampião para aquecê-la.

Rostos entalhados na pedra adornam os pilares. Mulheres. Homens. Feras rosnando para mim. Não é um passo exatamente tranquilo. Eu me viro e olho para trás, verifico qualquer sinal de perigo. Eu me sinto menor e mais estranha do que nunca.

Ainda não consigo acreditar que estou aqui. Ainda não acredito que o pai me deixou.

Entro no arco agora, com os dentes tremendo, pernas anestesiadas. A neve está muito mais alta no próximo cômodo, de teto tão baixo que eu quase posso tocá-lo. As velas e as tochas no grande hall se apagam assim que eu passo, mas ao mesmo tempo um candelabro de metal preto se acende na minha frente — e um segundo, terceiro e quarto depois disso —, uma linha inteira deles se iluminando até onde posso ver. É um corredor. Um corredor longo pra caramba.

Estou prestes a me virar quando algo faz as velas dançarem. Uma corrente de ar. Só dura alguns segundos, mas uma corrente de ar significa uma abertura, uma saída. Talvez um portal que meu pai tenha aberto, mas um portal para onde?

Sigo pelo corredor, passando pelos candelabros, por outros arcos, outros corredores, outros cômodos, camarotes e mais portas enterradas. Chego a uma encruzilhada e um cruzamento em T, viro à esquerda, à direita. Vejo uma estátua saindo da neve. O topo de um capacete, um par de chifres, uma lança. Às vezes preciso refazer meus passos de um beco sem saída. O lugar é maior do que os labirintos de Bluehaven, e logo perco a corrente de ar.

É inútil.

O pânico aumenta. Eu dou com uma escadaria escorregadia. A neve não está tão funda aqui. Os candelabros estão altos sobre minha cabeça, de volta onde deveriam estar. Porém o ar é bem gelado e as portas ainda estão geladas, reluzindo à luz de velas. Eu reviro a chave no meu bolso.

— Por favor, por favor, por favor...

Enfio em outra fechadura e viro. *Clique.* Acertei de novo.

Eu estava certa. É mesmo uma chave mestra. Uma chave para todas as portas. De alguma forma, parece mais pesada agora. Mais preciosa do que nunca. Esse é o tipo de tesouro pelo qual as pessoas matariam.

Não vai servir de nada se eu congelar.

Começo a planejar. Crio uma série de regras para explorar a Mansão.

1. *Abra o máximo de portas que puder antes de escolher entrar num cômodo.*
2. *Pegue cômodos simples. Aqueles sem fendas nas paredes ou buracos no teto.*
3. *Fique esperta. Isso inclui, entre outras coisas, manter os olhos bem abertos; ser toda ouvidos para o pai (ou a qualquer coisa bizarra que possa estar à espreita) e deixar todas as portas abertas (porque uma fuga rápida é uma boa fuga).*

Horas se passam. Pelo menos acho que sim. Está ficando mais difícil julgar o tempo aqui. A Mansão não termina, como um mapa que não para de se desdobrar. Cômodos quadrados, salas circulares, quartos com formas que nem lembro o nome. Corro para me manter aquecida até minhas pernas e meus pulmões não aguentarem mais, o pânico agora é um caroço na minha garganta. Quando vejo uma parede coberta de marcas de garra e manchas que parecem sangue seco, eu me afasto lentamente e escolho outra sala. Penso em coisas bacanas como cobertores, banhos quentes, canja de galinha, banhos quentinhos *em* canja de galinha, mas as coisas boas nunca são o suficiente. Meus pulmões queimam de frio. Ranho congelado coça no meu nariz. Grito o nome do meu pai seguidamente, com o maldito silêncio me sufocando.

Fico tão cansada, com frio e emburrada, que me esqueço de verificar as armadilhas. Para voltar a mim, só preciso de um encontro de raspão num machado gigante, e então acrescento outra regra à minha lista:

4. *Tome precaução. Jogue algo em cada cômodo antes de entrar e ser picadinha, cortadinha, queimadinha e decapitada.*

Mais tarde, quando uma vela que tirei da parede é cortada ao meio por uma lâmina escondida antes mesmo de eu tocar a neve, decido evitar todos os cômodos menores.

Após dois uni-duni-tês e algumas escadarias geladas, eu encontro a corrente de ar novamente, só que não é mais uma corrente de ar, é uma baita ventania. Uma maldita de uma tempestade de neve lá dentro. As velas nas paredes balançam como pequenas línguas alaranjadas ao vento. Elas se apagam e acendem novamente. As portas tremem. Chamo meu pai novamente; minha voz, uma baforada de vapor. Minha visão está turva. Estou exausta, esvaída. Tenho a ideia de abraçar meu lampião e roubar um pouco de calor, mas devo tê-lo deixado bem para trás, porque não está mais na minha mão. A chave ainda está, apertada firme no meu punho pálido.

Então eu vejo, através da nevasca e da luz piscante, outro arco. Uma neblina azulada. Cambaleio até um camarote que dá para um grande hall congelado. Este é dominado por um enorme portão de pedra, tão largo quanto uma rua, e com quinze andares de altura. Está coberto de pequenos buracos, como se cupins comedores de pedra estivessem se alimentando disso há séculos. A luz azul opaca brilha através dos buracos. O vento uivante sopra através deles, levando a neve e o gelo. Há um mundo congelado além daquela porta. Um Outromundo.

Se eu fosse qualquer outra menina em Bluehaven, eu provavelmente ficaria toda boba e emocionadinha agora — parada aqui, vendo isso —, mas só penso que não tem como o pai ter aberto aquela porta. A neve está empilhada bem alto na base. Não tem pegadas. Gastei horas perseguindo uma pista furada. Eu sei, sou nova nessa coisa de aventura, mas estou certa de que as coisas não deveriam acabar assim. Se eu não estivesse me sentindo tão fraca, tão fria, eu gritaria. Só consigo murmurar um "desculpe" enquanto me aperto contra a parede. E se eu o perdi para sempre?

Mas o que é isso?

Um par de botas esfarrapadas. Um homem de pé na minha frente com um saco preto vazio nas mãos enluvadas. Não consigo ver o rosto, só um cachecol e óculos. Não consigo gritar, não consigo me mover. Nem quando ele se abaixa e coloca o saco sobre minha cabeça.

O PESADELO

AS ONDAS ESTÃO VIVAS. ME LEVANTANDO, ME JOGANDO PARA BAIXO, me arrastando por uma efervescência de bolhas negras até eu ser levada pelas profundezas do oceano. Suspensa na escuridão, um coro familiar ecoa ao meu redor, baixo e nauseante. O grunhido de uma dúzia de coisas famintas. Flashes iluminam a água — de baixo, não de cima — e eu vejo *aquilo*. Os olhos de fogo branco. As grandes bocas abertas. Uma massa brilhante de tentáculos tomados de raios se estendendo para me pegar.

A força da onda subindo me empurra de volta à superfície e me joga de um lado para o outro como um brinquedo. Eu roubo fôlego na crista de uma monstruosa onda e grito.

Mas lá, ao longe, algo de que tenho certeza de nunca ter visto antes. Uma rocha gigante se erguendo das ondas. Uma pequena ilha. Eu me movo em direção a ela, mesmo estando a mais de um quilômetro de distância, mesmo eu sendo puxada para trás, para baixo, sugada sob as ondas novamente.

O HOMEM DO SACO PRETO

ESSES COBERTORES FEDEM A SUOR E FUMAÇA. SINTO COMO SE ESTI-vesse dormindo há horas, dias, meses. Meus braços estão pesados demais. Mal posso limpar a baba do meu queixo. Eu bocejo e esfrego o sono de meus olhos. Estou jogada debaixo da estátua de um homem com cabeça de touro. Um par de óculos está pendurado em seu chifre. Os óculos *dele*.

Eu salto, com os punhos erguidos e pronta para lutar.

O homem não está aqui.

Estou em outro cômodo iluminado por velas. Sem neve, sem vento, apenas quatro paredes de pedra e uma porta deixada aberta com um grande balde de metal. Minhas mãos foram enfaixadas de volta. Coisa esquisita para um sequestrador fazer. Pensando bem, como posso ter certeza de que fui sequestrada? É, o homem me enfiou num saco, mas pelo menos me tirou da neve. Ele salvou minha vida, na verdade.

O balde que segura a porta está cheio de algo preto, de aparência viscosa. Fede tanto, que tenho de segurar o fôlego quando empurro a porta pra deixá-la mais aberta. O corredor à frente não é muito longo. Há uma junção em T no final. As velas já estão iluminadas. O homem está voltando? Eu quero que ele volte? Ele podia me ajudar a encontrar o pai. Ou, pelo menos, me apontar a direção certa. Ou ele podia transformar meu crânio numa tigela de café da manhã. Eu oscilo entre fugir e ficar, um milhão de vezes, então escuto. São passos.

O Homem do Saco Preto está voltando.

Penso que deveria fechar a porta entre nós até chegarmos a um acordo, de preferência um que não envolva a minha morte. O problema é que eu não consigo achar a chave. Não me lembro se estava na minha mão ou no meu bolso quando desmaiei. Será que ele pegou? O que vou fazer se ele tiver pego?

"Guarde bem", Winifred disse. "Devolvi a você e com você deve ficar."

Reviro os cobertores debaixo da estátua, por precaução. Que bom que é bem brilhante, está aqui, enterrada no fundo.

A porta range se abrindo atrás de mim.

Eu pego a chave e me abaixo atrás da estátua bem a tempo.

O cara é mais alto do que eu. Grande, mas magro, como se cada parte de gordura tivesse sido consumida de seu corpo, deixando apenas músculos e ossos. Ele nem é um homem. Não de fato. É um cara, claro, mas só alguns anos mais velho do que eu, no máximo. Está vestido em trapos sujos. Sua quase barba e cabelo desgrenhado estão tomados de flocos de neve derretendo. Ele me lembra um animal selvagem — daquele tipo com o qual você certamente não quer ficar trancado num cômodo.

É assim que eu queria que as coisas fossem:

Eu digo "quem é você?". Ele diz "alguém que pode te ajudar". Eu digo "viu meu pai?". Ele diz "cabelo grisalho? Altão? Manto vermelho? Bem, hoje é sua noite de sorte, amiga! Ele está descansando no fim do corredor, logo ao lado da porta de volta a Bluehaven. Posso te levar lá agora, se quiser". Então, batemos as mãos e saímos desse lugar maldito.

Mas é assim que as coisas *de fato* acontecem:

Eu não digo nada, fico não muito escondida atrás da estátua.

Ele passa um pouco da gosma do balde nos ombros.

Eu engasgo com o cheiro rançoso. Ele funga. Coça o saco.

Ele esqueceu que estou aqui?

Eu pigarreio, até tusso um pouco, *hã, hã*, e o cara finalmente olha para mim. Ou através de mim. É meio difícil dizer. Quero falar algo valente tipo "não tente nenhuma gracinha. Eu sei caratê", mas o que termino dizendo é:

— Está usando minhas botas? — Porque acabei de perceber que o panaca está usando minhas botas. Ele até cortou o bico para os dedos saírem. — Ei. — Eu saio de trás da estátua. — Me devolve minha bota.

— Não é sua — ele finalmente diz. — É minha agora.

Não sei o que dizer para isso, então faço a pergunta com que devia ter começado.

— Quem é você? — O cara fica me encarando. — De onde você veio? Valeu por me tirar da neve e tal, mas, sério, não acredito que você estragou minha bota.

Nada. Ele nem responde quando fico educada e digo:

— Meu nome é Jane, qual é o seu? — É uma vergonha, porque sempre quis conhecer um estranho. Alguém que não saiba meu nome, que nunca ouviu falar de maldição. E aqui estou, sendo tratada como uma leprosa.

Decido não levar pro lado pessoal. O que eu faço é jogar os óculos do cara para ele. Eles batem em seu peito e caem no chão. Ele os pega e enfia no bolso. Eu me preparo para um ataque, mas não acontece. Ele apenas desliza o balde pelo chão com o pé e diz.

— Esfregue isso em suas roupas. Esconde seu cheiro.

— Como? Não vou passar nada até...

— Limpei nossos rastros na neve. Estou indo agora. Não tente me seguir.

— Espere aí, colega. — Eu aponto para ele, mostrando que não estou para brincadeira. — Tive um dia do cão. Ou pior, alguns dias. Não estou certa de que dia é. A questão é que meu pai está perdido e não vou deixar você sair sem... ei! — Ele está indo embora. — Ótimo. Faça como quiser. Pode ir.

Mas não posso deixá-lo ir.

Deixo os cobertores e o balde de cocô e o sigo no corredor.

— Vamos, não pode me deixar assim. Estou procurando meu pai. Você pode tê-lo visto. Cabelo grisalho? Altão? Manto vermelho? Não? Bem, eu estou perambulando por aqui há horas...

— Você se acostuma.

— Não quero me acostumar. Olha, tá na cara que você está aqui há um tempo. Talvez possa me dar umas indicações. Você me deve. Enfiou um saco na minha cabeça.

— Você podia ser perigosa.

— E o que te faz achar que não sou?

— Você se revira no sono.

Malditos pesadelos.

— Olha, julgando pela sua higiene pessoal, imagino que você não tenha andado muito com pessoas ultimamente. Por que não mostra um pouco de decência enquanto pode, hein?

Eu peço e imploro por três corredores e um lance de escadas. Não importa o que eu diga, não posso transformar o Cara Que Não Para de Andar no Cara que Poderia Ficar. Eu elogio sua quase barba. Digo "por favor" até perder a conta. Daí fico brava e o chamo de panaca. É quando ele avança e me prende na parede. Ele me olha feio, mas não muito tempo.

— Seus olhos — ele diz. — São...

— Amarelos. Tem algum problema? Sabe, os seus não são lá... — Na verdade os olhos dele são bem incríveis para um cara. Grandes e escuros. De certa forma parecem mais velhos do que o restante do rosto dele. — Tá, seus olhos até que são legaizinhos. Admito, mas...

— Quieta. — O cara se inclina tão perto, que nossos narizes quase se tocam. Digo para ele me soltar. Ele diz — O que vai fazer? — Então meto uma joelhada no saco dele e ele cambaleia para trás.

Eu endireito minha túnica.

— Isso.

O cara grunhe.

— Não. Me. Siga. Fique aqui. — Ele abre a porta mais próxima e as velas no corredor à frente se acendem.

É hora de dar minha última cartada. Agora ou nunca. "Guarde segredo", o pai disse a Winifred, mas é tudo o que tenho.

— Está preso aqui, certo? Está procurando a saída? Eu posso ajudar. Tenho uma chave.

O cara congela, uma mão encostada na maçaneta.

— Uma chave?

— É — eu digo, mas já estou me arrependendo, porque agora ele se vira e me encara com um olhar faminto.

— Me mostre.

Eu tiro a chave do bolso. O cara tenta dar uma de sossegado, mas posso ver claramente que está fascinado. Seus olhos tremem. Sua boca fica aberta.

— Onde conseguiu isso?

— Não importa onde consegui. É minha.

— Sua — ele desvia os olhos da chave. — De onde você disse que veio?

— Eu não disse. Mas vim de uma ilha. Uma ilha chamada Bluehaven.

— Bluehaven. — Ele diz as palavras lentamente, medindo-as. Ele está feliz? Triste? Prestes a surtar? Acho que nem ele sabe. Por um tempo ele não diz nada. Fica bem desconfortável mesmo. Então pigarreia. — Seu pai. Você o seguiu para cá?

Faço que sim.

— Mais ou menos. Ele chegou talvez uma hora antes de mim. Preciso encontrá-lo o quanto antes. Ele está doente. Você não quer me dizer quem você é ou de onde veio? Tudo bem. Mas essa chave abriu cada porta que tentei até agora. Me ajude a encontrar meu pai e você pode ficar com ela. Quando encontrarmos o portão de volta para nosso mundo, você poderá usá-la para encontrar o seu.

Mas enquanto digo isso uma vozinha na minha cabeça pergunta *por quê*? Por que voltar a Bluehaven? Estamos no lugar entre lugares, afinal. Eu e o pai podíamos ir para qualquer lugar, qualquer mundo. Escolher um portal, qualquer portal. Diabos, podíamos encontrar nosso lar. Nosso *verdadeiro* lar.

Podíamos até encontrar minha mãe.

O PERIGO DOS PELES DE LATA

CORAÇÃO ACELERANDO. PERNAS QUEIMANDO. PÉS DESCALÇOS CORrendo na pedra. Meu quase amigo pode ser mais alto do que eu, mas eu sou rápida igual. Por acaso o nome dele é Hickory. Ele finalmente me contou quando o "não cachorro" saiu pela porta e começou a nos perseguir. Não tem sentido guardar segredos agora, eu acho. Estamos correndo pelos corredores à luz de velas, rezando por outra porta.

— Que coisa é essa? De onde veio?

— Pele de Lata — Hickory diz. — Outromundo. Chega de perguntas.

Batemos um no outro quando viramos a esquina. Uma direita difícil. Uma esquerda. Há uma porta à frente e já está na hora. O Pele de Lata está nos alcançando, rangendo os dentes.

Hickory percebe que a porta está fechada, diz para eu me preparar, mas já estou preparada. Pego a maçaneta, enfio a chave na fechadura e viro. Passamos pela porta e a batemos atrás de nós enquanto as velas se acendem. Mas o Pele de Lata não desiste. Ele se joga repetidamente contra a porta. Latindo, rosnando, arranhando-a com as garras. Jogo meu peso contra a porta, peço uma mão para Hickory, mas ele fica quieto atrás de mim.

Porque este não é um cômodo comum.

O piso, as paredes e o teto estão cobertos de placas de metal quadradas, cada uma de cerca de meio metro de largura. Cada pedra tem um símbolo entalhado. Um círculo dentro de um círculo, um troço que parece um pássaro, uma estrela. Linhas tortas, rabiscos e rostos demoníacos. Centenas de desenhos, mas nenhuma saída.

Eu me aperto na base da porta. — Deve haver uma passagem secreta, certo? — A maçaneta chacoalha sobre minha cabeça. — *Certo*?

Hickory fica parado lá, olhando as placas de pedra.

— Gatilhos — acho que é o que ele diz.

— Não posso manter essa coisa lá fora para sempre — eu grito. A porta racha e lasca. — Rápido!

Hickory se move cuidadosamente ao redor do cômodo, correndo suas mãos sobre os símbolos.

O Pele de Lata abre um buraco na madeira sobre meu ombro, força seu focinho pelo buraco, com dentes batendo, babando. Tem cheiro de carne podre.

— Apenas escolha um, Hickory — eu grito. — Aperte todos!

Mas ele não aperta. Ele vai de símbolo em símbolo. Vai pressionar um relâmpago. Para. Volta pelo cômodo e começa a pensar novamente. Eu verifico o canto à minha esquerda. Um crânio na parede. Um olho no teto. Um quase triângulo num círculo no chão e...

— Espere — eu grito. — É aquele ali... O círculo com o triângulo zoado.

— Quieta — Hickory grita. — Estou pensando.

— Confie em mim. — O Pele de Lata enfia a cabeça toda pela porta. — Aperte!

— Se empurrarmos o errado, estamos fritos. Acho que é esse.

— A *cobra*? Está louco? Quando é que cobras são boa coisa?

Hickory treme as mãos como se estivesse prestes a fazer a coisa mais inovadora que alguém já fez na vida.

Ele enfia as palmas na placa de cobra.

Ela não se mexe.

— Incrível — eu digo. — Agora por favor pressione o maldito triângulo! É o símbolo na chave. Lá. Canto esquerdo. — Ele vai para a direita. — Não, *minha* esquerda, idiota! Quer saber? Ótimo!

Eu saio da porta. Há uma fenda atrás de mim. Eu bato os punhos na placa de pedra o mais forte que consigo. Ela clica, algo mais estala e uma enorme placa de pedra sobre a porta se abaixa, nos selando com um estrondo. O problema é que o Pele de Lata está aqui também.

— Ah — Hickory diz. — Muito melhor.

O Pele de Lata grunhe, range os dentes. Eu corro para um canto e escuto algo através da parede. Engrenagens escondidas virando. Dentes se encaixando. Uma máquina antiga ficando mais alta, mais rápida, tremendo a sala.

O Pele de Lata está assustado. Dá um passo atrás.

Então a máquina, ou o que quer que seja, para.

O silêncio toma o cômodo. Olho para Hickory. Hickory olha para o Pele de Lata. O Pele de Lata late, e eu sei que ele vai atacar. Ele avança para a frente, eu fecho os olhos e BAM — uma coluna quadrada de pedra dispara do chão, prendendo a criatura no teto numa bagunça de metal retorcido e sangue esparramado. Tripas e pedaços escorrem pela coluna.

Eu fico de pé, sopro uma mecha de cabelo dos olhos.

— Bem, isso foi sorte.

BAM. Uma segunda coluna sai de uma parede e bate na outra. BAM. Uma terceira desce do teto, batendo no chão. Mais colunas aparecem pelo cômodo, batendo nas placas de pedra em frente e ficando lá. Hickory grita e me xinga enquanto se abaixa e desvia. Eu grito e o xingo de volta, porque não é culpa minha.

— Desligue isso — Hickory grita, mas não consigo ver o símbolo da chave em nenhum outro lugar, só cabeças de leão batendo em raios e flechas em jacarés.

Mas aqui. Num canto da sala. Uma coluna se move bem mais lenta do que as outras, rangendo acima, num passo de caracol. E não há pedra sobre ela. Deve ter deslizado pelo teto quando eu montei a armadilha. Um buraco grande o suficiente para nós dois passarmos.

Nossa saída.

— Ali — eu grito e aponto.

Hickory não hesita. Ele mergulha, rola e salta pelo cômodo, enquanto colunas saem cada vez mais rápido. Ele chega ao canto, salta no topo da coluna que se ergue lentamente e se puxa para fora do cômodo num movimento rápido.

A saída brilha enquanto velas na próxima cela se acendem.

— Tá — eu me motivo respirando fundo. — É sopa no mel.

Não sou nada graciosa como Hickory. Onde ele mergulhou, eu tropeço. Onde ele rolou, em cambaleio. Onde ele parou e pensou, eu entro em pânico e salto. BAM — desvio para a esquerda. BAM — salto para a direita. BAM — eu me abaixo e escorrego enquanto BAM! BAM! CABLAM! — três colunas descem atrás de mim. Velas estão sendo esmagadas nas paredes. Colunas se cruzam e batem, tomando os espaços vazios, mas estou quase lá. Agarro o canto da coluna que se ergue lentamente e me iço para cima. É apertado, mas Hickory me puxa bem na hora. A coluna fecha o cômodo abaixo. Eu solto uma risada. Diabos, até considero me virar e dar um abraço no Hickory.

Mas algo está errado.

As mãos que me agarraram não me soltam.

Estão me apertando de barriga para baixo e não podem ser de Hickory, porque ele está ajoelhado à minha frente, com os braços erguidos em rendição.

"Pare de lutar", seu rosto está dizendo, "não faça nenhuma idiotice", mas agora posso sentir o cano de uma arma na minha nuca. Então eu faço uma idiotice.

— Me larga — eu gemo, gritando, me debatendo, agarrando a arma. — Me deixa!

Respiração pesada nos meus ouvidos agora. Uma confusão de *cliques* e *claques* como insetos. As mãos me viram e eu encaro um soldado — não, dois soldados. São incrivelmente altos e magros. Carregam rifles. Usam máscaras com olhos de vidro. Trajes apertados como segundas peles sujas de couro, costurados da cabeça aos pés. Um deles balança uma corrente com uma algema redonda na ponta. O outro vira a cabeça com curiosidade para mim. Aponta o rifle novamente, pronto para atirar.

Até Hickory assobiar.

Os soldados olham para ele. Eu olho para ele também. Suas mãos ainda estão erguidas e ele está de joelhos, mas um deles se moveu e agora está apoiado numa placa de pedra.

Os soldados fazem *clique* e *claque* e erguem as armas, mas Hickory já está apertando a placa com seu peso. E caindo de barriga enquanto duas lâminas gigantes saem de cada parede e cortam a câmara em duas. Eu fecho os olhos e me viro enquanto os dois soldados caem no chão em quatro pedaços. Quando abro os olhos novamente, Hickory está deitado ao meu lado, com o rosto contra uma pedra, uma covinha solitária marcando sua bochecha.

— De nada — ele diz.

DO JEITO QUE AS COISAS SÃO

HICKORY REVIRA OS BOLSOS DOS HOMENS MORTOS, GUARDANDO ISSO, desprezando aquilo. Balas. Uma faca. Faixas de carne seca, que ele cheira e joga fora. Eu estou abaixada num canto, afastada da grade que escoava pela pedra. Me sinto enjoada. Não consigo parar de olhar os soldados. A metade de cima deles parece sacos de salsicha esparramados e a parte de baixo está torcida um metro além, com as pernas abertas.

— Bem — eu digo —, isso foi traumático.

Um dos corpos faz um ruído. Um pop minúsculo.

Uma bolha de ar escapando.

A câmara parecia bem normal. Uma porta aberta. Uma dúzia de velas num castiçal como uma garra. Não consigo nem ver as fendas na parede de onde as lâminas saíram num piscar, mas posso ver o gatilho de pedra saindo da poça de sangue. Não tem como eu me levantar correndo.

Hickory fica olhando para mim. Sempre que nossos olhos se encontram ele rapidamente os afasta.

— Tivemos sorte — ele diz depois de um tempo e aponta para os pequenos símbolos entalhados na pedra ao lado da porta. Uma pequena flecha. Duas linhas onduladas. Uma cruz. — Já estive nesta sala antes.

— Você que entalhou isso?

Hickory faz que sim.

— Indicações. Sinais secretos.

— Certo — eu digo. — É sorte. — Eu aponto para os corpos. — Hum, então, quem são eles?

— Não quem, o quê. — Hickory pega o braço de um dos soldados. O couro envolvido como uma segunda pele. Marrom e manchada. Ele tira a luva e eu perco o ar. Três dedos, não cinco. São muito longos. Pele salpicada de cinza. — Cabeças de Couro. Soldados rasos. Bem ruins. — Hickory chuta a algema ao lado do outro corpo. — A coleira do Pele de Lata.

— Aquela coisa era o *bichinho* deles?

Hickory faz que sim.

— Peles de Lata e Cabeças de Couro, rastreadores e raptores.

— Raptores. Quer dizer que iriam raptar a gente?

— Para a fortaleza.

— Espere, há uma fortaleza aqui?

— Uma grandona. — Hickory pega metade de um rifle. Ambos foram cortados ao meio pelas lâminas. — Que pena — ele murmura e o joga de lado. Imaginei que ele fosse falar mais sobre o troço da fortaleza, mas ele apenas recua para a parede e suspira. É de enlouquecer.

— Tá — digo eu. — Já ouvi muito sobre este lugar, mas estou certa de que nunca ouvi sobre Peles de Lata e Cabeças de Couro e grandes fortalezas. Sem mencionar o portão gigante corroído vazando *neve* por todo lugar. Não vai me dizer que isso é normal. Hickory, que diabos está acontecendo aqui?

Ele considera por um momento. Encara os Cabeças de Couro. Olha para mim.

— Pise onde eu piso — ele diz, ficando de pé. — Pare quando eu parar. Eu te digo para correr, você corre. Te digo para se esconder, você se esconde. Se nos separarmos, fique parada, espere eu te encontrar.

— Espere aí, o quê? — Eu fico de joelhos, ainda com medo das lâminas. — Para onde estamos indo?

— Para um lugar seguro. — Ele segue para a porta. — Vou te mostrar algo no caminho. Seja rápida, fique quieta. Há coisas piores do que Peles de Lata, armadilhas e Cabeças de Couro aqui.

— Ah, que conforto — eu murmuro, rastejando ao redor da poça de sangue.

Sigo Hickory por grandes escadarias de pedra. Por salas cheias de estátuas. Por arcos que dão para varandas que dão para vastos corredores com pilares que pareciam se estender para sempre, todos pesados de velas e uma sensação de estarmos sendo seguidos. Hickory se move como um animal à espreita por esses corredores sinuosos de pedra, parando aqui e ali para verificar seus símbolos secretos entalhados nas paredes.

Mais flechas. Um olho minúsculo. Pequenos quadrados e cruzes. Ele murmura para si mesmo, balançando a cabeça. Claramente ele não está acostumado a ter companhia. Parece em conflito. Fica olhando de volta para mim. Espero que ele não esteja cogitando me estrangular, roubar a chave e partir. Ele não fala comigo. Não responde mais às minhas perguntas. "Quanto falta?"; "Ouviu isso?"; "O que quis dizer com coisas *piores?*"; "Estamos chegando?"; "Hickory?". Só posso pisar onde ele pisa, parar quando ele para e desejar que alguém mais estivesse enrolado nas minhas cordas de marionete.

Andamos e andamos, e se não fosse por uma marca ocasional na parede ou uma vela ou outra faltando, eu juraria que estávamos andando em círculos. É como se tivéssemos dado cem voltas em Bluehaven. Então Hickory diz:

— Estamos perto — e aponta para um candelabro. Há um inseto dançando ao redor das chamas. Parece uma mariposa, mas tem tamanho de um passarinho. Um movimento roxo e branco.

— Como isso entrou aqui?

— Da mesma forma que a neve.

Havia mais mariposas no próximo corredor. Uma amarela na parede, grande, cercada por uma revoada de pequenas e brancas.

E há grama no chão. Grama real, cheia, de verdade verdadeira, marrom dourada sob a luz de velas, brotando da pedra.

— A Mansão atrai isso — Hickory diz. — Dá vida.

Eu tomo a dianteira, amassando a grama entre meus dedos do pé. Há outro portal na próxima esquina, que tem mais ou menos o mesmo tamanho, formato e palidez, uma cor de dentes como aquele de onde eu vim, em Bluehaven. Este é acompanhado por algumas tochas flamejantes e coberto de arranhões como o portão da neve. Algumas são felpudas com musgo marrom, outras têm casulos dentro. A grama na base está pontilhada de florzinhas, e nenhuma delas parece amassada ou partida, até onde posso visualizar. A cena parece não ter sido mexida.

O pai não veio por aqui.

— Todos os portais são feitos de pedra? — pergunto.

— É. Paredes de madeira apenas levam a diferentes partes da Mansão.

— Então... então este é o portal para o seu mundo? Sua casa?

— Não.

— Você não parece tão certo. — Encaro Hickory como se o visse pela primeira vez. Olhos de velho em rosto de jovem. De repente tudo faz sentido.

— Você não se lembra de onde você veio, não é? Hickory, há quanto tempo está aqui?

— O suficiente para me esquecer — ele diz.

Reviro isso na minha mente. Inicialmente a ideia de esquecer Bluehaven não me parece lá tão má. Mas então penso no pai e em Violet. Esquecer Bluehaven seria esquecê-los também. Diabos, já sinto saudades deles, e só se passou... o quê... uma noite? Um dia?

— Pode se lembrar de algo? Da sua família? Amigos?

— Meu nome — Hickory diz. — Mais nada.

Estou prestes a perguntar-lhe por que ele não é uma bola enrugada curvada sobre uma bengala — nem isso, um cadáver mumificado —, mas então me lembro de algo que Winifred disse sobre a Mansão: "O tempo faz coisas estranhas aqui". Hickory deve saber o que estou pensando, porque estende os braços e diz:

— A mansão dá vida — com um tom amargo na voz.

— E... que há de errado nisso? — pergunto apontando para o portal. — Por que está todo... esburacado?

— Está morrendo.

— O portal está morrendo?

Hickory balança a cabeça.

— A Mansão.

— A Mansão não pode morrer — digo como se tivesse alguma noção do assunto.

— Pode morrer. Está morrendo. — Hickory olha ao redor das paredes e do teto e o portal, como se quisesse beijá-los e esfaqueá-los ao mesmo tempo. — A neve. Essa grama. Não deveriam estar aqui. Nada disso. Os portais estão caindo, entende? O Outromundo está penetrando.

— Por que os portais estão caindo?

O rosto de Hickory escurece.

— Roth.

Juro que as tochas oscilam quando ele diz isso, como se as chamas em si estivessem assustadas.

— O que é um Roth? — eu pergunto.

— Não o quê. Quem. O chefe. O malvado. Infiltrou-se dentro da Mansão de algum jeito. Enfiou seu exército também. Peles de Lata. Cabeças de Couro. Caminhões, tanques e armas. Construíram a fortaleza. Começaram a arrebentar tudo. A Mansão é forte, mas com todo esse mal? — Hickory balança a cabeça. — Não consegue aguentar. Não para sempre. Roth está aqui há muito tempo. Tempo demais.

— Tanto tempo quanto você?

— Ninguém está aqui há tanto tempo quanto eu — Hickory diz; mas ele não está contando vantagem. Longe disso.

— Sinto muito — eu digo, e falo sério também. — Mas... por que Roth trouxe um exército aqui?

— O que você acha?

Então eu percebo.

— Ele quer se apossar de um Outromundo. Ele está mal-acostumado com as escolhas daqui. Poderia conquistar qualquer mundo que quisesse.

— Sim. E não. Ele entrou na Mansão. Mas a Mansão não o deixa sair. Os portais não se abrem para qualquer um, entende? A Mansão escolhe. Sempre. Quem vai, quem fica.

— E ele está preso aqui como você.

— Como *nós*. — Hickory aponta para o portão. — Experimente.

— Acho que não devo — digo, então, porque o olho de Hickory treme. — Tá, vai.

Eu caminho até o portal e toco a pedra alveolada. Nada acontece. Não tem nenhuma pedra se mexendo. Nenhuma explosão de luz ou sopro de ar fresco, de ar do Outromundo. Há apenas o suave tremular das mariposas, o crepitar das tochas, o silêncio pesado da Mansão à frente.

É um beco sem saída.

— Da forma como eu vejo — Hickory diz —, a Mansão está desequilibrada. Gritando por ajuda. Deixando pessoas entrarem para deter o Roth, não deixando-as sair novamente porque não pode arriscar que ele vá junto.

— Então há muita gente aqui? — eu recuo do portão, coçando ausente um ferimento na minha mão. — Gente de mundos diferentes?

— Centenas — Hickory diz. — Gente perdida. Gente assustada. Gente que não consegue voltar para casa de novo. Roth captura todo mundo que pode.

— Ele tenta que elas abram seus portais — eu digo. — Aqueles pelos quais elas entraram.

— Tenta levá-las para fora, uma a uma. Mas os portões nunca se abrem. — Hickory chuta um monte de grama, então se abaixa e começa a arrancar, tirando algo cinza-marrom e mofado do emaranhado de raízes. Ele pega. Gira, joga para cima e pega.

— Os Peles de Lata se alimentaram.

É um crânio humano destroçado.

— Que diabos, Hickory. — Eu chuto o crânio da mão dele. Um movimento de reflexo. Não é muito respeitoso, creio eu, mas também não é respeitoso jogar um crânio como uma bola de malabares.

Dois corpos e um crânio num dia. É um recorde.

— E, hum, se um portal finalmente se abrir?

— Roth escraviza o mundo todo.

As vespas do mal zumbem novamente dentro de mim.

— Escuta, tudo isso parece terrível, mas isso — eu aponto para a grama dourada e as mariposas e o crânio — não é problema meu. Vim procurar meu pai, e é tudo o que vou fazer.

Eu meio que esperava que Hickory olhasse para mim como se eu tivesse chutado um bebê, mas ele apenas sorri e segue de volta pelo corredor.

— Meu lugar. É bem perto. Descansamos. Pegamos suprimentos.

— Suprimentos para quê?

— Longa caminhada. Bem longe para a fortaleza de Roth.

— Espere aí — eu corro para alcançá-lo. — Quer que a gente vá na *direção* dos malvados?

— Você disse que seu pai está doente — Hickory diz casualmente, como se estivesse comentando sobre o tempo. — Se ele está doente, está lento. Se está lento, já foi capturado.

E é assim que ele consegue. É assim que o Capitão Más Notícias sacode meu mundo, que já está de cabeça para baixo. Não vai com jeitinho. Ela lança as palavras em mim como uma metralhadora.

— Como você sabe isso? Ei!

Eu bato no braço de Hickory. Ele se gira como se quisesse me prender na parede novamente, mas eu ergo um dedo desta vez, dobro o joelho, pronta para disparar. *Uh-uh.* Hickory pensa duas vezes, recua.

— A Mansão está infestada. Cabeças de Couro por todo lado. Todo mundo é pego alguma hora.

— Você não foi pego — minha voz está trêmula, mas as palavras ainda batem na cara de Hickory, e é quando me ocorre. Ele conhece o caminho para a fortaleza porque já esteve lá. — Espere um segundo, você *foi* pego? Quando? Como escapou?

— Com grande dificuldade — Hickory diz, e basicamente encerra o assunto. Tenho de confiar nele, mesmo que ele seja um ladrão de sapatos de mil anos que coleciona baldes de cocô.

Não tenho escolha.

— Quanto tempo temos? — Não posso evitar olhar de volta para o crânio.

— Depende de quantos prisioneiros houver. Onde ele está na fila. Mas eu a levo até ele e encontro seu portal para casa. Provavelmente a Mansão não vai deixar você sair, claro, mas isso não é problema meu. — Ele sai pelo corredor novamente. — Logo quando chegarmos lá, a chave é minha.

O ESCONDERIJO DE HICKORY

ACHO QUE ESTAMOS INDO BEM RÁPIDO PARA ONDE QUER QUE ESTEJA-mos indo, mas não tenho certeza. Podemos estar andando há horas. Imagens do pai apanhando e sendo torturado por esse Roth ficam passando por minha mente. No pior caso será minha morte.

— Então, é aqui? — Estamos na frente de um corredor escuro. — Aqui é seu esconderijo?

— Não exatamente — Hickory diz.

— O que aconteceu com as velas?

— Me livrei delas. Bom esconderijo. Sem conversa.

Seguimos na escuridão, e sigo o som dos passos de Hickory, a contagem que ele faz para si mesmo. Quando ele chega aos trinta, ele vira à direita. Quando ele chega a setenta, vira à esquerda. Quando chega a oitenta e dois, ele para de andar e eu dou com as costas dele.

— Ouviu isso? — ele pergunta.

Um grito de socorro, não... um uivo pelo corredor do caminho que viemos.

— Peles de Lata — Hickory diz. — Uma matilha deles. Farejaram nosso cheiro. Mexa-se.

A contagem fica mais rápida agora. Noventa e três. Cento e doze. Centro e trinta. Os uivos mais altos atrás de nós e há outros ruídos também. Correntes chacoalhando e latidos.

— Mais quanto tempo? — pergunto.

Então eu tropeço. Raspo os joelhos e as mãos, sinto minha mão se abrir novamente. Visualizo a base da Escada Sagrada, a marca sangrenta da minha mão na pedra, mas não há terremoto desta vez, nenhuma maré furiosa. Apenas Hickory pegando meu braço, me puxando de pé.

O ranger de uma porta se abrindo. Ele me puxa para dentro.

— Não se mexa — ele diz, batendo a porta atrás de nós. — Nenhum passo.

Remexendo à minha esquerda, um estalo e um arrastar.

Uma placa de madeira deslizando no lugar.

Ele está reforçando a porta.

— Vai segurar? — eu pergunto, me contorcendo com a dor latejante na mão.

— Não vai precisar. — Um estalo e a sacudida de um pote aberto. Aquele familiar fedor de fazer lacrimejar. Um som de líquido esparramando. — O cheiro os assusta. Bloqueia nosso cheiro. Eles vão passar direto.

— Que troço é esse afinal?

— Você não vai querer saber.

Os Peles de Lata passam correndo pela porta, chacoalhando a maçaneta. Quero me virar e correr, mas fico firme. E quando acho que acabou, quando a matilha principal corre fora do alcance de nossos ouvidos, escuto algo mais...

Farejando, babando, o raspar de garras na pedra. Um guincho de metal em metal. Um Pele de Lata solitário ficou para trás. Está andando de um lado para o outro do lado de fora da porta.

— Hickory? — eu cochicho.

— Espere — ele cochicha de volta. — Não. Se. Mova.

Algo quente escorre pelos dedos da minha mão esquerda, e eu me lembro de que estou sangrando. Eu ajusto a atadura, fecho o punho e torço para o que cheiro da gosma podre seja um repelente tão bom quanto Hickory diz.

Há outro latido, outro uivo, então mais nada.

O Pele de Lata grunhe e vai embora, deixando a mim e Hickory sozinhos na escuridão.

— Tá — Hickory diz. — Mãos nos meus ombros.

— O quê?

— Coloque as mãos nos meus ombros. Só tem um jeito de passar.

— Passar pelo quê?

Hickory xinga, remexe no escuro. Ele me passa o pote vazio de gosma.

— Segure isso do seu lado e jogue.

Eu pergunto o que vai acontecer quando eu soltar o pote, e ele diz "apenas faça", então eu faço.

Eu estico o braço, solto o pote e espero. E espero. Nunca o escuto bater no chão.

— Que lugar é este?

— Eu te disse. Meu lugar. Labirinto grande. Muitos caminhos.

Deslizo cuidadosamente o pé para a esquerda, depois para a direita, sinto as beiradas irregulares de uma fina ponte de pedra entre os dedos do meu pé.

— Que tem lá embaixo?

— Não faço ideia. É muito fundo para ver. Encontrei esse lugar há muito tempo. — Hickory agarra minha mão e bate com ela em seu ombro. — Pise onde eu piso...

— Paro quando você parar. Entendi.

O caminho segue para sempre, em zigue-zague para a esquerda e direita. Hickory sabe tudo de cor. Ele conta seus passos em sussurros, começando do zero sempre que viramos. Eu nem tento registrar. Estou bem perdida, sendo conduzida pelo nada, para o nada.

— Segure firme — Hickory diz depois de um tempo. — Estamos quase lá.

Acontece que Hickory não pegou todas as velas. Posso ver um bando delas agora, flutuando na escuridão à frente como uma minúscula constelação de estrelas. Formas emergem do breu conforme nos aproximamos. Enormes lustres vazios sobre nossas cabeças, fileira atrás de fileira.

Outras pontes, sustentadas por imensas colunas de pedra, esticando-se além, além, além na escuridão. E lá, diretamente abaixo da luz de vela, um barraco montado numa ilha de pedra.

O centro do labirinto. Hickory construiu um lar aqui.

Eu solto os ombros dele, confiando em meus próprios olhos novamente. Deixei uma trilha de sangue por suas costas. Penso em me desculpar, mas não é como se sua camisa estivesse limpinha para começar.

— Ei — eu digo. — Lugar bacana.

O barraco parece firme o suficiente. Parece ter sido construído de portas arrancadas da Mansão e restos de madeira. Caixotes e barris quebrados. Ele até decorou o lugar. Um velho escudo se pendura ao lado da porta. Uma linha de pedras é pendurada de uma janelinha minúscula. Garrafas, frascos e pilhas de moedas douradas estão espalhados por todo o lugar. Mais jarros de gosma preta.

Armas, máscaras de gás, facões. Uma estranha bússola está jogada aos meus pés.

— Eu costumava colecionar esse troço. Coisas que as pessoas deixavam quando passavam entre mundos.

— Nunca viu ninguém? — pergunto. — Tentou segui-los para fora? As pessoas do mundo do qual eu acabei de vir costumavam passar pela Mansão o tempo todo, muitos desses troços provavelmente são delas. — Eu cutuco a bússola com meu pé. O ponteiro não para de girar. — Mas você tem sorte que não os seguiu. Bluehaven não é um lugar legal. Melhor do que aqui, creio. Sem querer ofender.

Hickory olha para seu barraco com um olhar doente.

— Eu costumava ouvir as pessoas. Rastreá-las. Sempre tarde demais. A Mansão nunca me deixou chegar perto delas.

— O que quer dizer?

— As portas trancam. Salas se mexem.

— As salas *se mexem?*

— Às vezes.

— Às vezes? — Não acredito que estou ouvindo isso. — Como as salas podem se mexer? Como pode encontrar o caminho de volta para a fortaleza de Roth? Como pode achar qualquer coisa?

— Entalhei meus símbolos nas paredes — Hickory diz. — E as salas não podem se mexer se as portas forem deixadas abertas. — Ele aponta o polegar para o lugar de onde viemos. — Sempre deixo aberta quando passo. Não se preocupe, uma hora elas voltam a se fechar. — Ele dá de ombros. — Às vezes.

UMA JANELA DIFERENTE

EU ME LEMBRO DO PÁSSARO AZUL. ELE VEIO UMA TARDE. O PAI ESTAVA deitado na banheira que eu tinha arrastado para o centro do cômodo, com água e sabão até seu queixo. Ele observou o pássaro enquanto a ave pulava no peitoril da janela e bicava uma aranha. Eu me sentei e observei ao lado dele. O pássaro azul saltou ao redor por um minuto, cantando, enchendo o porão de música. Quando ele voou, o pai fez um som, quase uma risada. Era a primeira vez que eu o escutei fazendo isso.

Depois disso, criei uma música chamada "Pássaro Azul no Porão". Cantei por dias. Ainda experimentava uma vez ou outra. Estou certa de que é a favorita do meu pai.

Agora eu olho para fora de uma janela diferente, cuidando da minha mão machucada. Estou enrolada num canto do barraco de Hickory, com um monte de trapos como travesseiro. É um barraco minúsculo, mas ele me arrumou um pequeno espaço quando nos enfiamos lá dentro. Guardou e empilhou coisas, jogou outras fora. Eu fiquei debaixo da escotilha aberta no teto, absorvendo a luz do candelabro acima.

— Durma — Hickory diz quando terminou. — Saímos de manhã

Perguntei como ele sabia quando era de manhã.

— Quando acordarmos.

Disse a ele que deveríamos seguir em frente, pegar o que precisávamos e partir. Ele fechou a escotilha do teto, tirou a camisa e se deitou em sua própria cama de trapos no canto oposto ao meu.

— Descanse — ele disse, virando-se para encarar a parede. — Precisa de força, a única forma de sobreviver.

Ele não se moveu desde então, mas dá para ver que ele está acordado. Durma num quarto compartilhado o tempo suficiente e você sempre sabe quando alguém está acordado. Está na respiração.

Não há luz de vela suficiente vindo da janela para ver direito as cicatrizes e queimaduras nas costas de Hickory. Chicotadas e queimaduras, creio eu. Roth e seus capangas realmente abusaram dele. Novamente, penso num animal selvagem. Cansado, ferido, descansando numa caverna.

Quero perguntar a ele sobre as coisas que lhe fizeram, sobre tudo o que ele passou, mas como começar uma conversa dessas? Antes de eu esbarrar na vida dele, ele se sentava aqui nesse barraco sem ninguém para conversar, cercado de lixo deixado por gente com vidas melhores. Pessoas com memórias para saborear, histórias para contar, lugares para estar. Penso nele seguindo os sons e as vozes, correndo por sua vida, a Mansão acabando com ele a cada volta. Sempre as mesmas perguntas em sua cabeça: "De onde eu vim?"; "Por que isso está acontecendo? Por que eu?".

Então me ocorre. Nós temos mais em comum do que eu pensava. Troque o barraco pelo porão, os corredores da Mansão pelas ruas de Bluehaven, colecionar lixo com revirar lixo, e ficamos bem perto.

A Mansão arruinou a vida de nós dois.

Porém eu tinha a luz do Sol. Não muito, mas o suficiente.

Eu podia caminhar sob o céu, respirar ar fresco, conversar com Violet. Eu tinha o pai. Mesmo que eu sempre me sentisse sozinha, acho que eu nunca estava. Não tanto quanto Hickory. Diabos, eu finalmente encontrei alguém que está pior do que eu.

— Ei — eu digo. — Está acordado? — E quando Hickory não responde: — Ooooooi.

Ele me manda voltar a dormir. Eu digo a ele que não consigo porque meu pai foi capturado por um exército do mal. Além disso, eu dormi um pouco quando um certo alguém enfiou um saco na minha cabeça.

— Eu só queria dizer que sei como é. — Eu me sento. — Estar sozinho. Sem saber seu passado e tal. Não sei onde eu nasci. De que mundo eu vim. Não sei o que há de errado com meu pai. Ele esteve doente a vida toda. E eu nunca conheci minha mãe. Não tenho ideia de onde ela está. Nem sei se está viva ou morta. Mas sei que é difícil não saber. Bem difícil.

Hickory não diz nada.

— Bem, é isso. Então, hum, boa noite.

Eu me deito novamente, queria poder recomeçar, mas então Hickory diz:

— Bluehaven. Como é lá? — Tenho a impressão de que ele queria perguntar isso há um tempo. Raros detalhes do mundo lá fora.

Não estou certa de como começar.

— É uma ilha. Com casas, fazendas e pessoas. Idiotas, basicamente. — Eu me pergunto quanto eu deveria dizer, mas antes de eu pensar numa mentira, em qualquer coisa para fazer minha vida lá parecer levemente normal, a verdade escapa. — Eles me odeiam.

Tenho de esperar mais dez anos para a resposta de Hickory.

— Por quê?

"E lá vamos nós", eu penso.

— Eles me chamam de Amaldiçoada. E acontece que eu sou mesmo. De certa forma. Quero dizer, não sou *amaldiçoada*, tipo possuída nem nada. É só que... é difícil de explicar.

Então eu explico. Tudo. Da obsessão dos aldeões com a Mansão até a Noite de Todas as Catástrofes. Da minha vida com os Hollow até Atlas cortando minha mão. Conto a ele sobre o terremoto que causei. Sobre a Mansão despertando. Sobre o pai subindo pela Escada Sagrada. Conto tudo o que Winifred me disse em seu estúdio, descarrego a bagagem de uma vida, e é ótimo. Inacreditável. É uma baita terapia, isso sim.

— Winifred me empurrou pelo buraco — eu digo, me sentando novamente. — Dá para acreditar? Jogou uma bomba atrás de mim também. Enfim, cheguei até o portal e, bem, aqui estou. — Eu bufo longamente. — Cara, isso foi bom. Então, o que achou?

Eu espero e espero. Hickory não me diz o que ele acha.

Em vez disso ele diz:

— Fique aqui. — E quando ele deixa o barraco, eu vejo algo brilhando em suas bochechas na luz fraca das velas lá fora. O traço de lágrimas.

Eu não esperava isso. Eu deveria dizer algo? Manter a matraca fechada? Nem sei *por que* ele está chorando. Devo perguntar? E se piorar as coisas? Então tenho uma ideia.

— Hickory? — Ele para do lado de fora da porta, as cicatrizes em suas costas franzindo para mim. — Pode ficar com minhas botas. Provavelmente você iria ficar mesmo, mas não vou mais pedir. São suas. Por me ajudar.

Há um longo silêncio, então ele fala. Suavemente. Baixinho. Só uma palavra que ele provavelmente não diz há muito tempo.

— Obrigado.

CAÇADA

A ÁGUA FRIA. AS ONDAS MUDANDO DE FORMA. A PEQUENA ILHA, MAIS perto do que da última vez, mas ainda fora de alcance. Tento nadar em direção a ela, mas outra onda me atinge e me joga pelas bolhas negras para as profundezas. Há um sinistro grunhido debaixo d'água novamente. Os estalos de relâmpagos nas profundezas queimam meus olhos. Os monstros brilhantes estão esperando, observando, desdobrando seus tentáculos, prontos para atacar.

Mas desta vez eu não estou sozinha.

O pai está aqui. Uma mulher também — minha mãe. Tenho certeza. Eles me abraçam. Chutam os tentáculos. Me levam de volta para a superfície e nadam o máximo que podem para longe da ilha.

Um flash branco e estamos fora da água, sem tempestade.

O pai está correndo pela Mansão comigo em seus braços. A mãe está ao nosso lado. O pai avança por uma porta e se vira em tempo de ver a mãe tropeçar. Ele corre de volta para ajudá-la, mas a porta bate fechando entre eles. Quando abre novamente, ela se foi. Estamos olhando para um cômodo completamente diferente. Ele grita, e o sonho muda.

A Mansão se aguça ao nosso redor, cada detalhe ficando muito mais claro. As juntas nas paredes de blocos de pedra. O granulado da madeira escura da porta. É como se eu estive despertando dentro do sonho. Consciente, mas não em controle. O grito do pai ecoa pelo corredor e eu viajo com isso, sem peso agora, sem corpo, não mais nos braços de meu pai. Estou voando por corredores e dobrando esquinas. Atravessando arcos, portas e corredores.

Outro flash. Há água novamente — água *dentro* da Mansão, um corredor semi-inundado, como um rio, mas estou voando *sobre* isso desta vez, sozinha, passando por duas enormes estátuas que seguram espadas, pairando sobre correntezas e um grande hall inundado. Voo sobre o canto de uma cachoeira — sou eu que grito agora —, afundo no rodamoinho que surge em sua base.

Afundo na água, engolida pela escuridão.

"Deixe-se levar", uma voz cochicha. É uma voz de mulher. A voz da minha mãe. Posso sentir.

Grito por ela. A água toma meus pulmões. Estou engasgando, afogando, então...

Então estou de volta no barraco, molhada de suor e tremendo no chão. Mas ainda não consigo respirar. Hickory está inclinado sobre mim, com a mão sobre minha boca, o hálito quente em meu rosto, cochichando coisas. Tento empurrá-lo, até eu finalmente entender o que ele está dizendo.

— Acalme-se. Fique quieta. Eles nos encontraram. — Hickory acena como para dizer *entendeu?* Então eu aceno de volta.

Ele me solta.

— Peles de Lata ou Cabeças de Couro? — eu cochicho. Não consigo ver nada fora da janela.

— Ambos — Hickory diz, revirando um velho baú agora, enfiando munição em seus bolsos. — Eles vão invadir logo mais.

— Tem certeza? — Então eu escuto. Um baque na escuridão. — Quanto tempo temos?

— Tempo o suficiente. O labirinto vai mantê-los ocupados. — Então ele diz. — Não tenho ideia de como nos encontraram... — e para porque acabou de pegar sua camisa e notou a mancha nas costas. — Que é isso?

— Hum. Sei lá.

— Isso é sangue seu.

— Talvez. É. Eu meio que abri o corte na minha mão quando caí do lado de fora da porta. Mas você disse que o troço preto...

— O troço preto os afasta. Mas farejam sangue o suficiente e conseguem. — Outro baque ecoa pela escuridão. Hickory enfia a camisa na cabeça e olha para mim. — O Pele de Lata que ficou para trás trouxe seus mestres. E você sangrou um belo rastro direto para nós, ao que parece.

Hickory pega um rifle enquanto o som de tiros ecoa pelo labirinto, seguido por muitos latidos e uivos. Os Cabeças de Couro entraram atirando.

— Pelos fundos — ele me diz jogando o rifle. — Atire em tudo o que se aproximar.

— Certo, atirar — eu digo, mas o que eu estou pensando é: "como esse troço funciona?".

Há pilhas de potes, barris e baús atrás do barraco, todos cheios com a gosma preta, até onde eu sei. Posso não enxergar nenhum Pele de Lata na escuridão do labirinto, mas posso visualizá-los claramente: com as bocas espumando e rosnando, enfiando as garras sobre a rede de pontes de pedra.

Estamos sendo caçados.

Olho de volta para o barraco. Hickory está na curva atrás de mim, deslizando uma mochila sobre os ombros. Carrega um bastão de madeira.

— Na do meio — ele diz, apontando o bastão para três pontes finas de pedra, um pouco à direita. Posso ver pequenas luzes lá. Tochas presas a um lustre.

— Tem outra porta por aí? — pergunto. — Outra saída?

— Porta trancada — ele diz. — Na parede mais distante. Nunca consegui usar antes. Rápido, agora.

Ele gira o bastão e quebra os potes, chuta os baús e vira barris, cobrindo sua pequena ilha, seu lar, no troço preto rançoso.

— *Vá* — ele grita.

Ando rápida, mas cuidadosamente, rifle sobre o ombro, seguindo para as luzes. Hickory me segue com um pequeno barril em mãos, derramando uma trilha de gosma em sua passagem.

— Um pouco tarde para cobrir nosso cheiro, não é? — Eu quase perco o equilíbrio na ponte. Pauso por um segundo, encontro meu apoio.

— Vai levá-los direto para nós.

— Estou contando com isso — Hickory diz. — Mexa-se.

A ponte fica mais larga quanto mais próximo ficamos da poça de luz, até se transformar numa segunda ilha menor diretamente abaixo do lustre. Sem parede. Sem porta. Um beco sem saída.

— Para onde agora?

Hickory vira o resto da gosma e joga o barril. Tira uma corda de sua mochila. Uma corda com um pedaço de metal destroçado numa ponta. Um gancho. Ele gira e o prende no lustre, puxa firme. — Nós subimos.

— E quando estivermos lá em cima?

— Balançamos para o próximo.

Os Peles de Lata encontraram a cabana agora. Cerca de vinte deles, percebo. Frenéticos, raivosos, avançando pela ilha e destruindo o lugar como se fosse feito de gravetos. Receosos com a gosma preta, mas escorregando nela mesmo assim. Eu pego a corda. Ranjo com os dentes quando minha mão esquerda pulsa e queima. Escalo e subo nas barras do lustre.

Então meu estômago revira.

Um dos Peles de Lata encontrou uma trilha de gosma.

— Hum, Hickory?

O Pele de Lata rosna e avança para nós, conduzindo toda a maldita matilha. Alguns deles escorregam, latindo, nas beiras. Outros são derrubados na pressa.

A maioria não erra um passo.

— Atire — Hickory grunhe. Ele está na metade do caminho... está na corda.

Eu me mexo no lustre. Remexo o rifle, miro.

Aperto o gatilho e... clique.

— Merda.

— Atire — Hickory grita. Ele coloca uma mão no lustre. — Atire agora!

— Estou tentando! — Eu aperto o gatilho novamente — *clique, clique* — mas é inútil. O Pele de Lata está prestes a saltar nas pernas de Hickory, então eu jogo o maldito rifle. Ele zumbe enquanto cai. Bate na pedra e faz o Pele de Lata tropeçar. O idiota cai uivando na escuridão.

— Consegui — eu grito. — Hickory, consegui!

Mas Hickory não parece impressionado quando se põe ao meu lado. Ele apenas olha as marcas da derrapagem embaixo e depois as minhas mãos vazias.

— Onde está a arma?

— Hum...

— Você *jogou fora* nossa única arma?

— Eu tinha de deter aquela coisa maldita de alguma forma, né?

— Apenas... — Hickory range os dentes — balance.

Nós jogamos nosso peso juntos, empurrando à frente com nossas pernas e inclinando para trás, balançando o lustre. A matilha de Peles de Lata se junta na ilha abaixo de nós, latindo, saltando, tentando morder nossas bundas e calcanhares.

O próximo lustre emerge da escuridão com cada balançada à frente.

— Preparar — Hickory grita, pegando as duas tochas do lustre. — Apontar.

O "vamos" nunca vem. Uma bala ricocheteia no lustre e nós nos abaixamos.

Os Cabeças de Couro vieram brincar.

Há uma tropa inteira deles ao redor do barraco agora, disparando suas armas, os olhos vidrados de suas máscaras reluzindo em cada flash e estouro. Eles *clique* e *claque* uns para os outros com suas máscaras de gás ampliando cada som.

Clique, clique, claque, clique, claque.

— Isso também era parte do seu plano? — eu grito.

— Agora é — Hickory diz. Ele joga uma das tochas enquanto balançamos à frente sobre a ilha dos Peles de Lata novamente. — Salte!

Nós nos lançamos no ar, atingimos o metal frio do próximo lustre e balançamos novamente, com a plataforma atrás de nós irrompendo em chamas.

Acontece que a gosma não apenas fede — é inflamável. Os Peles de Lata guincham, latem e batem uns nos outros, saltando na escuridão para escapar do fogo. Vai queimando rapidamente pelo caminho, como pólvora, seguindo direto para os Cabeças de Couro, o barraco e o estoque de gosma explosiva.

Os Cabeças de Couro se espalham, com suas máscaras de águas vivas refletindo o fogo. A plataforma toda está tomada em segundos pelas chamas e o barraco de Hickory explode momentos depois, iluminando a escuridão. Um punhado de Cabeças de Couro sai voando, mas não ficamos lá para assistir ao show. Balançamos juntos, contamos juntos, e quando saltamos, saltamos juntos, de lustre a lustre.

Os Cabeças de Couro restantes atiram quando têm a chance. De nossa esquerda, nossa direita, atrás de nós. Nós nos arranhamos e machucamos, batemos a cabeça, mas cada aterrissagem com sucesso vem com uma sensação de empolgação. Uma sensação de triunfo que anestesia a dor.

Os Cabeças de Couro estão ficando para trás. Estamos escapando.

A PEGADA

— DESCULPE QUE SUA CASA EXPLODIU.

— Não precisa se desculpar — Hickory diz depois de um tempo. — É só uma jaula numa jaula.

Ele está tentando descobrir onde estamos pelos símbolos entalhados no cruzamento um pouco à frente, no corredor. Tento lê-los, encontrar algum método nessa loucura, mas podiam ser marcas de pés de galinha. Agora estou na retaguarda, de vigia.

Acabamos de sair vivos do labirinto. Pulamos do último lustre, destrancamos a porta misteriosa no lado mais distante do labirinto e passamos por ela enquanto balas marcavam as paredes ao nosso redor. Assim que a porta atrás de nós se fechou, tudo ficou em silêncio.

Nada de tiros. Nada mais de *cliques* e *claques* dos Cabeças de Couro. Lentamente, com muito cuidado, eu abri a porta novamente e fiquei sem ar.

O labirinto havia desaparecido.

Hickory estava certo. Os cômodos da Mansão realmente se mexem. Não há nada atrás de nós além de um corredor vazio. Deixei a porta escancarada para que os cômodos não se mexam novamente e mantive a chave de prontidão, por via das dúvidas. Não posso afastar a sensação de que estamos prestes a ser atacados novamente.

— Agora vai me contar o que é aquela gosma?

Hickory suspira, coloca a mochila nas costas.
— Sujeira.
— Sujeira do quê?
— Espectro.
— E o que é um Espectro?
— Fera grande, assustadora, feita de luz branca brilhante.
Eu franzo a testa.
— Uma fera feita de luz? Quer dizer, como um fantasma?
— Não é um fantasma — Hickory diz —, mas é parecido, eu acho.
Ótimo. Como se não tivéssemos coisas estranhas o suficiente tentando nos matar.
— Não tenho ideia de que mundo ele veio — Hickory acrescenta. — Só sei que nunca quero ir lá. A sujeira é deixada para trás sempre que ele passa por uma parede. A única coisa que os Peles de Lata e os Cabeças de Couro temem além de Roth é o Espectro. Encontro depósitos aqui e ali. Raspo, junto, guardo. Começa transparente, mas fica preto com o tempo. Uma vez derrubei por acidente uma vela num balde. Queimou minhas sobrancelhas. Sabe quanto tempo leva para as sobrancelhas crescerem de volta?
— Não, eu...
— Muito tempo. Anos.
Eu verifico novamente a porta atrás de nós. Abro mais um pouco. O corredor ainda é o mesmo. Longo e vazio, nada além de pedra cinza e velas crepitando.
Ainda assim eu estremeço.
— Está zoando comigo, né?
— Não. Demora mesmo anos para crescer de volta.
— Não estou preocupada com suas sobrancelhas, Hickory. Estou falando sobre o Espectro.
— Ah.
— Viu mesmo isso?
— Ah, vi, sim. — Ele cruza o corredor para outro conjunto de símbolos. — O idiota me pegou uma vez. Veio do nada. Só tem um aqui, até onde eu sei, graças aos deuses.

— Como alguém feito de luz pode te *pegar*?

— Todos os predadores têm seus truques. Cobras cospem venenos, aranhas tecem teias. — Hickory pausa por um momento. — O Espectro entra em você. Pelos seus olhos. Alimenta-se de seus medos. Não dura muito, quero dizer, *parece* que sim, mas... — Ele balança a cabeça, lutando para encontrar as palavras. — Você fica paralisado, mas não sabe por que sua mente é levada para outro lugar. Um lugar onde seus pesadelos ganham vida. — Ele engole em seco. — Chamo de "a Pegada".

Hickory então fica quieto. Considero perguntar a ele o que ele viu na Pegada, que forma tomam os pesadelos de um cara de mil anos de idade, mas então percebo que provavelmente é uma daquelas coisas que as pessoas preferem guardar para si mesmas. Sei que eu preferiria. A ideia de ficar presa no meu pesadelo me deixa enjoada, com a água, os tentáculos e a ilha que não chega nem perto. Acho que eu morreria de medo. No entanto, significa que eu poderia *vê-la* novamente. Porque era ela, não era? Minha mãe, lá na água comigo e com meu pai. E depois disso, correndo pela Mansão com a gente, ficando para trás. Tem de ser.

"Liberte-se", ela me disse, mas por quê?

Se o Hickory não tivesse me acordado, talvez eu tivesse visto mais. Eu pigarreio. Não tem sentido ficar remoendo isso agora.

— Como você se libertou? — eu pergunto. — Como se para isso?

— Não parei — Hickory disse. — O Espectro apenas... me soltou. Quando voltei a mim, eu o vi pairando sobre mim, como um flash de vapor quente, branco. Eu o senti me observando. Esperando.

Hickory espia o corredor, como se ainda pudesse ver o maldito troço flutuando.

— Uma coisa monstruosa. Enorme. Eu tinha certeza de que iria me dar a Pegada de novo, terminar o trabalho, porque tenho certeza de que podia ter acabado comigo, de que podia me matar, mas não matou. O Espectro se virou e foi embora.

— Talvez ele tenha achado seu pesadelo um tédio — eu sugiro. — Ou talvez ele estivesse de barriga cheia.

Hickory me ignora.

— Meu corpo estava fraco. Eu mal conseguia me mover. Eu sentia como se estivesse na Pegada por toda a vida, mas as brasas da fogueira que eu tinha feito antes de ser pego ainda estavam quentes. Só fiquei apagado uma hora mais ou menos. Porém, levou um longo tempo para eu me recuperar. A Pegada nunca te deixa realmente. — Ele pisca para afastar as más lembranças. — Se alguma vez vir uma grande luz branca, Jane, você corre. Corra o mais rápido que puder e não olhe para trás.

— Acha que vamos encontrar com isso a caminho de Roth?

— Com a nossa sorte? — Hickory dá de ombros. — Provavelmente sim. Mas espero que não.

Outra questão surge em minha mente.

— Hickory, por que está fazendo isso? Quer sair daqui, quer a chave. Entendo isso. Mas você podia tê-la roubado. Podia ter me deixado para trás. Por que fica por aqui quando sabe o quão perigoso é?

Hickory me ignora, coça sua quase barba e aponta para os símbolos na parede.

— A boa notícia é que estamos bem longe do meu esconderijo. A má notícia é que ainda estamos bem longe da fortaleza do Roth. Nove longas marchas, talvez mais. Se pegarmos esse corredor aqui...

— Hickory. — Eu fico na frente dele. — Eu preciso saber. Por que está me ajudando?

Os olhos dele encontram os meus, mas apenas por um segundo.

— A Mansão levou tudo. Honra é das poucas coisas que me restam. — Ele passa por mim. — Estou ajudando porque eu disse que te ajudaria.

A FLORESTA SANGUESSUGA

NÃO HÁ RELÓGIOS PARA JULGAR A PASSAGEM DO TEMPO POR AQUI. NAda do céu de dia ou de noite para seguir sóis, luas e estrelas. Tudo o que eu tenho é a dor nos meus ombros e o peso nos meus pés.

"Nove marchas", Hickory disse. Acho que ele quis dizer nove dias. Nem terminamos o primeiro ainda e acho que andamos o comprimento de uma cordilheira. Porta após porta, cômodo após cômodo, subindo e descendo escadas. Longos corredores após longos corredores, as placas de pedra frias e lisas sob meus pés, ondulando levemente aqui e ali. Nós mal nos falamos. Tivemos de mudar de rota três vezes por causa dos Cabeças de Couro. Uma tropa inteira marchando atrás de uma porta fechada. Um guarda parado num cruzamento. Um punhado deles tirando a pele da carcaça de algum animal cinco andares abaixo de nós no centro de um hall cheio de colunas. Hickory planeja um caminho diferente a cada vez.

É exaustivo, mas o estranho é que eu nunca fico com fome ou sede. Inicialmente achei que era adrenalina me abastecendo, mas então percebi que não tinha como eu ficar cansada.

— Não estou com fome — digo enquanto descemos uma escadaria apertada em espiral. — Nem com sede. Mas não como nem bebo nada há um século.

— A Mansão dá vida — Hickory diz novamente.
— Então você não come nem bebe nada há, tipo, uma eternidade?
— Como ou bebo quando acho algo que vale a pena comer ou beber. Animais perdidos de Outromundos. Há um rio aqui também, sabe. Água fluindo por um portal. Bem distante. Mas você não *precisa* comer ou beber. A Mansão te sustenta. Te mantém de pé.
— Experimentei um pouco de neve. É tipo como comer e beber ao mesmo tempo.

Na verdade, estou curtindo isso, bater papo e tudo. Estou prestes a perguntar a Hickory se ele quer jogar algo. Vinte Perguntas ou algo assim. Não sei. Mas então chegamos ao fim da escada e paralisamos: estamos na entrada de uma floresta. Uma avenida de árvores densas, outonais, subindo até o teto alto em cúpula, estendendo-se até onde podemos ver. Os troncos das árvores são retorcidos; seus galhos, como braços tortos. Milhares de esporos minúsculos pairam no ar, flutuando para cima, para baixo, pousando nos galhos e nas folhas carmim e no emaranhado de raízes das árvores no solo. Eles brilham como pequenas manchas de luar no silêncio vivo e suspirante do bosque.

Eu respiro fundo, sinto o cheiro das folhas mortas. Algo doce também, como mel.

— Imagino que isso não deveria estar aqui — eu digo.

Hickory mordisca uma unha, balança a cabeça.

— Outro portal deve ter começado a cair desde que estive aqui pela última vez. Faz um tempo. Um longo tempo.

— Mas tudo bem, certo? Quero dizer, são apenas árvores.

Hickory concorda, perdido em pensamentos.

— Sem chance de evitarmos. Precisamos passar de qualquer forma.

Nós nos movemos silenciosamente na floresta, nos abaixando sob galhos e folhas vermelhas em formato de estrelas. Alguns dos esporos brilhantes se prendem às nossas roupas e cabelos. Se eu não soubesse bem, eu diria que saímos da Mansão e entramos numa clareira à noite. As raízes das árvores estão tão emaranhadas, que é impossível dizer onde uma termina e a próxima começa.

— Tão bonito...

Quanto mais longe vamos, mais selvagem a floresta se torna. Vinhas acinzentadas se penduram dos galhos. Nós escalamos pilhas de detritos cobertos de musgo. Pedaços caídos do teto. Passamos por buracos abertos nas paredes e no piso que dão para corredores tomados de vegetação, em pedras despedaçadas por raízes de árvores. A floresta parece ter se espalhado como neve.

Nós nos movemos apenas por instinto, como se já tivéssemos passado por esse caminho antes. Uma voz, minha voz, zumbe no fundo de minha mente, me dizendo para ir mais devagar, voltar, sair, encontrar outro caminho, mas ela está afogada por um sentimento, um desejo, por uma voz diferente que me diz para continuar em frente. Cada sentimento toma meu corpo como uma névoa quente que espanta as vespas malignas. Nem fico preocupada quando chegamos a um ponto sem saída. Nem Hickory. Apenas agarramos os galhos de uma árvore que cresce por um buraco no chão e começamos a descer.

O ar é ainda mais doce aqui. Um raio de energia passa por meu corpo e eu sinto como se pudesse enfrentar cada Pele de Lata e Cabeça de Couro sozinha. O líder deles também.

— Ei, Hickory — eu digo. — Me conte sobre o Roth.

— O chefe — ele diz, vendo um esporo dançar sobre as costas de sua mão. — Cara mau.

— É, isso eu sei, mas como ele é? — Nós viramos uma esquina. Eu abro caminho entre as belas folhas vermelhas com meus dedos. — Você já o viu, certo? Ele é alto? Acha que eu poderia enfrentá-lo? Se eu tivesse de lutar com ele, digo.

Hickory me diz para relaxar, então digo para ele que *estou* relaxada; sério, estou *mesmo*.

— Mas ainda quero saber. Como ele é?

— Quer um rosto para odiar. Acha que vai tornar mais fácil, mas não vai. Não esse rosto.

— Por que não? — pergunto. Então um pouco mais alto, mas não muito alto, não, nunca, porque esse lugar é tão pacífico e o ar é tão gostoso que eu poderia morar aqui. — Hickory, por que não?

Ele me joga algo de seu saco.

— Não diga que eu não te avisei.

É uma máscara. Não, meia máscara, a parte de baixo, entalhada numa estranha pedra branca tão lisa e brilhante que quase parece vidro. Uma grande rachadura corre do nariz ao topo da máscara e desce até a bochecha esquerda. Há uma leve fenda entre os lábios para respirar.

Fivelas e fitas de couro se penduram dos cantos, balançando. A parte de dentro é grossa e bulbosa em alguns pedaços, como se a meia máscara fosse não apenas para se colocar sobre o rosto de alguém, mas se encaixar *dentro* também. Como se tivesse uns plugues para buracos. Um nariz faltando e um queixo.

Eu estava errada. Isso não é uma máscara.

— É uma póstrese... — Minha língua revira a palavra. Uma risada cresce na minha barriga, mas eu a engulo, lambo os lábios, tento de novo. — Postre... proste... prótese! É uma prótese de rosto!

Hickory confirma. Ele está balançando ou sou eu? Talvez sejam as árvores.

Eu balanço a cabeça para espantar a tontura, mas ela não passa.

— É o hálito dele — Hickory quase grita. Depois que ele enfia aquela metade de rosto de volta na mochila, ela acaba escorregando da mão dele, desaparecendo dentro de um buraco. — Opa. Que mal. Eu precisava disso.

Não consigo conter a risada desta vez. Ela treme minha barriga e sai da minha boca tão forte, que eu tenho de me segurar numa árvore próxima.

— Tudo bem, Hickemy. Voltaremos depois!

As folhas vermelhas balançam agora, o que é esquisito porque não tem brisa, mas deve haver alguma, porque os esporos também estão girando. Nós cambaleamos por uma alameda e aquela pulguinha na minha orelha me manda parar novamente e voltar. Por que Hickory estava escondendo o rosto de Roth na sua mochila afinal?

— Ei, Mickory, o que quer dizer com a respiração dele?

— Apodreceu o rosto dele! É por isso que os Cabeças de Touro e os Pelos de Lata se cobrem. Se envolvem em pele morta e restos de metal. O hálito do Roth queima tudo!

— O hálito dele é *venenoso*? — Saltamos sobre uma grande raiz de árvore. — Como alguém pode viver com hálito venenoso?

— Ele é imortal, por isso.

— Quer dizer, ele não pode morrer? Nunca?

— Nunca.

— Uau, mas isso é... impossível — E Hicky abre os braços para a floresta, como um grande pássaro, como se dissesse "do que chama tudo isso então?". Eu digo a ele que ele está certo. — Por que não me contou antes? É, tipo, *informação*, sabe?

— Não queria te assustar. Está assustada?

— Bah! Assustada num lugar assim? Mas, ei, escuta... imortal, hein? E se alguém enfiar uma espada no pescoço dele? — Eu giro uma espada imaginária: *sha-vim!*

— Lâmina quebra.

— E se, ei, e se o empurrarem de um abismo beeeem alto?

— Ele chegaria até o fundo. Escalaria de volta e encontraria quem o empurrou.

— E se atirassem na cabeça dele? Não... no olho!

— Podem atirar em qualquer lugar. Não mudaria nada.

— Sem briga. Entendi. Vamos apenas ter de... Ei, Dickory, vamos ter de entrar e sair escondidos da fortaleza. Bem quietinhos. Podíamos até nos fantasiar! Em disfarces! Ninguém iria suspeitar que duas árvores iriam invadir a prisão, hein? Sem chance de isso acontecer! Sabe por quê? — Eu puxo um galho quando passo e o coloco atrás de mim. — Todo mundo ama as árvores!

Chegamos a uma escadaria em espiral, superlisa, com raízes e musgo. Tem um cheiro tão doce que é uma loucura, por isso nos jogamos e vamos — *uaaaaaau* —, escorregando até embaixo, rodando.

Quando termina, quero fazer de novo, mas não posso porque estou rindo demais.

Nós nos movemos por esse novo pedaço da floresta, de braços dados, cantando e passando pelas árvores. Cantamos músicas diferentes, cada um, mas eu adoro, porque estou cantando uma que inventei anos atrás chamada "A Música do Coco", e é uma das favoritas do meu pai. A música do Hizzory é sobre ver novamente alguma menina chamada Farrow. A pulguinha na minha cabeça grita comigo. Um troço sobre rosto falso e árvores. Grita para eu me virar, sair correndo, mas se fizermos isso não vamos chegar aonde estamos indo, e é tão bonito aqui, bonito mesmo. Só que agora é mais um pântano do que uma floresta e o chão está todo molhado, pegajoso também, e os esporos brilhantes estão por todo lad... *cof!* Acho que engoli um. Eu tusso e a pulga grita: "Ei, Jane! O rosto! Por que Hickory estava escondendo o rosto, idiota?". Então eu penso: "Ótimo, tudo bem!".

— Por que você... ei, Lickory. Desculpa interromper sua música da Farrow, voz linda, por sinal, por que estava com o rosto do Roth na sua mochila?

— Não posso dizer — Hicky canta alto. — Segredão. Vai me detestar se eu te contar!

— Eu não poderia te odiar, Hickemy. Você é meu melhor amigo. Da vida toda. Tirando Violet, claro, mas ela é criança. Isso conta? Sim! Você é meu *segundo* melhor amigo!

— Mau segundo amigo. E você me deixou ficar com as botas e tudo!

— Tá — eu bato palmas. *Bangue!* Tropeço na raiz de uma árvore; continuo andando.

— Olha só. Vou contar um dos meus segredos e você me conta um dos seus. Tipo, os dois juntos.

— Não!

— Pronto?

— Tá.

— Em três. Um, dois, quatro!

Nós gritamos nossos segredos ao mesmo tempo e é tão ótimo, tão maravilhoso, soa como "Eu nunca — Eu estou — fui — raptando — beijada — você".

— Brilhante — eu digo. — Viu? Não foi difícil, foi? Foi um descarrego mesmo. Eu nunca fui beijada e você... espera, o que você disse mesmo?

— Estou raptando você.

— Ah. — Sinos de aviso, *dingue, dongue, dingue, dongue.* — Você está me raptando?

— Ã-hã, temo que sim. Levando-a para uma armadilha. Para te entregar!

— Mas e quanto ao meu pai?

— Menti. Ele provavelmente já está morto! Aquela máscara que eu tinha. Lembra disso? É um cartão de visitas. Prova de aliança e tudo. Significa que sou um caçador de recompensas. Para Roth.

— Roth? *Aquele* cara? — Eu balanço a cabeça, bato num galho. — Mas e os Pelatas. Os Cabeçouros. Você os explodiu!

— Não podia deixar que *eles* a pegassem. Levassem todo o crédito. Daí eu não receberia o meu! Depois da armadilha, eu pensei: "Por que arrastar Jane, chutando e gritando, se eu posso fazer com que ela vá junto com facilidade". Entendeu?

Não sei o que dizer. Olho para Hickory e Hickory olha para mim e eu quero fugir desse traidor, de Roth, desse cheiro que não parece mais tão doce, mas então as folhas balançam novamente, milhares de bandeiras vermelhas acenando e meu corpo parece leve, mas pesado ao mesmo tempo, como se estivesse flutuando num sonho. Quero descansar, é tudo o que eu quero. A pulguinha diz: "Corra, idiota! Lute! Saia daí!". Mas não consigo, estou cansada demais, também não consigo ficar brava com Hickory. Ele é meu segundo melhor amigo, e é tão legal aqui. É mesmo. Eu só preciso de um cochilo.

— Não tive escolha — Hicky boceja. Flutuamos lado a lado, *slept*, *slept*. — Desculpaê.

— De boa.

— Roth quer a chave. Preciso dar a ele... Preciso manter minha promessa.

— Exatamente — eu digo. — Promessa é promessa! — E eu rio, porque é bem engraçado quando você pensa. Estou sendo raptada e não dou a mínima.

A FLOR NO NINHO

O PISO ESTÁ DIFERENTE AGORA. NOSSOS PÉS SE AFUNDAM ATÉ OS TORnozelos numa lama vermelho-escura. Eu tropeço numa costela, espirro lama, afundo e formigo. Quero descansar, preciso dormir, mas não, não, ainda não.

— É aqui — Hicky diz, e ele está certo, chegamos.

É um cruzamento. Dos grandes. Do chão ao teto da floresta é denso por todo lado, mas não no centro. Todas as raízes das árvores se encontram feito um ninho, uma tigela, uma grande cama afundada.

— Olhe — Hicky diz. Há uma única flor dentro do ninho, solitária e amarela. Desenrolando. Desembrulhando. Quero tocá-la, mas Hicky entra primeiro no ninho.

— É minha.

Começo a segui-lo, mas então escuto algo no próximo corredor. Creio que preciso verificar, porque talvez seja outra flor. Eu viro para a direita, balanço num galho, *uoooou!* Mas não vejo flores, apenas uns troços em formato de pessoas no chão. Quero voltar ao ninho, mas os sinos de aviso estão tocando *dingue, dingue;* DINGUE, DONGUE.

"Olhe mais perto! Saia dessa!"

— Tá, pulguinha — eu foco, respiro fundo e... — Ah, não é legal.

A visão é uma martelada, tira a loucura do meu cérebro. Há centenas deles. Por todo lado. Cabeças de Couro empilhados em montes fedidos ou presos nos galhos. Com máscaras arrancadas, mandíbulas quebradas, abertas por raízes de árvores serpenteando por seus pescoços, para dentro de suas bocas, garganta abaixo. As árvores estão se alimentando deles de dentro para fora.

Não, *não as árvores*. A árvore. É uma planta enorme. É por isso que não vimos nenhum corpo até agora. Estamos no centro. No núcleo. Estamos no maldito estômago. Eu cubro a boca. Afasto-me dos corpos de pele cinza com seus olhos esbugalhados me encarando vazios. Dois se penduram à minha esquerda como sacos de carne, raízes saindo de suas bocas. Outro na lama à minha direita, enrolado em vinhas, mas não está morto ainda. Ele pisca, estrebucha, faz aquele som de *clique* na garganta. A raiz se move para dentro da boca, só um centímetro, mais fundo. As folhas balançam e acenam. Eu tropeço numa perna e caio para trás na lama. Ele arde e queima. Ácido. Algum tipo de sopa de corpos escorrendo para o ninho onde...

— Oh-oh.

Eu dou um giro. Hickory está no centro do ninho.

Rastejando pela gosma.

Buscando a flor.

—Não — eu grito. — Hickory, não...

Mas Hickory não para.

Ele puxa a flor e a floresta ganha vida.

Eu cambaleio, tropeço e rolo para dentro do ninho; o chão é uma massa ondulante de raízes, árvores e corpos podres.

Hickory já está enterrado até a metade na gosma borbulhante, com raízes serpenteando por seu peito e braços, puxando-o para o fundo.

Ele apenas encara a flor em suas mãos, boquiaberto como um palerma.

— Hickory, mexa-se!

Eu me jogo nele. As raízes se partem. Nós rolamos pela gosma. A bile subindo, olhos lacrimejando, pele formigando, anestesiando. As raízes se envolvem em meus tornozelos. Os pulsos de Hickory. Ele está cercado de esqueletos, máscaras de gás e facões. Eu agarro um e começo a arrancar...

— Não as machuque — Hickory diz.

Eu o solto e dou um tapa forte nele, e mesmo que pareça quebrar o feitiço, eu dou outro tapa porque eu posso ter saído do encanto, mas me lembro do que o idiota me contou um minuto atrás. Eu deveria deixá-lo aí, deixá-lo morrer, mas ainda preciso dele.

— Corra — eu grito e enfio outro facão nas mãos dele.

Nós cambaleamos para fora do ninho, abrindo caminho para um novo corredor. As raízes e galhos batem, chicoteiam e prendem. Nós corremos feito loucos. Meu facão é preso num galho grosso que balança e o arranca das minhas mãos num piscar. O chão ruge, as paredes estalam e desmoronam. Nós desviamos de pedras e destroços, passamos por um buraco na parede, mas a floresta também está aqui. Hickory corta um galho ao meio. Seiva esguicha como sangue. Com um grunhido, guincho e crack, *crack*, CRACK, um galho enorme cai no corredor à frente, bloqueando nossa passagem. Eu salto de uma pedra caída. Hickory desvia de outro galho que avança.

E as vinhas nos pegam no ar.

Elas se enrolam e prendem nossos membros e troncos. Apertam. Hickory balança seu facão, mas as vinhas o pegam também. Sou virada de cabeça para baixo. Sangue corre para minha cabeça. Os galhos param de balançar, a floresta para de se mexer, e só posso ouvir o *bam, bam*; *bam, bam* do meu coração. Uma raiz sobe por meu braço e pelo meu pescoço, serpenteando sobre o queixo. Eu aperto os dentes o máximo que posso, mas as raízes forçam meus lábios. É isso. É o fim. O pai se perdeu para sempre e vou morrer de cabeça para baixo, pendurada ao lado de um mentiroso idiota que...

— Socorro...

A voz de Hickory. Um chiado que se torna um engasgo, que significa que a raiz também está deslizando por sua boca. A minha desliza pelo canto dos meus lábios. Eu tusso e engasgo, então o vejo. Um homem. Correndo pela floresta com fogo em suas mãos. Seguindo direto em nossa direção.

CAÇADORES DE RECOMPENSAS

ESQUEÇA ISSO. A PIOR COISA EM SER CONHECIDA COMO A AMALDIÇOA-da é quando você apenas está cuidando da sua vida, tentando localizar seu pai desaparecido num labirinto infinito cheio de quartos que mudam de forma e criaturas horrendas do mal, mas acaba de alguma forma sendo drogada por esporos e digerida por uma maldita árvore.

Estou coberta de gosma e restos de folhas da cabeça aos pés, roxa e dolorida. A atadura na minha mão ferida tem cheiro e aparência de papel higiênico usado. Meus músculos doem loucamente, mas meus cortes não doem nada por causa da anestesia, o único lado positivo de estar coberta da gosma estomacal de uma planta carnívora. Quem diria?

Estou numa jaula com rodas novamente, mas esta é feita de metal e não está sendo puxada por um cavalo, e sim pelo maior grandalhão que já vi na vida. Até os músculos dele têm músculos. Está sem camisa e é careca. É tão alto, que sua cabeça quase toca os lustres. Seus pés descalços soam como trovões estourando sobre a pedra. Ele não foi chicoteado como Hickory, mas outro rosto protético se pendura do cinto dele.

Vou abraçar o primeiro estranho que eu encontrar que não tenha isso. Vou mesmo.

Minha chave está no bolso dele. O idiota a arrancou de mim assim que nos colocou num lugar seguro e jogou sua tocha. Eu estava fraca demais para detê-lo, até para levantar a mão, mas vi o olhar no rosto dele quando encontrou a chave. Triunfo e espanto, e algum tipo de tristeza também. Ele disse algo para mim numa língua diferente, algo suave. Até colocou uma de suas mãos enormes no meu ombro e sorriu.

Daí nos jogou na jaula.

Hickory está tão sujo e detonado quanto eu. O cabelo preto dele parece um ninho de mafagafos. Ele tentou argumentar com o caçador pela primeira hora, mais ou menos. Disse que estavam do mesmo lado e tudo.

— Eu tinha a máscara, mas eu perdi — ele disse. — Foi a primeira revelação. Você está nos levando para a fortaleza? Hum? Lugar grande, portão preto? Sim? Roth não vai ficar feliz de você me colocar numa jaula. Você vai ver. Eu mesmo estava levando a menina lá. Talvez pudéssemos levá-la juntos, hein?

O caçador de recompensas não diz uma palavra.

Agora Hickory está emburrado num canto, mãos amarradas atrás das costas, igual a mim.

— Honra é das últimas coisas que lhe restam, hein? — cochichei para ele.

— Não fique bravinha comigo só porque confiou no cara errado — ele diz baixinho.

Ele está certo, claro. Eu devia ter percebido. Eu mais do que todo mundo.

— Por quê? — pergunto a ele. — Por que não pegou simplesmente a chave e foi embora? O que Roth quer comigo? Eu *ganhei* a chave. Isso não significa que eu saiba algo sobre ela. E eu ia mesmo dar a você quando levássemos meu pai de volta para Bluehaven. Eu não estava mentindo.

Hickory não diz nada.

— Por que ficou do lado do Roth afinal? Há quanto tempo está trabalhando para ele? Ele quer a chave para poder encontrar mais portais? Acha sinceramente que ele vai contar para você quando tiver terminado? Ele não parece muito com um cara que gosta de dividir as coisas.

Mas até aí, o que eu sei? Não posso confiar em nada do que Hickory me contou, exceto pelo troço na floresta, quando estávamos ambos tão chapados quanto papel e a verdade parecia algo glorioso.

— De onde você veio? — pergunto a ele. — Você se lembra. Sei que sim.

Hickory está encarando as costas do caçador agora, na máscara com a metade do rosto rachada do Roth.

— Você não acreditaria se eu te contasse — ele finalmente diz. Ele se vira, se deita de lado e talvez seja a forma como estava olhando para a máscara, mas de repente tudo o que consigo pensar é: "E se o Hickory vem do mesmo mundo que Roth?".

— Ótimo — eu digo. — Mas vou pegar minhas botas de volta. Assim que desamarrarem nossas mãos.

Hickory as chuta para fora dos pés e empurra em minha direção sem se virar. Parecem piores do que um sapo esmagado. — São todas suas — ele diz.

Decido deixá-las de lado.

O caçador de recompensas fica nos corredores principais. A jaula é mais larga do que as portas normais. Parece que passam horas. Não damos com nenhum inimigo, mas certamente deixaram suas marcas. Ossos espalhados. Cartuchos usados de balas. Pedaços de couro e de lata. Manchas e marcas de garras nas paredes e no chão.

Eu não durmo na nossa parada de descanso. Hickory sim. Apaga na mesma hora, como se sua consciência estivesse limpa como água. Eu me sento ao lado dele, vendo o grandalhão careca. Está sentado com as pernas cruzadas numa esteira esfarrapada que tirou de algum compartimento debaixo da jaula. No começo ele murmurou e gemeu por um tempo, algo suave, profundo e triste. Agora está raspando a cabeça. Passando uma lâmina seca pela curva da cabeça, bochechas e queixo. Eu tinha 6 anos quando comecei a barbear o pai. Peguei uma das navalhas velhas do Sr. Hollow, coloquei o pai na banheira, cortei toda sua barba descontrolada com uma tesourinha e passei sabão sobre suas bochechas. Tinha medo de cortá-lo, então eu fazia perguntas e também imaginava as respostas. "Quanto sabão? Assim está bom? *Perfeito.*"; "Seguro assim? *Não, assim.*"; "E eu passo assim, tipo... ops! Desculpe. *Passadas lisas. Não se apresse.*"; "Tá, liso... desculpe! Isso é difícil. *Você vai retalhar meu rosto se continuar assim. Vá com calma, Jane. Temos todo o tempo do mundo*". Então nos sentávamos lá nos banquinhos, com todo o tempo do mundo.

Onde ele está agora? O que está fazendo? Não posso ignorar a possibilidade de que Hickory esteja dizendo a verdade sobre ele ter sido feito prisioneiro. Ou pior, a outra coisa que ele disse.

"Ele provavelmente já está morto!"

— Por favor, me deixe ir. — Minhas palavras passam pelo corredor, vazias e sem vida. — Não sei o que Roth quer comigo. Não sei nada sobre a chave.

O caçador de recompensas avança até a jaula, pega algo novamente no compartimento e tira uma velha fotografia amarrotada de uma mulher sorrindo, segurando um bebê. Ele fala comigo e apesar de eu ainda não conseguir entendê-lo, não há como me enganar pelo tom. Desespero. Tristeza. Em parte até soa como um pedido de desculpas. E eu entendo. Ele não quer fazer isso. Odeia estar dentro da Mansão tanto quanto eu. Só está tentando voltar para casa, para sua família.

— Você não precisa fazer isso — eu digo. — Podemos deter o Roth. Não sei como, mas...

Sou silenciada por uma porta batendo em algum lugar à frente, talvez no próximo corredor.

O caçador de recompensas coloca a foto de volta no compartimento e tira um chicote, arrasta-o atrás de si enquanto pisa firme em direção ao som. Eu não perco um segundo. Assim que ele desaparece na esquina, eu me jogo na porta da jaula e chuto Hickory acordando-o.

— Quê? — ele murmura. — O que está pegando?

— Ele saiu. Mas provavelmente volta logo. Qual é o plano? — Hickory franze a testa para mim. — Imagino que você sempre tenha um plano, Hickory. Como nós saímos daqui?

— Nós? — ele diz como se fosse a palavra mais suja já inventada.

— Sim — eu digo —, *nós*. — Tento acertar a porta novamente, mas o fecho é muito forte. — Olha, eu te odeio e você me odeia, mas estamos nesta juntos, gostemos ou não.

Hickory leva um momento.

— Depois te falo sobre isso.

Eu começo a protestar, mas ele aponta para o corredor. O caçador já está voltando com algo... não, *alguém*, pendurado sobre os ombros.

— Temos uma carona de graça. Relaxe. Tem muito tempo para escapar.

O caçador abre a jaula e joga sua última captura. Um cara mais ou menos do meu tamanho, eu diria. Botas, calça justa, e um longo manto índigo. Capuz puxado sobre seu rosto, mãos já amarradas nas costas.

O caçador tranca a porta novamente, guarda sua esteira, pega a corrente e começa a puxar a jaula.

Hickory me cutuca com o joelho, aponta para o novato.

Eu me arrasto até ele, busco com meu pé esquerdo e cuidadosamente levanto o capuz com os dedos do pé. O cara tem um lenço preto enrolado no rosto e na cabeça, como aquelas pessoas que você vê em desenhos andando pelos desertos. Apenas seus olhos são visíveis, fechados e com longos cílios.

Espere aí.

Eu recuo, olho a forma do corpo novamente. É quando percebo que nosso novo colega de cela não é um cara.

É uma menina.

O HALL DAS MIL FACES

ELA ESTÁ ME OLHANDO QUANDO EU ACORDO, OLHOS CASTANHOS COMO os de um gato fixos nos meus. Eu me sento, pigarreio, limpo a baba escorrendo por meu queixo. Não tenho certeza de quanto tempo dormi, quanto viajamos, mas Hickory está dormindo novamente. O caçador de recompensas ainda está puxando a jaula, suor reluzindo em seus ombros sob cada vela. Então me pergunto se eu me revirei muito em meu sono. A menina pôde ver que eu estava me afogando com meus pais, prestes a ser levada pelos tentáculos dos monstros com olhos de fogo branco? Eu gritei por meu pai quando a mãe desapareceu? Fiz um ruído quando o sonho mudou, quando se tornou algo *mais* e eu voei pelos corredores inundados da Mansão, pela cachoeira no redemoinho frio e escuro?

"Liberte-se". A voz da minha mãe volta a mim novamente, mas eu ainda não consigo descobrir o motivo.

— Olá — eu digo para a menina. Talvez eu tenha falado baixinho demais. Talvez ela fale uma língua diferente. Tudo o que ela faz é estreitar uma fração dos olhos. Eu me inclino um pouco mais perto, falo lentamente. — Meu nome é Jane Doe. Qual é o seu? Hum. Seu nome? Você... consegue me entender?

Nada.

Creio que ela tenha idade próxima à minha. Posso ver pedaços de cabelo escuro abaixo do lenço. Ela não parece nada assustada. Receosa, sim, mas não assustada. E seus olhos são sem dúvida...

— Você é linda.

A palavra apenas me escapa e Hickory acorda bem a tempo de ouvir. Ele se vira, rindo como um macaco danado. Nem sei se macacos riem, porque só li sobre eles em livros, mas se eles riem, aposto que soam assim. Digo a ele para calar a boca, e ele cala, imediatamente, mas não por minha causa. O caçador de recompensas está nos observando.

Ninguém diz nada pelas próximas bilhões de horas. Fico com as mãos adormecidas porque estão amarradas nas minhas costas há muito tempo. Minha pele não está mais anestesiada. Todos os meus cortes e ferimentos voltam a doer. Conto portas para passar o tempo. Sonho com maneiras de escapar. Grandes exibições de força e bravura, coisas que impressionariam a menina e mostrariam a ela que meio que sou uma quase mulher a sempre tomar o controle. Ela ainda está me espiando.

— Não pense que ela gosta de você — Hickory murmura e eu acho que ele está certo. Sou eu, afinal. Jane dos Olhos Bizarros Doe. O que preciso é de um chapéu, ou algo assim, que diga: "Não sou um monstro, só sou incompreendida". Eu podia usá-lo sempre. O povo gosta de chapéus, certo?

Quando a jaula finalmente para de novo, eu imagino que o caçador vai dar outra descansada, mas ele apenas fica parado e aponta para o arco à frente. O cômodo é longo, levemente mais largo do que o corredor em que estamos agora, e as paredes estão cobertas de rostos de pedra entalhados. Rostos com presas. Gritando, rosnando, rindo. O caçador de recompensas segura um dedo nos lábios, vai até o arco. Ele bate suas enormes mãos e — *pfft! pfft! pfft!* — a sala ganha vida. Dardos, atirando das bocas de um lado da sala para as bocas do outro. Ele grita — uma explosão rápida de som — e os dardos são atirados de volta.

Outro dedo nos lábios, e o significado é claro. Não faça nenhum barulho.

Antes que possamos protestar, ele pega a corrente e nos puxa lentamente para a armadilha. Os rostos de pedra com suas bocas cuspidoras de dardos nos espiam. Eu me retorço com cada rangido das rodas abaixo de mim, mas obviamente é silencioso o suficiente. Porém um espirro, uma tosse e...

— Não — Hickory cochicha em três quartos do caminho.

Eu faço *psiu*. A menina me chuta porque meu psiu é tão alto quanto. O caçador de recompensas congela — nós todos congelamos —, mas os dardos nunca vêm. O caçador caminha em frente, voltando ao seu lento rangido. Hickory indica freneticamente o arco à frente. Há uma marca sobre ele, uma marca de tinta na pedra. A impressão da mão de um Cabeça de Couro.

Você acha que seria um alívio passar pela armadilha e tal, mas no momento em que estamos livres, Hickory diz:

— Pare. Não. Não pode nos levar lá.

O caçador de recompensas o ignora.

Hickory surta e joga seu peso contra a lateral da jaula.

Eu me pergunto se ele está encenando, se tudo isso é parte de seu plano de fuga, mas então um nó frio se forma na minha garganta.

— Não chegamos lá ainda, né? Na fortaleza? Você disse que tínhamos muito tempo.

— Ele não está nos levando para a fortaleza — diz Hickory. — Ainda não. Ele está nos levando para...

O caçador enfia o punho na jaula. Acerta Hickory bem em cheio.

— Sente-se — a menina me diz. — Está tudo sob controle.

Eu a encaro, boquiaberta. Quando o pelotão de Cabeças de Couro irrompe pelo corredor e cerca a jaula. Quando o caçador de recompensas segura o rosto protético de Roth bem alto, se rendendo. Quando todas as armas se voltam para a menina, Hickory e eu.

O CAMPO DE PRISIONEIROS

SOMOS MANDADOS A MARCHAR A PÉ NUMA GRANDE CÂMARA, COM AS bocas amordaçadas. Há jaulas por todo lado. Espetos de metal. Rolos de arame farpado. Centenas de pessoas aprisionadas. Peles de Lata rosnam e avançam para nós de seus cercados, quando passamos. Ossos destroçados chacoalham ao redor de suas patas, limpos de carne. O ar fede a carvão, suor e urina velha. Cabeças de Couro arrastam caixotes e corpos de um lado para o outro no campo. Prisioneiros se encolhem. O teto manchado de fumaça paira alto sobre tudo, brilhando num vermelho sujo das fornalhas abaixo. É um pesadelo.

Somos jogados na jaula mais próxima. Uma dúzia de gente está apertada no meio. Duas são crianças. O portão é fechado atrás de nós, um velho se move e solta as mãos da menina. As minhas também. Tiramos nossas mordaças e o agradecemos. Ele apenas acena com a cabeça e dobra os ossos rangentes sobre o terceiro novato. Hickory ainda está grunhindo, de cabeça para baixo no chão.

— Ele não — eu digo. — Ele é um deles. Um caçador de recompensas.

O idoso não diz nada, mas obviamente me entende, porque deixa Hickory amarrado. Dá até um pequeno chute enquanto volta para o grupo de prisioneiros.

Nosso caçador está observando de longe, fora da jaula, livre. Ele não vai me tirar de sua vista. Há outros caçadores também. Alguns deles empertigados, olhando feio para todos que podem. Outros parecem tão preocupados quanto nós, prisioneiros, e se afastam dos Cabeças de Couro quando eles passam; armas não sacadas, mas sempre de prontidão.

Alguns deles são mulheres. Mas os homens são maioria. Alguns caçadores usam trapos e tanguinhas; outros, roupões elaborados ou vestidos que podem ter sido um sinal de riqueza e poder em seus mundos, mas que aqui não significam lhufas.

Eu balanço as mãos, esfrego os pulsos. "Que lugar é este?"

Então eu o vejo, sentado no grupo de prisioneiros a menos de três metros. Perco o ar. A palavra que quero dizer mais do que qualquer outra se forma no fundo de minha barriga e sobe à minha garganta como um pulso quente de luz, mas não consigo dizer, não ouso, porque não pode ser. É um truque, um sonho. Mas o manto, os ombros curvados, a desordem dos cabelos brancos...

— Pai?

Minha voz parece minúscula, como a de uma criança. Cheia de esperança e hesitação também, porque imaginei esse momento um bilhão de vezes e já está claro que algo deu errado.

É o pai, sem dúvida. Mas ele não parece feliz em me ver.

Seu rosto está cortado e ferido. Seus olhos, esbugalhados, lábios trêmulos. Digo a ele que tudo bem, que está tudo bem, mas quando caminho em sua direção, ele se afasta e diz:

— Não.

Ele está falando.

Quero dizer falando *mesmo*.

Comigo.

— Pai — eu digo —, sou eu, Jane. — Mas ele tagarela sem sentido sobre minha voz e começa a andar de um lado para o outro da jaula, balançando as mãos como um louco.

Corro até ele. Os outros prisioneiros se espalham. A menina tenta me deter, mas eu a afasto. Agarro os ombros do meu pai e tento acalmá-lo, e ele me derruba. Me prende no chão. Não consigo me mover, não consigo respirar. Estou encarando um rosto que conheço tão bem, mas não consigo reconhecer. Lágrimas brotam de meus olhos, porém quando grito seu nome novamente, eu vejo. O fogo em seus olhos se apaga. Ele pisca para mim, força um sorriso triste e covinhas marcam suas bochechas sujas, por barbear.

— Nós não nos conhecemos — ele cochicha. — Não podemos. Fique longe de mim. Eu te amo.

Uma arma dispara em algum ponto. Um tiro de aviso. O pai me chama de estranha, grita, me diz que vou me arrepender se eu me aproximar dele de novo. Então ele vai até o outro lado da jaula, e só posso ficar deitada lá. Tentando respirar. Tentando pensar. Em branco.

NA BOCA DO GIGANTE

ELE ESTÁ AQUI. BEM *AQUI*. SENTADO NO CANTO DA JAULA. ELE NEM olhou para mim por uma hora, mas toda vez que fico de pé e dou um passo em direção a ele, ele balança a cabeça violentamente e diz "uhhh" bem alto.

Por que não quer que eu chegue perto dele?

"Nós não nos conhecemos" é a primeira frase que ouvi meu pai dizer na vida. "Não podemos", a segunda. "Fique longe de mim", a terceira e de longe a pior. Mas a quarta, "eu te amo", é aquela na qual eu me apego. E significa que não é uma questão do que ele quer ou não quer. Está mantendo distância porque sente que tem de fazer isso, e preciso confiar nisso, confiar nele.

Hickory tem tamborilado com os polegares desde que meu pai me derrubou. Pernas cruzadas, cabeça baixa, mastigando a corda em sua boca. Observando nós dois. Ele ouviu as coisas que eu disse, sabe que esse homem louco no manto vermelho sujo é meu pai. Mas até a atenção de Hickory está distraída agora. Os Cabeças de Couro estão alvoroçando o lugar, fazendo barulho com as gargantas, puxando correntes e algemas. Os prisioneiros se afastam o mais longe que conseguem das portas das jaulas. Um homem começa a balbuciar e aponta um arco do outro lado da câmara, que os Cabeças de Couro devem ter expandido, bloco a bloco, anos atrás. É uma boca gigante na parede, boquiaberta e sem dentes, soltando baforadas de fumaça e vapor. Algo está prestes a acontecer. Está acabando nosso tempo.

Eu bufo e fico de pé. O caçador de recompensas me observa. Hickory também. O pai olha feio para mim, mas não vou até ele, vou até a menina. Ela está ajoelhada na parede da jaula onde estão as correntes, a alguns metros dele, com o lenço ainda envolto na cabeça, meditando ou sei lá.

— Oi — eu digo casualmente. — Hum, como estão as coisas?

A menina claramente não está nada impressionada. Eu me viro para meu pai, o observo com o canto do olho.

— Uau, que ótimo. Excelente.

— Eu não disse nada — a menina diz, mas eu já estou levantando a mão.

— Deixe-me só tirar isso. Está escutando? — eu tusso e coloco um "pai" aqui para me certificar de que tenho a atenção dele. — Quero te contar algo muito importante. Eu vim te resgatar. Sei que soa tolo, sendo eu mesma uma prisioneira, mas é verdade. Eu vim te levar para casa. E vou levar, sim. Não sei ainda bem como, mas estou trabalhando nisso. Vamos ficar bem, tá?

Se a menina não achava que eu era idiota antes, então com certeza ela pensa isso agora.

Porém o pai me escutou, posso sentir, e só isso importa.

Dois Cabeças de Couro destrancam nossa jaula e jogam uma corrente presa a coleiras de metal no chão. Apontam o rifle para o grupo maior de prisioneiros e aguardam.

O velho se move primeiro. Lenta, dolorosamente, ele desenrola a corrente e prende a primeira coleira em seu pescoço. Então segura a corrente balançando e uma mulher magrela com pouco cabelo faz o mesmo. Um a um, os prisioneiros se prendem sem dizer uma palavra. Eu me pergunto de onde eles vieram. Há quanto tempo eles têm estado aqui. Será que têm planos para escaparem? Eu duvido. É gente derrotada. Eles estão em menor número, de um para cem.

"Nós", eu me corrijo. "Nós estamos em menor número."

Restam quatro coleiras. O pai prende a si mesmo. Eu me prendo. A coleira raspa na minha nuca, apertando forte. Preciso ajudar Hickory na sua por causa de suas mãos amarradas. Quando a coleira fecha, ele me dá um sorriso pela mordaça, mas seus olhos estão negros e em chamas.

Um dos Cabeças de Couro tenta forçar a menina na última coleira. Ela bate na mão dele, até bloqueia um soco de retaliação. Os Cabeças de Couro olham para seu colega mais espantados do que tudo, creio eu. Antes que ele possa fazer algo mais, a menina pega a coleira e prende em seu pescoço com tanta calma, que ela poderia estar colocando um colar.

— Bem, vamos — ela diz, apontando a cabeça para a porta da jaula.

Saímos de nossa jaula junto a outras filas de prisioneiros, com as correntes chacoalhando, e seguimos para o arco do outro lado da câmara. Peles de Lata tentam nos morder enquanto passamos.

— Para onde estão nos levando? — pergunto ao pai sobre o ruído.

Primeiro penso que ele não me ouviu, então ele meio que se vira e diz:

— Trem.

— Como uma maria-fumaça? — Olho de volta para Hickory. Ele arqueia uma sobrancelha. Nunca houve um trem em Bluehaven, obviamente, mas já li sobre eles. Vi uma foto uma vez. Grandes troços em trilhos de metal. Estou bem certa de que eles normalmente são uma coisa lá de fora, como neve, grama e florestas. — Que diabos faz um trem aqui dentro?

Botas pesadas ao meu lado agora. O caçador de recompensas está me seguindo de perto. É tão grande quanto os Cabeças de Couro, mas provavelmente está tão nervoso quanto eu. Aposto que minha chave ainda está no bolso dele.

Aposto que sua família nunca pareceu tão próxima.

Outra baforada de fumaça, e o vapor chia pela boca do gigante na parede, subindo em direção ao céu. O grupo acorrentado à nossa frente desaparece na neblina, então somos engolidos também. O ar tem um cheiro azedo e metálico. Fogueiras colorem de vermelho o vapor e a fumaça. Tambores e carrinhos de minas cheios de carvão tomam forma. Um Pele de Lata numa coleira. Mais Cabeças de Couro pairam ao nosso redor; uma floresta de silhuetas magrelas e ameaçadoras nos conduzem nessa nova câmara.

Então passamos por fumaça e vapor.

Encontramos o trem.

Parece uma lagarta quadradona, se esticando de um lado da câmara até o outro, desaparecendo dos dois lados por mais arcos brutais que os Cabeças de Couro fizeram. Devem ter cavado por milhares de paredes para colocar os trilhos. Destruindo a Mansão, arrancando pedra por pedra. Ainda estão fazendo isso, arrancando tudo com picaretas.

O trem parece antigo, enferrujado e deteriorado, mas uma luz elétrica fraca brilha em cada vagão. As laterais estão cobertas de pequenos buracos, portas que deslizam cuspindo plataformas e uma ou outra janela com grades. É outra prisão sob rodas.

Somos obrigados a marchar até um cercado de arame farpado, com um grupo acorrentado, enquanto outro é conduzido a bordo; pessoas de ombros caídos e esperanças despedaçadas. Dois grupos por vagão. Quando os prisioneiros são selados dentro, os caçadores de recompensas seguem para seu próprio vagão.

— Meu Deus — o pai murmura para si mesmo, sacudindo a cabeça com o horror do trem. — Eles destruíram o lugar. Os trilhos provavelmente levam até o covil do mestre deles.

— Roth — eu digo. O pai não consegue evitar dessa vez. Ele se vira para mim, chocado por eu saber o nome. Eu aponto com a cabeça para Hickory. — Ele ia me entregar antes de sermos pegos.

O pai olha feio para Hickory. Hickory apenas dá de ombros como para dizer "que culpa eu tenho?". Então eu o chuto na canela.

Ele está prestes a me chutar de volta quando a menina bate em cima da cabeça dele. Eu forço um sorriso em agradecimento, mas engasgo um segundo depois quando nossa turma é puxada para fora do cercado. O caçador agarra meus ombros enquanto andamos. Estranho, mas é quase reconfortante.

Ajudo o pai a entrar no vagão. São os antigos hábitos. Ele tenta me afastar, em parte porque devemos ser estranhos, mas também — suspeito — simplesmente porque ele não *precisa* mais da minha ajuda. Não como antes.

Não sei como isso me faz sentir. Espantada? Feliz? Emocionada? Talvez. Se eu for honesta, até um pouco triste e assustada. Só sei que ele ainda está um pouco ruim das pernas e luto contra uma década de instinto de cuidar dele, de ajudá-lo, de me preocupar.

Ele vai ter de me aguentar incomodando-o por um bom tempo ainda.

O vagão tem um cheiro ainda pior do que o campo. Há manchas nas paredes enferrujadas. Portas de aço na frente e atrás. A porta lateral range, fechando, quando entramos todos. O caçador de recompensas permanece lá fora por um momento, me observando por uma das janelas com grade. Ele confirma, satisfeito, e desaparece. Eu me pergunto se vamos parar em outros campos a caminho de Roth. Espero que sim. Qualquer coisa para nos dar algum tempo.

Uma buzina soa. Vapor irrompe. O vagão treme e guincha.

— É minha primeira viagem de trem. — É tudo o que posso dizer.

As covinhas do pai se acendem novamente, como velas da Mansão.

— A minha também, mocinha.

OS GUARDIÕES

FINALMENTE RECEBO MEU ABRAÇO. TRÊS SEGUNDOS E O PAI ME APERta mais forte do que ninguém nunca me abraçou antes. Agora que os capangas do Roth estão fora de vista, ele não parece se importar com quem vê. Ele pede desculpa. Diz que eu não deveria estar aqui. Pergunta se minha mão enfaixada está bem e examina alguns cortes e hematomas. Sua voz está tão áspera quanto seu queixo, e ele não tem exatamente cheirinho de rosas, mas tenho certeza de que eu estou igual. Estamos fedendo, presos, e as coleiras meio que nos sufocam, mas a gente não liga. Estamos juntos, e é isso que importa.

— Estou exatamente onde eu deveria estar — eu digo. — Winifred me contou...

O pai me tira do abraço.

— Winifred Robin? Ela te mandou aqui?

Eu faço que sim e uma sombra passa sobre o rosto do pai, mas eu ainda não posso evitar sorrir porque ele está aqui, *realmente* aqui, e está *olhando* para mim. Há tantas coisas que quero dizer a ele, quero perguntar a ele, preciso dizer. Mas por enquanto só consigo soltar uma palavra.

— Pai...

— Eu sei, Jane — ele diz. Então me abraça novamente. Diz o quanto está orgulhoso, o quão corajosa eu sou, o quão grato ele está por tudo o que eu fiz. Quando sua voz some, fico aterrorizada de ele se apagar novamente, voltando a seu transe, mas então ele pigarreia e me tira do abraço. — Há tanto que preciso te dizer, mas primeiro quero saber como você chegou aqui.

O velho vai até a parede e se senta. Nós temos de segui-lo, arrastados pela corrente. A mulher magrela. As duas crianças. Todos os homens e mulheres assustados, mas em silêncio, que têm suas próprias histórias de terror para contar, tenho certeza. O pai se senta, depois eu, Hickory e a menina. A outra turma acorrentada no nosso vagão faz o mesmo. Está barulhento, apertado, quente e úmido, mesmo com o vento passando pela janela gradeada e os buracos de ferrugem nas paredes.

— Vá em frente — o pai diz. — O que aconteceu depois que deixei Bluehaven? Me conte tudo.

Então eu conto a ele. Tudo. Sobre o portal escondido sob as catacumbas. A neve. Os Peles de Lata na armadilha. O barraco de Hickory e a gosma do Espectro. A floresta carnívora e o caçador de recompensas. O pai lança um olhar fulminante para Hickory algumas vezes, mas mantém os olhos fixos no piso na maior parte da história, assentindo de tempos em tempos. Ninguém me interrompe. Hickory não poderia falar nem se quisesse por causa da mordaça e tudo mais. Acho que fiz a menina dormir. Sua cabeça balança levemente com o balançar não tão suave do trem. Na verdade, estou meio chateada que ela perdeu a parte sobre eu salvar Hickory lá na floresta.

— Jane — o pai diz. — Continue.

— Desculpe. Hum. Bem, é isso. Passamos pela armadilha de dardos, e os Cabeças de Couro nos pegaram. Nos levaram para o campo de prisioneiros com o caçador de recompensas.

— E ele ainda está com a chave?

— Em um de seus bolsos, creio eu. Pai, sinto muito...

— Tudo bem — ele diz. — Você, mais do que todos, não tem nada do que se desculpar. Melhor que fique com ele do que com um Cabeça de Couro. Podemos pegar de volta.

O trem faz uma curva. As luzes no vagão piscam. Ele balança a cabeça.

— Não posso acreditar que isso esteja acontecendo. Sabe, eu estava mesmo feliz quando Winifred nos entregou para os Hollow. Devemos nossa vida a ela, eu sei, mas sei também que ela nunca deixaria de buscar por respostas, sobre a chave, sobre *nós*, e eu sabia que o que quer que ela encontrasse só colocaria você em perigo. — Ele suspira. — Acho que nós nunca escapamos realmente da Mansão. No fundo, acho que eu sempre soube que um dia ela te pegaria.

— Sabia que a Mansão iria me pegar?

O pai assente lentamente.

— Deveríamos estar lá para te proteger desde o começo, mas você teve que assumir o papel de mãe. Nenhuma criança deveria carregar esse fardo. Elsa e eu não sabíamos...

— Elsa? — Minha garganta se aperta. Mal posso formar as palavras. — É a...?

Os olhos do pai se enchem de lágrimas. Ele pisca forte, agarra minha mão não machucada e faz que sim.

— Sinto muito, Jane. Eu... sim... — Ele sorri. — O nome dela é Elsa.

O nome da minha mãe é Elsa. Acho que nunca ouvi um nome mais bonito.

Essas coisas é que provocam um ataque cardíaco.

Agarro o braço do meu pai.

— E qual é o seu? Seu verdadeiro nome, digo.

— Charleston Eustace Grayson. — Ele torce o rosto. — Terceiro.

— Ah, que...

— Horrível. Eu sei.

— Talvez eu... posso continuar te chamando de pai?

— Por favor.

— E o meu? — Merda, pode ser pior do que *Charleston*. — Na verdade, quer saber? Eu não quero saber. Vou ficar com Jane. — Neste momento, tenho problemas maiores em que pensar. — Pai, cadê a mãe? De onde viemos? O que aconteceu com você? Por que está melhor agora?

— Estou livre, porque voltei à Mansão.

— Livre do quê?

O pai respira fundo.

— Creio que vocês dois os chamam de Espectros. — Ele levanta uma sobrancelha e concorda. — Um nome bem apropriado, na verdade. Nada mal.

Tenho certeza de que o ouvi errado.

— O *Espectro* te pegou? Não entendo.

— Tem mais de um deles, Jane. E eles não vêm de um Outromundo, eles vêm da Mansão. Ou melhor, de um lugar bem poderoso *dentro* da Mansão.

Eu olho para Hickory. Ele parece tão chocado quanto eu.

— Os Espectros são os guardiões deste lugar poderoso — o pai continua. — Dois escaparam por causa do que eu e sua mãe fizemos. Eles nos caçaram. Pensamos em prendê-los de volta, mas tínhamos de pensar em você primeiro. Levar você em segurança. Então Elsa e eu nos separamos. Tentei encontrá-la novamente, mas... — O pai engole em seco. — Encontrei outro portal. Ele abriu. Eu não queria deixar Elsa... Achei que eu podia levar você primeiro e então voltar para encontrar sua mãe, mas eu fui muito lento. Um Espectro me pegou. Caí em Bluehaven e desabei no topo da Escada Sagrada. O portal selou-se atrás de mim. Eu senti o Espectro, não sei, *entrando em pânico* dentro de mim. Acho que eles não podem existir fora da Mansão sem um hospedeiro. Disse a Winifred para manter a chave em segurança e em segredo, mas então o Espectro se estabeleceu. Ele não tinha como voltar à Mansão, então ficou dentro de mim, seu hospedeiro, se alimentando de meus medos, me arrebentando. — Ele força um sorriso, puxa uma mecha de cabelo branco. — Também me deu um novo visual.

Hickory diz algo. Soa como um *mumm* através de sua mordaça, então eu traduzo o idiota.

— Ele foi pego por um, tempos atrás. Deve ter sido o segundo Espectro que você mencionou. Ele disse que o levou a um lugar que ele chama de a Pegada.

Quando o pai olha para Hickory desta vez, ainda há ódio em seus olhos, mas há algo mais. Compreensão. Um reconhecimento de dor compartilhada.

— Um pesadelo desperto — diz ele. — Havia momentos em que eu podia ver através de meus próprios olhos, mas na maior parte do tempo eu era consumido por aquela luz branca. Aquela que deu vida a todos os meus pesadelos, que os tornou reais. Que virou qualquer pensamento ou lembrança feliz contra mim. Encontrei Elsa lá depois de um tempo. Ela estava presa também, de volta à Mansão.

— O que quer dizer com *encontrou* ela lá?

— Os Espectros são conectados por essa... essa... *Pegada*, como você chama. Elsa ainda estava sendo caçada dentro da Mansão. Não podia correr para sempre. Estava pega. Não permanentemente como eu estava. Naquele lugar, naquele reino de pesadelos, ficamos juntos por um tempo.

Por um tempo. Não para sempre.

— O que isso significa? — De repente o vagão parece ainda menor, as paredes enferrujadas se fechando. — Pai ela... ela está viva ou... — Não consigo dizer a outra palavra.

Ele esfrega uma lágrima, que quase arranca meu coração.

— Não sei, Jane. Nunca a vi de novo depois disso. Ela desapareceu da Pegada antes de podermos dizer adeus, mas isso não significa que o Espectro... — ele me olha direto nos olhos. — Ela pode ter se libertado. Ela era... ela é a mulher mais forte, esperta e resistente que já conheci.

Será? A mãe poderia ter escapado do Espectro? Talvez ele a tenha soltado da Pegada da mesma forma que fez com Hickory. Tenha a deixado em paz. Ela ainda podia estar aqui em algum lugar, escondendo-se de Roth e de seu exército, sobrevivendo, esperando que viéssemos pegá-la.

O vagão se expande novamente, mais largo do que nunca. *Respire*. Por mais empolgante que essa ideia seja, vai ter de esperar por enquanto.

— Vi outros também — o pai diz. — Principalmente soldados do Roth. Às vezes, nunca por muito tempo, eu compartilhava dos pesadelos deles. — Ele aponta para Hickory. — Provavelmente até o vi uma vez. Eles apareciam e desapareciam, e depois eu ficava lá, sozinho novamente. Mas algo mudava sempre que um terremoto atingia Bluehaven.

A Pegada... mudava, de alguma forma. O Espectro estava reagindo a isso. Quando Winifred me levou ao festival, quando sua mão acertou a escadaria, foi uma loucura. A Pegada passou. Eu podia ver você. Queria ir até você, mas algo mudou. Era como se ... se o Espectro estivesse sendo chamado de volta à Mansão, atraído pela escadaria. Ele sabia que o portal estava prestes a abrir. Eu não consegui evitar. Eu corri, mas eu não estava sob meu próprio controle.

— E quando entrou de volta na Mansão?

— O Espectro fugiu do meu corpo imediatamente, fugiu pela Mansão, desapareceu. Após todos esses anos de sofrimento, todos esses anos em que você cuidou de mim de forma tão brilhante. — O pai passa uma mão no meu cabelo. — Eu estava livre. — Então ele passa os olhos pelo vagão. — A palavra é mesmo *estava*. Você tem sorte de ter entrado na Mansão pelo segundo portal. Eu fui encontrado imediatamente por um pelotão dos soldados do Roth. Eu estava muito fraco para lutar, para correr.

— Mas por que os Espectros estavam atrás de você, para começar?

Por um longo tempo o pai não diz nada. Então ele respira fundo.

— Nós abrimos. Abrimos o lugar poderoso e sagrado que os Criadores deixaram para os Espectros proteger. — E ele traça um dedo pela fuligem do chão, desenha o símbolo da chave. — Nós abrimos o Berço de Todos os Mundos.

A VERDADE SOBRE JOHN E ELSA

— A MANSÃO TEM MUITO NOMES E É CONHECIDA EM MUITOS MUN-dos, assim como o povo de Bluehaven. A história de nosso próprio mundo, Tallis, é tomada de relatos de...

Eu estendo uma mão, preciso de um segundo para absorver isso. Tallis. Nossa terra se chama Tallis.

— Você está bem, Jane?

— Hum. É. Eu só... estou processando. Tallis, hein?

— Isso.

— Quero saber tudo. Como é a paisagem? O tempo? Podemos ir lá quando isso acabar? Por que partimos? Eles têm cocos lá?

Há tantas perguntas, que ficam todas travadas na minha garganta e eu acabo encarando o pai, com olhos esbugalhados, boquiaberta, como um peixe se afogando no ar. Ele espera um tempinho, então pigarreia.

— Hum... posso continuar?

— Por favor.

— Certo. Como eu dizia, a história de Tallis está tomada de relatos de misteriosos estranhos vindo para nos ajudar nos nossos momentos de maior necessidade. A Praga de Cem anos. O Reinado do Rei Inverno. A Revolta de 1312. Muito se esqueceram das histórias. A maioria acreditou que eram mitos, lendas. Mas nós não. Elsa e eu dedicamos nossas vidas a encontrar os portais perdidos de outrora para provar não apenas a existência da Mansão, mas dos Outromundos. Textos antigos, pergaminhos, documentos, nós passamos por tudo. Reunindo informações, planejando possíveis localizações de portais, sem sucesso. Outros historiadores achavam que isso era perda de tempo. Estávamos no ostracismo.

Sei o que essa palavra significa.

— As pessoas também te perseguiam com facas?

O pai franze a testa.

— Não, quero dizer... quero dizer que as pessoas riam de nós. Nos chamavam de idiotas.

— Ah, tá, é. Isso também não é muito legal.

Ele se senta mais reto, estreita os olhos.

— Alguém te perseguiu com uma *faca*?

— É. Hum. Nunca te contei. Mas tudo bem. É bom para praticar corrida.

O pai aperta os punhos.

— Certo. Vamos lidar com isso depois, tá? Onde eu estava? Ah, sim. Bem, tudo mudou com nossa expedição pelo rio Tallin. Elsa finalmente ganhou acesso a um antigo texto que pertencia a um guerreiro local... Olha, é uma longa história. Bem perigosa e empolgante. A questão é que ela traduziu o texto, ligou os pontos com outras informações e mapas que havíamos juntado no decorrer dos anos e encontrou um portal. Estou falando de coordenadas de fato. Estávamos perto. Eu não podia acreditar. Eu nem queria ir naquela expedição em particular. — O pai solta um sorriso triste. — Elsa estava grávida, veja só. Três meses.

— Ah — eu digo, me atiçando com minha aparição na história, ainda que na forma de feto.

— Ela me disse: "Não podemos voltar atrás, não agora".

O pai fica em silêncio, perdido nas memórias. O trem chacoalha em outra curva.

— Então vocês foram e encontraram — eu digo.

O pai assente, lentamente.

— No fundo da selva. Após um dia de viagem rio abaixo, escondida num vale de pináculos de pedras calcárias, uma porta de pedra numa caverna. Ficamos diante dela, incapazes de nos mover, de falar. Então seguimos juntos. Tocamos a pedra. O portal abriu.

— Vocês entraram juntos? Quebraram a Terceira Lei.

— Acho que as Três Leis foram criadas pelo povo de Bluehaven há muito tempo. Até onde eu sei, elas não existem em nenhum outro lugar, e certamente não em Tallis. Então, sim, nós entramos juntos na Mansão. Encontramos um corredor iluminado por velas. Era como entrar num sonho.

O portal se fechou atrás deles. Eles nunca mais viram seu lar.

Meu pai e minha mãe caminharam. Corredor após corredor, sala após sala, cômodos e câmaras se alterando atrás deles conforme passavam. Não encontraram armadilhas. Não tinham ideia em qual dos pesadelos iriam entrar. Então eles viram, e tocaram, outro portal que abria num mundo diferente com dois sóis. Um, pequeno e branco. Outro, grande e laranja. Estavam na beira de um penhasco, olhando para um mar de dunas.

— Arakaan — o pai diz. — Um mundo desolado. Arruinado. Decaído. O mundo de Roth.

Um ar amargo deixou seus pulmões secos. O portão se fechou quando eles saíram da Mansão, indistinguível da face do penhasco. Imediatamente balas espalharam areia em seus pés. Eles tentaram correr, mas ficaram presos numa rede, vendo uma tropa de Cabeças de Couro descer em cordas pelos penhascos e os cercarem. O portal obviamente não era um segredo.

— Pessoas devem tê-lo usado antes. Talvez Roth os tenha visto sair e talvez tenha tentado sair com eles, mas chegou tarde demais. De toda forma, estava claro que ele esperava há muito tempo para que o portal abrisse novamente. — A voz de meu pai ficou um pouco trêmula agora. Mesmo após todos esses anos, a lembrança ainda o assusta.

— Fomos amarrados. Amordaçados. Pelos soldados, Cabeças de Couro, como você os chama. Nós não sabíamos, mas esse foi o sinal para

Roth vir. O dia se tornou noite. A temperatura despencou. Não recebemos cobertores. Nem comida nem água. — Ele tropeça no começo da próxima frase, tenta novamente. — Nós o sentimos antes de vê-lo. O ar ficou azedo. Nós nos sentimos enjoados, como se tomados por uma doença repentina. Roth não é um homem, Jane. Ele é uma doença ambulante, contaminando o próprio ar que respira.

— É por isso que ele usa a máscara?

— Ele usa a máscara por vaidade. Acho que ele era de uma bela raça. Forte e orgulhosa, agora extinta. Não sei como ele terminou do jeito que é. O que quer que tenha acontecido, ele agora é uma abominação do que costumava ser. Podre até o osso, mas ainda imortal. Temo que até os Espectros sejam impotentes para detê-lo. Eu nunca o vi na Pegada. Nem mesmo sua mente pode ser partida.

— O que aconteceu com o povo dele então? Eles também eram imortais?

— Se eles eram, alguém obviamente encontrou uma forma de matá-los. Talvez *ele* tenha encontrado uma forma de matá-los; Roth, o último dos imortais. Acho que ele gostaria do som disso.

A mulher magrela agora está tentando confortar as duas crianças, batendo na cabeça delas, limpando a sujeira marcada de lágrimas de suas bochechas. Acho que elas estão em choque. Um homem da outra turma acorrentada está soluçando baixinho para si mesmo, cuidando de um braço que está claramente quebrado. Vários outros foram dormir. Toda essa gente de mundos diferentes forçada a estar junta, presa e aterrorizada por Roth. Eu aperto meus punhos tão firme, que machuca minha mão ferida.

— E quando ele veio até você naquela noite em Arakaan o que ele disse?

— Bem, tecnicamente ele não *disse* nada. Ele não tem boca.

— Ah, é. Então, hum, ele fala?

— Roth não precisa falar. Ele cutuca sua mente. Ele te lê. Drena seus pensamentos. Não dá para evitar, é... — O pai balança a cabeça, não consegue encontrar as palavras. — Nós imploramos, suplicamos. Ele apenas permaneceu lá. Lendo nós dois, nos quebrando. Dizendo em nossa mente o que ele queria, com aquela voz feito gelo, raspando o interior de nosso crânio.

E o que ele queria era entrar na Mansão. Roth arrastou a mãe e o pai de volta ao portal. Quando eles se recusaram a abrir, ele tirou algumas lâminas curvas como foices de seu manto. Segurou uma no pescoço da minha mãe e traçou a outra até sua barriga.

O pai então não hesitou nem por um segundo.

— Eu o deixei entrar. Toquei a rocha e o portal se abriu novamente. Tudo isso — ele acena para o vagão e os outros prisioneiros — é por minha causa.

Ele parece tão perdido, tão arrependido, como se estivesse prestes a chorar. Um homem com o peso de mil mundos nos ombros. Eu agarro sua mão e aperto firme. Digo a ele que não foi culpa dele — não é culpa dele —, que qualquer um teria feito o mesmo. Roth não deu escolha a ele. O pai aperta de volta minha mão, num gesto simples que ele nem costumava fazer.

— Tudo aconteceu tão rápido — ele quase cochicha. — Roth marchou com suas tropas. Centenas delas. Construíram uma moldura grossa de metal dentro do portal para mantê-lo aberto. Transformaram corredores em estradas. Enfiaram tanques e caminhões. Desarmaram armadilhas. Começaram a construir uma fortaleza na primeira câmara grande que acharam, começando com uma cela novinha para nós. Passaram-se meses antes de Roth vir para nós novamente. Cerca de seis meses, para ser preciso. Ele veio quando Elsa estava em trabalho de parto. Quando éramos mais vulneráveis. Ele sabia que eu faria tudo para ajudá-la.

— Ele queria que você mostrasse a ele o portal de volta a Tallis — eu digo. O pai olha para mim, intrigado, franzindo a testa, então eu solto a mão dele e acrescento: — É por isso que ele pega prisioneiros, certo? Para que possam levá-lo a mais portais. Ele arruinou seu próprio mundo, agora está procurando outro.

O pai balança a cabeça.

— Jane, Roth não quer conquistar *um* mundo. Quer conquistar *todos*. E, para fazer isso, primeiro ele precisa conquistar a Mansão.

O pai bate no símbolo desenhado no chão entre nós.

— Ele está procurando por isso, Jane. O Berço de Todos os Mundos. É o coração da Mansão. A primeira câmara criada pelos Criadores; uma câmara com um propósito: abrigar e proteger uma fonte de poder imenso e incomparável. — O pai faz uma pausa, respira fundo. Juro que posso ouvir um rufar de tambores. — O Mar do Berço.

O clima no vagão muda imediatamente. O velho olha para nós. Hickory fecha os olhos como se tivesse acabado de engolir algo ruim, como se essa fosse a coisa que ele não quisesse que eu ouvisse. Até a menina remexe e eu me pergunto se ela está mesmo dormindo.

— Um mar — eu digo. — Quer dizer, tipo o oceano?

— Sim.

— Desculpa, eu preciso... pensar sobre isso...

Levanto as mãos como se estivesse levantando uma bola bem grande.

— O Berço de Todos os Mundos é uma câmara bem, bem, incrivelmente grande. — O pai concorda. — Está no centro da Mansão. — Ele concorda novamente. — Com um monte de *mar* dentro dele?

— Precisamente.

A primeira coisa que eu penso é: "Que loucura". A segunda é: "Droga, meu pesadelo, será?". A terceira coisa é: "Não, sem chance, vai, esqueça", mas então meu pai diz:

— Eu te escutei, Jane. Mesmo na Pegada, eu estava escutando. Todas essas vezes que você falou sobre seus pesadelos. Todas essas noites que gritou enquanto dormia. Sei que você sonhou com o afogamento acima de tudo.

— Não é só um pesadelo, é? — digo depois de um tempo, e me parece óbvio. Como eu não percebi antes? É uma lembrança.

A PORTEIRA, O CONSTRUTOR E O ESCRIBA

— O QUANTO VOCÊ QUER SABER SOBRE OS CRIADORES, JANE?

Faço um ruído entre um "hum" e um "oh", ainda tentando lidar com o fato de que o lugar mais medonho que eu consigo imaginar existe de fato. É real, e se o que o pai diz é verdade eu realmente estive lá, me revirei naquelas ondas, quase me afoguei naquela água, o que significa que os tentáculos de relâmpagos também são reais. As bocas abertas e os olhos de fogo branco. Os Espectros. Creio. Guardiões do Berço.

"Se vir uma luz branca, Jane, você corre", Hickory me disse.

Acontece que já vi uma. Mais de uma.

Já vi dúzias dessas coisas, estrebuchando e retorcendo nas profundezas, tentando me pegar. São reais.

Mas e quanto aos meus pesadelos? Aqueles que eu tinha lá em Bluehaven? Todas aquelas coisas terríveis que vi e ouvi no meu sono. Homens, mulheres e crianças em perigo. Estranhos sendo perseguidos, gritando por socorro, morrendo. Não podem ser lembranças, então o que são?

— Jane? Os Criadores. O quanto você sabe sobre eles?

— Hum... — eu balanço a cabeça. — Os Criadores... Acho que eles eram deuses. Havia três deles. Supostamente criaram a Mansão.

— Supostamente não. Criaram. No começo. E por começo eu digo *começo*. Tipo, bem, bem, bem, bem...

— Começo com C maiúsculo — a menina diz. — Entendemos. — Eu, o pai e Hickory viramos a cabeça. Ela abre os olhos e dá de ombros.

— Que foi? Continue. — Ela apoia a cabeça na parede e fecha os olhos novamente. — Não temos o dia todo.

— Certo — o pai diz. — Bem — ele olha o redor do vagão —, como posso explicar? Sim. Tá. Pense num maço de papel, Jane. Um maço amarrado por uma corda. Mil páginas. E cada página representa uma dimensão diferente ou alternativa com seus próprios sóis ou luas e estrelas.

— E mundos.

— Os Outromundos, sim. Mil dimensões existindo separadamente, umas sobre as outras, todas juntas pela corda. O maço está preso. Seguro. Estável. Pegue, deixe por aí, largado o dia todo, e as páginas permanecerão juntas. Mas se cortar a corda...

— O vento pode espalhá-las.

— Um sopro.

Eu olho pela janela do vagão e vejo os pontos das velas lá fora, as paredes como borrões.

— A Mansão é a corda.

— Exatamente. Os Criadores criaram a Mansão para preencher as fendas entre os mundos. Para juntar e prendê-los. Veja, no começo as dimensões giravam descontroladamente, os mundos dentro delas eram violentos, lugares inabitáveis, incapazes de sustentar até o menor vislumbre de vida. Eram reinos dos deuses. Terras de Caos.

Um sorriso se abre dos lábios do pai.

— Então vem Po, uma deusa que podia ver as coisas que os outros deuses não podiam. Uma rede de janelas ligando as dimensões. Um emaranhado de fios se espalhando como fios de uma teia. Po viajou por esses fios, visitando as diferentes dimensões e seus mundos. Ela conheceu Aris, criador e formador das pedras, e Nabu-kai, um deus sábio e poderoso com o poder da presciência. Ele podia ver o futuro de cada mundo. Os três acreditavam que era hora de o reino dos deuses chegar ao fim, deixar a vida se espalhar e prosperar em cada dimensão, mas era Nabu-kai que sabia como fazer isso. Ele esperava por Po e Aris. Já tinha visto a maravilha que eles criariam. Então Po levou Aris e Nabu-kai pelas passagens e para aquele lugar entre lugares em que forjaram juntos, a Mansão. Aris construiu cada parede, cada câmara, cada armadilha. Po fez cada portal e conectou aos Outromundos. E Nabu-kai... ele entalhou o destino de todos os mundos nas paredes da própria Mansão, e os destinos daqueles que iriam moldá-los. Ele viu todos os nossos percursos, Jane, e nós os seguimos, gostemos ou não.

Nabu-kai. Aquele que deixou o símbolo para Winifred. Aquele que deu a ela a visão.

— Então é dele que eu gosto menos — eu digo.

— Não odeie os deuses, mocinha. Eles já estão muito irritados com o estado das coisas. — O pai sorri. — Então a Mansão foi terminada, os Outromundos se acalmaram. Mas os Criadores ainda tinham de lidar com os Deuses do Caos, muitos com poderes maiores do que os deles. Então em vez de brigar com eles, os Criadores os enganaram. Espalharam a notícia da maravilha que haviam criado e atraíram os deuses para ver. Po abriu cada portal, Aris canalizou os deuses diretamente para o Berço vazio e, uma vez lá dentro, as energias combinadas de cada deus colidiram, se misturaram e se transformaram irreversivelmente numa poça de energia e luz. O Mar do Berço nasceu com uma força potente o suficiente para destruir mundos inteiros. A energia e essência dos velhos deuses se juntaram, para sempre, como uma só.

— E o que aconteceu com os Criadores?

— Bem, eles sabiam que para a idade da vida realmente começar, eles teriam de se juntar aos deuses caídos dentro do Berço. Após fechá-lo por dentro, eles derramaram seus próprios espíritos, não no Mar, mas na pedra fundamental que havia em seu centro.

— A primeira pedra colocada por Aris — eu disse, visualizando a pequena ilha íngreme que começou a aparecer nos meus sonhos desde que entrei na Mansão. — É grande, não é?

— Ah, sim. De lá, a essência dos Criadores energizou o centro da Mansão e manteve o Mar secreto e seguro desde então. Po, Aris e Nabu- -kai. A Porteira, o Construtor e o Escriba. — O pai bate no símbolo no chão. Traça o quase triângulo novamente. — Três deuses. — Ele se move para o círculo agora. — No centro da criação mais sagrada deles.

Eu franzo a testa com o quase triângulo.

— Por que aquela linha lá está curvada para dentro?

— Não sei.

— E os Espectros? De onde eles vêm?

— Isso também não sei. Talvez os Criadores os tenham feito do Mar do Berço. Talvez foram Deuses do Caos poupados pelos Criadores. Uma ordem inferior de deuses escolhida para cuidar e proteger. Só sei que os Espectros não podem usar os portais ou existir nos Outromundos sem um hospedeiro, como eu disse. Eu não teria ficado na Pegada todos esses anos se eles pudessem. E enquanto eles podem passar pelas paredes da Mansão, acho que não podem passar pelas paredes do Berço. É forte demais, até para eles. Protegidas demais. Os dois que nos perseguiram do Berço estão presos aqui, como o resto de nós.

Eu mexo meu peso no chão, que faz minha bunda anestesiar, de uma banda para a outra. Isso tudo é tão grandioso, vai além de mim. Estava acostumada a me preocupar com tarefas domésticas, rotas de fuga e pescadores rabugentos, não com o Começo com C maiúsculo de toda a existência. Minha cabeça dói.

— Então o que tudo isso tem a ver com a chave?

— Ah, agora chegamos aí. A lenda dos Criadores contada em Tallis termina aqui, com a criação do Mar do Berço. Creio que a versão contada em Bluehaven seja a mesma. Winifred passou muitas noites lendo para nós no museu, Jane. A história nunca foi além desse ponto. Mas lembre-se, a Mansão em si é venerada em muitos mundos. Algumas lendas vão longe e mudam a cada relato. No mundo de Roth, Arakaan, é dito que, antes de os Criadores se fecharem dentro do Berço, Nabu-kai previu um grande mal que um dia tentaria conquistar sua criação. Então os Criadores forjaram uma chave. Uma chave que, nas mãos de alguém puro de coração, seria capaz de destrancar o Berço e usar seu poder para expelir esse mal da Mansão. Pelo menos é o que Roth quer nos fazer acreditar. — O pai olha para Hickory e a menina, ambos escutando atentamente agora. A verdade é que há três chaves — Hickory se inclina para longe da parede do vagão, como se algo o tivesse espetado.

— Tês? — ele diz com a mordaça. — *Tês*?

— Duas chaves escondidas dentro da Mansão para abrir o Berço de Todos os Mundos, sim, sua chave é uma delas, Jane, e uma terceira para controlá-lo. É essa que o Roth quer no final. A terceira e mais poderosa chave que os Criadores deixaram *dentro* do Berço, na pedra fundamental no centro do Mar. Controle a terceira chave e você controla o Berço. Controle o Berço, e o poder dos Criadores é seu. O poder de ver todos os fins. De abrir qualquer portal. Canalizar o Mar em qualquer lugar que escolher. Roth poderia manter qualquer mundo sob seu comando. Destruir civilizações inteiras num piscar de olhos.

— E você sabia tudo isso naquela época — a menina diz. — Quando Roth veio até você? Quando Elsa estava em trabalho de parto?

O tom acusatório na voz dela me incomoda horrores.

— Não — o pai diz. — Mas Roth não perdeu tempo em me explicar. Enquanto Elsa gritava de dor, ele me prendeu na parede, entrou na minha mente e me contou a história, me mostrou o símbolo. Tinha passado meses buscando as chaves e a entrada do Berço, sem sucesso. Ele podia sentir a Mansão em si trabalhando contra ele. Ele acreditava que alguém com intenções mais nobres e inocentes poderia ter mais sorte. Ele calculou bem o tempo. Jurei por minha vida e a de Elsa que eu o ajudaria a encontrar o Berço. E ele me deixou ir. Ele me deixou ajudar Elza.

Eu quase saltei de mim quando escutei isso.

— Então eu nasci aqui, na Mansão?

— Sim, Jane — o pai disse, lutando para encontrar palavras para conseguir uma resposta — você nasceu na Mansão, mas...

Um solavanco no vagão nos empurrou de lado. Freios guincharam. Faíscas voaram pela janela. Prisioneiros gritaram e se seguraram. Meu interior se revira. Há um *clank, clank, clank*, um sopro de vapor, então o solavanco termina em silêncio. Um silêncio pesado toma o vagão, quebrado apenas pelo latido distante de Peles de Lata e de um leve chacoalhar de correntes.

— Por que paramos? — pergunto.

Uma mulher da outra turma acorrentada espia pela janela. Ela se vira, balança a cabeça, diz algo que ninguém parece entender.

— Ainda não chegamos lá — o pai diz. — Não pode ser.

Hickory é o primeiro a entrar em pânico. Começa com uma quietude, uma recusa de ir com a gente até a janela. Ele diz algo repetidamente — *ruf, ruf* — cada vez mais alto, mais rápido. Ele se afasta, na direção da menina, depois atrás da menina, puxando todos nós para o fundo do vagão. Ele desliza e puxa a maioria de nós com ele.

Tenta soltar suas mãos.

Ruf! Ruf! Ruf!

Então eu sinto. Uma queimação na garganta. Uma comichão na pele. Uma tontura. Uma tosse, assim como a menina. O velho aperta o peito e busca ar. As pessoas esfregam os olhos, seguram as mãos no coração e na cabeça. Posso ouvir prisioneiros gritando nos outros vagões. Batendo as correntes em protesto. A porta de um vagão guincha ao se abrir e o trem fica mais silencioso. A menina se estica e tira a corda da boca de Hickory, e o trem começa a rastejar como uma lagarta novamente.

— É ele — Hickory tosse. — Roth está no trem.

O HOMEM DO ROSTO
DE PORCELANA

O PÂNICO SE ESPALHA RÁPIDO. OS OUTROS PRISIONEIROS PODEM NÃO saber quem ou o que é Roth, mas conhecem uma sensação ruim quando os atinge. Os gritos mais à frente no trem também não ajudam. Algumas pessoas estão assustadas demais para se moverem. Outras se juntam na porta de correr, como se raspar o aço fosse libertá-las. Isso sem falar nas correntes balançando em seus pescoços ou no solavanco do trem em velocidade. Elas querem sair e querem agora. O pai as manda parar, tenta acalmá-las; eu meio que quero me juntar a elas.

— Não se preocupe — o pai me diz. — Vamos ficar bem.

— Ah, claro que sim. — A menina tira um alfinete do lenço, enfia no cadeado atrás do pescoço. — Estamos presos num trem em velocidade com um maníaco venenoso e imortal que tem caçado vocês dois há sei lá quantos anos. O que poderia dar errado?

A coleira dela vem ao chão. Nós a encaramos.

— Agora? — Hickory diz sem ar. — Só abriu o cadeado *agora*?

— Estava esperando o momento certo — a menina diz. Ela balança o manto e vai para o fundo do vagão. — Encontro vocês mais tarde.

— Espere — eu grito. — Está brincando? — Tusso. — Não pode nos deixar. — Cuspo. — Nos ajude.

— Estou ajudando — a menina grita e depois abre um pequeno painel no cantinho inferior dos fundos, joga seu alfinete para Hickory e salta no vento.

— Ela nos deixou — eu digo. — Ela nos deixou *mesmo*.

Uma salva de tiros mais à frente no trem. Minha imaginação enlouquece. Cabeças de Couro acabando com os prisioneiros. As pessoas arranhando as portas até os dedos sangrarem. Um homem com metade de uma máscara avançando por todo lugar com o sangue manchando suas botas.

O pai agarra a coleira de Hickory e puxa-o para si.

— Por que ele está aqui?

— Solte minhas mãos e eu te conto.

O pai o enfia de cara na parede e começa a soltar.

— Fale.

— Não estou certo — Hickory diz. — Está verificando os campos. O progresso na linha do trem. Inspecionando prisioneiros. Quem sabe? Talvez ele tenha sentido um arrepio na espinha quando vocês dois voltaram à Mansão.

Assim que a corda se solta, Hickory empurra o pai para longe e agarra o alfinete da menina do chão. Ele vai trabalhar em sua coleira, com a língua apertada entre os dentes.

O pai agarra meus ombros tão forte, que quase dói.

— Escute com cuidado. Roth não vai ter esquecido meu rosto desde nosso último encontro, mas você era só um bebê. Ele não vai reconhecê-la. Não importa o que Roth faça comigo, não intervenha sob nenhuma circunstância. Ele não pode saber quem é você.

— O quê? Não, pai.

— Não recue. Não faça som algum. Mantenha a cabeça abaixada e seus olhos nos dedos do pé. Você não me conhece, eu não te conheço. Somos estranhos, Jane.

— Não vou deixá-lo tocar você. Podemos mexer nos cadeados e sair daqui antes...

Outra salva de tiros, mais alto do que da última vez. Mais perto.

— Não temos tempo — o pai diz. — E não podemos ir a nenhum lugar sem a chave.

— Mas o caçador de recompensas, ele pode já tê-la passado.

— Ninguém vai até o Roth — Hickory diz, ainda remexendo no

cadeado em seu pescoço. — Não mesmo. Os caçadores de recompensas vão estar se espalhando pelo trem agora mesmo. Esperando que ele venha até eles. Os nossos estarão aqui a qualquer segundo, vão entregar você junto da chave. Significa que vamos ter um minuto ou dois para pegá-lo.

— O que, para você poder nos entregar pessoalmente?

— Os planos mudaram.

— Ah, então está do nosso lado agora?

A porta do vagão da frente se destranca, guincha sendo aberta. Somos acertados pelo vento e pelo ruído. Nosso caçador de recompensas se abaixa e entra irritado, mas decidido, com um longo chicote enrolado no punho apertado. Eu recuo de joelhos. Hickory está atrás de mim, bloqueando meu caminho.

— Até eu conseguir o que eu quero, sim — ele cochicha no meu ouvido.

Sua coleira se solta.

O caçador de recompensas fecha a porta, avança em minha direção. Ele não repara na coleira da menina no chão. Nem olha para Hickory, que é seu maior erro.

Hickory ataca. Arranca a coleira do pescoço e acerta o caçador na cintura. O ataque não o derruba, os socos e os chutes não parecem incomodá-lo em nada, mas Hickory é rápido e louco como um cão raivoso. Toda vez que é jogado para trás ele avança para mais. A luta não dura muito tempo. Hickory se esquiva de um soco, salta nas costas do caçador. O caçador joga seu peso para trás, na parede, e nossa única esperança de recuperar a chave vai ao chão. Consciente, mas por pouco.

E nosso tempo está acabando.

A porta da frente guincha novamente. Um bando de Cabeças de Couro avança para dentro, pisando com botas pesadas; um fedor maior do que todos os fedores vêm atrás dele. Uma neblina tóxica.

Roth.

O fedor dele. Uma névoa quente de cinzas e carne podre. Uma ardência nos olhos. E vou ao chão com o resto dos prisioneiros, derrotada pela simples presença dele. Eu não poderia levantar o olhar mesmo se eu quisesse. A bile sobe até minha garganta. Queima.

A porta se fecha e não há nada além do chacoalhar abafado do trem e a respiração arfante de Roth. Eu me arrepio. Minha visão borra. O caçador solta o chicote, se ajoelha em submissão. Hickory acena fracamente do chão para Roth. Ele está tão ferrado quanto nós e sabe bem disso. Roth grunhe em resposta.

Mas então algo atrai sua atenção. Sua respiração acelera. Dois passos pesados e as botas de Roth estão bem ao meu lado.

— Sempre soube que eu veria sua cara feia novamente, Roth.

A voz do pai está arfante. Roth o levanta de pé. A corrente chacoalha e puxa minha coleira, me forçando a ficar de joelhos. Um baque me diz que o pai foi empurrado à parede. Um grito abafado me diz que ele está com dor. Roth solta um suspiro ameaçador, satisfeito. Quero detê-lo, quero lutar, mas não posso me levantar. Não consigo nem olhar para ele.

O pai levanta seus pés. Eles começam a tremer, seus dedos do pé batendo no chão, como se raios elétricos estivessem passando por seu corpo, sufocando seus gritos. Eu me forço a ficar de pé, lutar, mas é inútil. Hickory está me observando, sabe exatamente o que estou pensando. Ele balança a cabeça, quer que eu deixe de lado, mas não posso. Posso não conseguir lutar. Mas posso falar.

— Ei! — primeiro é só um sussurro, um grasnado. Uma tosse escapa de meus pulmões, mas eu luto contra ela, forço as palavras a saírem, mais altas desta vez. — Ei, Cabeça de Cocô. Aqui.

Minha garganta queima. Está me matando. Mas funciona. Os pés do pai param de dançar. Ele busca ar, tenta se recuperar. O que quer que Roth estivesse fazendo, não está fazendo mais, e agora sua atenção está comigo. Posso senti-lo me observando. Seus olhos queimando em meu crânio. Hickory tenta atrair a atenção para ele.

— Não se preocupe com ela — ele diz. — É só uma idiota, uma louca. — Um Cabeça de Couro o acerta com um rifle.

O pai cai no chão e Roth planta suas botas diante de meu campo de visão turvo. Imagino que eu esteja prestes a receber meu próprio chacoalhão, mas então o caçador de recompensas fala. Não entendo o que ele fala, mas dispersa os Cabeças de Couro e os deixa irritados. Quando o caçador aponta para mim, eu juro que cada rifle no vagão faz o mesmo.

A próxima coisa que vejo é um Cabeça de Couro me pegando. Fico de pé, com os olhos fechados. Qualquer coisa para evitar olhar para o Roth.

— Deixe-a em paz — o pai grita. — Ela não é ninguém. Sou eu... sou eu que você quer.

Uma mão agarra meu rosto. Cinco dedos, não três. A mão de Roth, fria e com unhas longas. Seu hálito atinge minha pele, insuportavelmente perto. Tento manter os olhos fechados, mas não consigo.

A visão do rosto de Roth deixa meus olhos secos.

Sua meia-máscara, branca brilhante e impecável. O ar passando entre seus lábios falsos, congelados, tomado de calor e podridão. As faixas de couro estão presas tão firmes em sua cabeça careca, que afundam na pele. A pele não é enrugada, mas esticada, mosqueada e com veias cinza. E aqueles olhos sob a porcelana como dois lagos sem fundo. Um azul frio, cego.

Eles me capturam. Me prendem. Me viram ao avesso.

Pelo menos é o que tentam.

Algo está errado. Posso ver escrito em cima do rosto de Roth. Ele quer me ler, mas não consegue. Eu o sinto cutucando, cutucando, tentando me abrir com sua mente, mas posso bloqueá-lo sem nem ao menos tentar. É como um reflexo, um espasmo do joelho.

E Roth não gosta nada disso.

Ele me solta, avança para o caçador de recompensas, que está tagarelando agora, ainda de joelhos. Não preciso nem falar sua língua para saber o que ele está falando. Ele está preocupado que não vai conseguir sua passagem de graça para casa. O pobre idiota ainda acha que tem uma chance.

Roth agarra o rosto do grandalhão quando ele fica de pé. O caçador pode ser mais alto e maior, mas não é nada mais forte. Eles travam olhares e é como o que aconteceu com o pai. O caçador treme e se sacode. Os prisioneiros ao redor dele recuam para as paredes. Hickory afasta o olhar. O caçador tem convulsões, sangrando pelo nariz, olhos e ouvidos. Soa como se houvesse um animal agonizante preso em sua garganta. Quase dá para ver a vida se esvaindo dele, toda engolida por Roth. Sua casa. Sua família. Me encontrar na floresta com a chave. Quero gritar para Roth, dizer para ele parar.

Mas já é tarde demais.

Os olhos do caçador se viram para trás. Ele vem ao chão e Roth salta sobre ele num piscar, revirando os bolsos do homem, buscando a chave. Ele revira o caçador, o apalpa. Tira uma das duas lâminas curvas penduradas de seu cinto e fatia as roupas do morto. Não consegue encontrar.

A chave não está lá.

Então eu vejo. Um brilho nos olhos de Hickory. Um toque de sorriso.

A luta foi um pretexto. Ele roubou a chave do caçador.

Roth me rodeia novamente. Vejo as perguntas como gelo e fogo em seus olhos. "Onde está? O que fez com ela?" Não sei o que dizer, o que fazer. O Cabeça de Couro atrás de mim torce meu braço, tenta forçar uma resposta minha.

— Ela pegou — Hickory diz, apontando para a coleira solta da menina. — Enfiou a mão no bolso dele antes de fugir. Tentei detê-la, mas ela escapou pelo painel aqui embaixo.

Porém Roth não olha para o painel. Ele se aproxima de Hickory, que está balbuciando como o caçador agora.

— Pode me ler se quiser, mestre, mas está perdendo tempo. Aposto que ela está indo para os freios. O motor do trem. Provavelmente está lá já. Juro pela minha vida, minha alma, minha...

BOOM!

Uma explosão em algum lugar no trem balança o vagão. Faz as luzes piscarem. Nós cambaleamos por um segundo, mas os tremores não duram muito. Não descarrilamos.

Estamos acelerando.

Hickory levanta uma sobrancelha para Roth.

— Eu falei.

Todas as estações passam agora. Roth tira sua segunda lâmina e se vira para os Cabeças de Couro, um após o outro. Ele não faz um som, mas eles parecem saber exatamente o que ele quer e se espalham. Alguns pela porta da frente, alguns por trás. O Cabeça de Couro respirando no meu pescoço solta minha coleira. Um outro solta o pai.

Roth nos examina com os olhos.

"Mexam-se", ele pensa. "E não tentem nenhuma besteira."

FUGA

CAMBALEAMOS PELO TREM, CONDUZIDOS POR ROTH, ACOMPANHADOS por nossos guardas Cabeças de Couro. Todo vagão é igual. Luzes piscando e manchas humanas. Prisioneiros agachados nos cantos.

Hickory foi deixado lá atrás.

Os Cabeças de Couro abrem e fecham portas para nós enquanto seguimos. Cada vez que somos empurrados pelo vento que ruge entre os vagões eu considero agarrar meu pai e saltar, arriscando a sorte na queda. Mas mesmo que conseguíssemos sobreviver, Roth podia vir atrás de nós. E há o problema da chave. Não podemos partir sem Hickory.

— Para onde está nos levando? — o pai grita. — Não sabemos onde estão as chaves.

Estou certa de que escuto Roth rir disso, ou o que se passa por uma risada, já que sua boca apodreceu. Um riso gutural, áspero, que me faz querer pigarrear.

Dentro de outro vagão agora, estou tentando bolar um plano. Precisamos nos certificar de que Roth não coloque as mãos em Hickory e na chave, mas como? Somos apenas eu e o pai. Não tem nem prisioneiros vivos neste vagão para nos ajudar. Nunca vi tanta morte.

Então vejo a menina através de uma das janelas com grade no fim do vagão. Um flash do rosto dela, e ela se vai. Mas então uma mão.

Cinco dedos aparecendo duas vezes. Ela disse que iria nos ajudar, mas que diabos significa esse sinal? Oi? Dez Cabeças de Couro? Dez segundos?

O trem range por outra curva e eu me movo. Agarro o pai e o puxo para baixo com a luz piscando. Um Cabeça de Couro tenta nos agarrar. Roth se aproxima também, mas então se passam os dez segundos. Uma bomba de metal voa pela janela e cai no chão entre os corpos. Eu me jogo sobre o pai caso haja uma explosão, mas a explosão não vem — pelo menos, não com fogo. Com um estalo alto o vagão se torna uma nuvem.

É uma bomba de fumaça.

Passos no telhado. Os Cabeças de Couro descontam com uma rodada de tiros, mas estão atirando a esmo. Eu rastejo para longe deles, puxando o pai comigo, ao redor e sobre os corpos mortos, através da fumaça e do barulho do tiro — *rata-ta-tá*.

A porta de correr desliza abrindo. Uma lufada de vento limpa a fumaça e nos tornamos alvos fáceis. Por sorte, Roth e os Cabeças de Couro também estão ocupados com a menina para prestar atenção na gente. Eles caminham em direção à porta aberta. Nem notam a granada cair pela janela atrás deles.

Desta vez há uma explosão. Eu e o pai estamos longe o suficiente para evitar nos ferirmos, mas os Cabeças de Couro não têm tanta sorte. Um deles é jogado para fora da porta aberta, o outro cai ao lado e é sugado para fora segundos depois. Roth apenas cambaleia, agarra uma alça de apoio, se equilibra e olha ao redor. Ele avança para a menina na janela. Ela tem uma arma. Atira uma vez, duas, três vezes, os disparos o acertam no peito, na barriga, forçando-o de volta, mais perto da porta aberta. Mas não é o suficiente.

Eu fico de pé e corro até ele, gritando:

— Atire no rosto! No rosto!

A menina dispara novamente e acerta Roth bem na máscara. Ela se despedaça, e ele gira antes de podermos ver o horror por baixo. Ele tenta se equilibrar na beirada agora. Eu não paro, continuo correndo, jogo toda a força do meu peso contra o dele. Como esperado, é como atingir uma parede de tijolos, mas é o suficiente. Eu caio de volta no vagão.

Roth cai porta afora.

Apenas outro borrão.

Quando o pai me ajuda a levantar, estou bufando, ofegante, respirando o ar livre do Roth.

— *Nunca* mais faça uma coisa dessas — ele diz novamente, mas sorri e me abraça.

A menina salta para dentro do vagão, joga ao meu pai um rifle reserva.

— Mexam-se.

— Valeu por ter voltado. — Ele tira uma trava do rifle, verifica o troço da mira. — Você destruiu os freios?

A menina faz que sim.

— Depois que coloquei o trem em velocidade máxima. Invadi o estoque de armas, roubei uns explosivos. Tirei um vagão de Cabeças de Couro também.

— Muito bem — o pai diz, genuinamente impressionado. Mas ele não está entendendo.

— Acha bom? — digo eu. — Precisamos parar esse troço e descer, não deixar mais rápido.

A menina me joga uma pistola.

— Contei dezoito vagões, incluindo o motor. Estamos perto da parte de trás do trem, então vamos por esse caminho.

— Como?

— Subimos ao teto e corremos.

— Quer que a gente corra em cima do trem em alta velocidade cheio de bandidos? É esse seu grande plano? O que fazemos ao chegarmos ao fim?

— Soltamos o vagão — o pai diz. — Vemos o resto do trem ir embora em velocidade.

— E quanto ao Roth? — pergunto eu. — A queda não pode matá-lo.

— Já teremos aberto distância suficiente entre nós — a menina diz.

— Assim que ele desacelerar, saltamos do trem e nos abaixamos no trilho. Ele vai ficar bem para trás. Vocês dois conseguiram pegar a chave de volta?

— Está com o Hickory — eu digo. — Ele lutou com o caçador de recompensas. Tirou do bolso dele antes do Roth... Bem, não sei exatamente o que o Roth fez com ele. Queimou o cérebro?

— Ele pode fazer isso?

— Sim, infelizmente — o pai diz. — Ele entra na sua mente e pode destruí-la sem perder tempo. A boa notícia é que ele não tem a segunda chave. — Estou prestes a perguntar ao pai como ele sabe isso, quando ele diz:

— Enquanto ele me lia, Roth me disse o que quer. As *chaves*, no plural. Ele não está mais perto do Berço do que nós.

— Onde está a segunda chave? — a menina pergunta.

— Está com a Elsa — o pai diz, e se vira para mim. — Ela sobreviveu um longo tempo aqui antes de o Espectro encontrá-la. Quando nos encontramos na Pegada, ela me disse...

— Deixa para depois — a menina diz —, e não fala na minha frente. Ou de outra pessoa. Se o Roth pode ler as mentes, quanto menos soubermos sobre as chaves, melhor. Agora vamos para o teto, ficamos abaixados e seguimos rápido. Vamos encontrar Hickory e a primeira chave no caminho.

— Espere — eu digo —, quem disse que você é quem manda? Quem é você?

A menina remexe os pés impacientemente. Após respirar fundo, ela diz.

— Sou eu, Jane.

— Você vai ter de ser mais específica do que isso.

A menina tira o lenço. Puxa para baixo do queixo e tira a parte de cima que cobre o cabelo. É escuro e longo, preso numa trança. Eu olho para ela e ela para mim, e ela me parece tão familiar, que é uma loucura, mas não pode ser.

— Violet — ela fala, mas eu ainda digo: — Violet de onde?

Ela revira os olhos.

— Quantas Violets você conhece, Jane?

— Uma. E ela tem oito anos.
A menina sai pela porta.
— Não tem mais — ela diz e sai ao vento.

MUDANÇA DE PLANOS

ENTÃO ESTAMOS ABAIXADOS EM CIMA DO TREM, COM AS MÃOS E OS pés abertos contra a inclinação e o balanço do vagão. O vento bate em nossas roupas, balança nosso cabelo e ruge em nossas orelhas, tentando nos pegar e nos jogar nas paredes da Mansão, que passam velozmente.

— Preparar armas — a menina maluca que acha que é Violet grita.

Nós seguimos o mais rápido que podemos, de olho nos lustres baixos e nos arcos, se abaixando sempre que eles passam. As velas e tochas no corredor ficam tentando se reacender enquanto passamos feito trovão, mas elas não têm chance. Só um flash ou outro de faíscas e o brilho elétrico saindo das janelas do trem nos mostram o que é o que.

O primeiro salto é o mais difícil, mesmo com o vento nas nossas costas. Um deslize e viramos picadinho sob as rodas do trem. A menina que não pode ser Violet salta sobre a fenda. Eu e o pai saltamos juntos.

Um já foi, muitos outros vêm aí.

O trem acelera para um novo corredor. Lustres passam sobre nossa cabeça com um *shum, shum, zum*. Outro arco baixo, e avançamos por um corredor cheio de pilares. Tochas ganham vida apesar do vento incessante. Nós continuamos lutando, a menina balançando na borda de cada vagão, buscando Hickory através das janelas.

O pai diz:

— Onde diabos ele está?

Eu digo:

— Talvez esteja lá no fim do trem, mas *dentro*, como uma pessoa normal.

Acho que ninguém me escuta.

No final, é Hickory quem nos encontra a seis vagões do fim. Ele sobe no teto com o chicote do caçador enrolado no ombro, uma arma nas mãos e três Cabeças de Couro em seu encalço. O pai e a menina levantam as armas, então faço o mesmo. A menina grita para Hickory, fala para ele se abaixar e ele mergulha. Rifles disparam. Minha pistola dá um *estalo*. Quando termino de amaldiçoar o troço, os Cabeças de Couro já foram todos atingidos.

Armas são péssimas, já decidi.

A menina acerta Hickory com o cabo do rifle. O pai dá um soco nele, pega sua arma e revira seus bolsos. Encontra a chave e coloca na minha mão com um rápido "não perca". Eu enfio a chave de volta no meu bolso e aponto a pistola para Hickory.

— O que vai fazer com isso — ele diz —, jogar em mim?

Então eu jogo nele. Acerto bem na cara. Ele dá um grito e a pistola cai pela lateral do trem. A menina olha feio para mim.

Eu dou de ombros.

— Estava quebrada mesmo.

— Parem de me bater — Hickory grita, segurando o nariz. — Precisamos ir. Agora!

Então nós o vemos. Uma tropa de Cabeças de Couro subindo no telhado do último vagão. Correndo e saltando em nossa direção. E lá, subindo e avançando entre eles, com suas lâminas reluzindo como presas: Roth.

Ele deve ter se agarrado num vagão depois que caiu. Suas roupas estão rasgadas, mas ele está usando uma nova máscara. Não é preciso dizer que ele parece furioso.

— Corram — o pai grita, passando a Hickory sua arma. — Vamos, vamos, vamos!

Somos como coelhos ao vento, seguindo em direção à frente do trem, de volta pelo caminho de onde viemos. Os saltos estão mais difíceis agora. Temos de correr a toda velocidade, e posso ver a energia do meu pai acabando rapidamente. Pergunto à menina se ela tem um novo plano, e ela diz:

— Ir para a frente, no vagão do motor, soltá-lo e fugir a toda. — Mas Hickory grita para ela.

— Não dá para fugir a toda — ele grita por sobre o ombro. — Estamos chegando à estrada espiral.

— O quê?

— A estrada espiral — ele gira, nos diz para abaixar. Acerta um tiro num Cabeça de Couro que apareceu bem atrás de nós. — É uma maldita estrada. Em espiral. Das grandes, descendo. Se o trem pegar nessa velocidade, mesmo só o vagão do motor...

— Vai descarrilar — diz o pai.

— Não temos escolha — a menina grita. — Vamos ter de descobrir uma forma de desacelerar o trem quando estivermos longe o suficiente do Roth.

— Ai, isso não vai terminar bem — eu murmuro.

Cabeças de Couro aparecem na nossa frente, no nosso lado, mostrando punhos e facões, tentando agarrar nossos calcanhares enquanto pulamos, vagão após vagão. Caçadores de recompensas se juntam à briga, saindo do vagão perto da frente do trem, bloqueando nosso caminho. Porém ninguém atira em nós.

Roth ainda não sabe onde está a chave. Ele precisa de nós bem vivinhos.

— Olha a cabeça! — o pai grita e o trem acelera por outra boca gigante, tirando um bando de malvados descuidados do nosso caminho. Lustres zumbem e zunem sobre nossas cabeças. Nós nos abaixamos e desviamos deles. Roth leva uma bala ou outra, mas nunca para. Ele está indo sem pressa, porque só precisa de tempo. Está nos alcançando.

Mas Hickory sempre tem um plano.

Ele solta o chicote do caçador, gira e chicoteia. Roth bloqueia o golpe. O chicote se prende em seu antebraço e ele fica lá parado, com olhos flamejantes.

Hickory acena para ele e sorri.

— Desculpe aí, chefe.

Ele joga o cabo do chicote, que se prende a um lustre que passa e puxa Roth como um peixe no anzol, jogando-o para trás, derrubando toda uma fila de Cabeças de Couro atrás dele. Ele não consegue se soltar até ficar pendurado sobre o último vagão. Ele cai e rola, e se agarra bem no fim do trem.

Hickory nos fez ganhar um belo tempo.

O trem entra num corredor diferente de teto alto em cúpula. Estamos no segundo vagão agora. A fumaça e o vapor do vagão à frente tomam o ar ao nosso redor. Mais dois saltos e chegaremos lá. O pai está mancando feio, se esforçando ao máximo. Depois de perder sua arma, a menina está cuidando de si com uma luta de socos contra um caçador. Hickory salta à frente e desaparece entre dois vagões. Ele vai separá-los, que bom, porque Roth está avançando em nossa direção, derrubando todo Cabeça de Couro que seja idiota o suficiente para ficar no seu caminho. Ele vai estar em cima da gente a qualquer segundo.

O vagão dá um solavanco. Nós cambaleamos. Hickory conseguiu. O primeiro vagão e o motor já estão se afastando. A menina derruba o caçador com um chute circular e nós três saltamos o mais alto possível. O pai grita quando aterrissamos no primeiro vagão, quase escorrega pela beirada, mas eu o agarro. Ele está suando, tremendo, o rosto torcido de dor.

— O que há de errado? — eu pergunto. — Está ferido?

— Estou bem — ele diz. — Comparado com sua cantoria, não é nada.

— Tá, isso... espera, o *quê*? Você odeia minhas músicas? "Pássaro Azul no Porão"? "Migalhas de Chá"? "A Música do Coco"? "Cocô de Rato no Canto de um Dia Ensolarado"?

— Você é muitas coisas, Jane — ele pisca para mim. — Uma boa cantora não é uma delas.

Nunca fui tão insultada em toda a minha vida, o que não é pouca coisa.

— Discutimos isso depois — digo a ele, e ele ri.

Nós descemos até Hickory pela porta do vagão, nós e a menina. Vemos o que restou do trem ir ficando lentamente atrás de nós. Três metros. Cinco metros. Faíscas de uma corrente pendurada se espalham pelos trilhos entre os vagões. Sete metros. Dez. Estou prestes a soltar um suspiro de alívio quando nós o vemos: Roth, vindo direto para nós. O pai e Hickory esvaziam suas armas acertando-o com balas que poderiam ser moscas. O *rata-tatá* explode em nossos ouvidos.

— Ele não vai conseguir — eu digo.

— Ele não vai tentar — a menina diz.

Mas ele tenta.

A ESTRADA ESPIRAL

DENTRO DO VAGÃO AGORA. ALGUM TIPO DE ARSENAL, ACHO. TRANCAmos a porta atrás de nós bem quando a força do impacto de Roth amassa o teto enferrujado sobre nossas cabeças. Nós conseguimos.

— Ótimo — eu digo, — e agora? — Mas ninguém tem chance de responder por que há um ruído lá fora, um guincho estridente.

— Ôôô — diz Hickory, e o trem dá uma guinada dura, constante para a direita, com a força da curva nos jogando contra a parede esquerda do vagão. Um borrão de pedra pelas pequenas janelas circulares atrás de nós. Na nossa frente, nada além de um espaço vazio. Eu rastejo saltando em direção a eles, embaço o vidro com um sopro e o esfrego limpando. — Que diabos...

Chegamos à estrada espiral.

Um enorme teto em forma de domo sobre nós. Uma fenda circular abaixo, tão larga e profunda, que nem consigo ver o fim. A ferrovia desce passando por arcos e portas, e a fenda toda está iluminada por milhares de tochas ganhando vida, ao redor e abaixo, ficando menores, mais turvas, até serem engolidas pelas sombras. Estamos indo para lá. Já ganhando velocidade, soltando faíscas. Hickory e o pai estavam certos. Vamos descarrilar.

— Sabe, é mesmo uma pena que você tenha destruído os freios — digo à garota.

E é quando Roth desce na frente da janela.

Ele enfia o punho pelo vidro e agarra minha túnica. O ar rançoso nos atinge, e tossimos e cuspimos. Minha pele coça. Meus olhos lacrimejam. O pai tenta me puxar para longe. A menina soca o braço do Roth, mas é inútil. Ele me puxa para a janela quebrada, até próximo do seu rosto com a meia-máscara; o ar entre nós ganha vida com seu hálito ardente. Seus olhos gelados encontram os meus por apenas um segundo, e posso sentir. Eu sei. De alguma forma ele sabe que estou com a chave.

Meto uma perna contra a parede e empurro. Minha túnica rasga e caio para trás com meu pai e a menina, um em cima do outro. Roth some de vista. Está de volta ao telhado, seguindo para a porta, mas Hickory já está lá, jogando seu peso contra ela. A porta treme e balança com Roth tentando entrar. O vidro sujo da janela se quebra. O metal entorta. Estou prestes a saltar lá quando noto uma poça de sangue no chão. Uma mancha vermelha escura se espalha na perna do pai. Um corte em sua coxa. Um Cabeça de Couro deve tê-lo atingido com sua lâmina.

Eu tento ajudá-lo, mas ele bate na minha mão.

— Não é nada — ele diz, mesmo que ali exista algo de verdade. — Vá. Estou bem.

Jogo meu peso ao lado de Hickory e digo à menina para se apressar. Ela está remexendo os caixotes empilhados no vagão. Encontra outra arma, verifica a munição. A porta estremece. A fechadura solta e passa chacoalhando por nossos pés. Roth força a porta a abrir, o suficiente para colocar um braço. Eu já imagino a gente virando picadinho quando a menina coloca o rifle no ombro e pega mais uma coisa do caixote. Carrega, coloca no outro ombro e mira.

É uma baita de uma bazuca.

— Saiam — ela grita para mim, e Hickory salta para longe.

Ela aperta o gatilho no momento em que a porta se abre.

O foguete dispara pelo vagão, deixando uma trilha de fumaça.

Roth se abaixa bem na hora e a bazuca explode numa parede lá fora. Uma explosão ensurdecedora balança o vagão e derruba Roth nos trilhos. Eu comemoro com o punho no ar, mas então eu xingo logo depois porque não o perdemos ainda. Ele está batendo nos trilhos, agarrado a uma corrente. E vai se puxando para mais perto, palmo a palmo, de volta ao vagão.

"Esse cara não para nunca?"

— Vamos — a menina grita, jogando a bazuca de lado. Ela abre a porta da frente e somos assaltados pelo vento, fumaça e vapor. O barulho do trem. O zumbido e assobio dos arcos que passam. Há um compartimento de carvão nos fundos do vagão da locomotiva. A menina salta nele, se vira, inclina-se entre os vagões e tenta desconectá-los.

Hickory corre para ajudar, nos dizendo que é agora ou nunca. Eu dou um ombro pro meu pai se apoiar. Nós corremos nos arrastando atrás deles enquanto o trem se inclina perigosamente, as rodas do lado direito deixam os trilhos por um segundo antes de baterem de volta. Nós esbarramos num barril. O pai dá um grito, aperta mais forte o meu ombro. Olhando para trás, eu avisto a mão de Roth passando entre as faíscas, agarrando-se ao trem. Eu aperto o passo.

Estamos quase lá. Três metros. Dois. Chegamos à porta e o pai desaba. Tento deixá-lo de pé, mas ele me puxa para baixo. Grita em meu ouvido.

— Jane, não!

— Sim — eu grito para ele. — Você consegue. Precisa.

Roth está se puxando agora, ficando de pé.

A menina mira sua arma para ele, pensa duas vezes. Aponta entre os vagões.

— Mexe essa bunda pra cá!

Ela aperta o gatilho. A corrente parte, cabos voam. Ela e Hickory se abaixam para soltar os vagões. Digo para eles esperarem.

— Elsa — o pai grita no meu ouvido, mas mal consigo ouvi-lo com o ruído. — Quando encontrei... na Pegada, ela... um esconderijo... rio... de cachoeiras.

Por que ele está falando? Precisamos ir embora, saltar. O encaixe foi tirado, dando um solavanco no vagão. Estamos desacelerando, ficando para trás. Hickory e a menina gritam para nós, mandam a gente pular.

Roth está avançando pelo vagão agora, mas o pai apenas me puxa mais perto.

— Precisa das duas chaves... abrir o Berço. Encontre a de Elsa... único jeito... a segunda chave.

Ele está dizendo adeus. Posso ver em seus olhos.

— Não, pai...

— Vá ao Berço... Eu te amo, Jane.

Então ele me pega de guarda baixa. Dá um grito, fica de pé, se levanta e me joga do vagão com toda a força que consegue reunir. Tenho um vislumbre de Roth saltando sobre um barril. De faíscas e a estrada espiral passando rápido. De Hickory e a menina se esticando, me agarrando, me puxando para a cama de carvões. Nós caímos, uma confusão de membros e gritos.

Hickory me prende numa chave de braço. Os braços da menina estão na minha cintura. Tento me soltar, mas é inútil. Já estamos longe do vagão. Eu só posso ver o pai se virar naquele retângulo da porta para encarar Roth, e é como se eu estivesse de volta na base da Escada Sagrada com o prefeito me segurando, vendo os homens dele irem atrás do meu pai com armas.

Só que isso é pior, muito pior.

O pai se joga no Roth. Eu sinto o medo, o pânico, a raiva crescendo dentro de mim.

O vagão treme. Posso sentir a estrada espiral balançando abaixo de nós.

Estou causando outro terremoto. Outro *grande* terremoto.

E estamos cercados de pedra.

E então ela faz. A menina tira uma faca e afunda na minha mão enfaixada, reabrindo o ferimento, espalhando a furiosa maré. Ela segura meu pulso esquerdo com ambas as mãos sobre a traseira do trem. Meu sangue se espalha ao vento. A dor é torturante, ofuscante. De alguma forma, posso sentir cada gota atingindo a estrada espiral, destruindo-a em nossa passagem. Sinto a pedra torcendo os trilhos atrás de nós, fazendo o vagão de meu pai balançar, primeiro em direção ao vazio da espiral, depois voltando e rugindo para o outro lado.

Ele avança, vira, descarrila. Bate e desliza contra o lado de fora da estrada, batendo contra pilares e arcos, explodindo na pedra.

Hickory nos puxa de volta. Nós caímos no carvão, e tenho um vislumbre de Roth através de minhas lágrimas, saltando da explosão, com o pai pendurado sobre os ombros, por uma janela fora de vista. Nosso pequeno vagão locomotiva balança, mas se mantém nos trilhos. Nós seguimos em frente, acelerando espiral abaixo, para longe dos destroços.

Eu aperto minha túnica no punho, tentando conter o sangue, tentando parar de chorar, mas não consigo. Roth ainda está com o pai, e sua perseguição ainda não acabou.

É o problema das espirais. O que vai sempre volta.

A estrada abaixo do vagão descarrilado está tomada de pedras e detritos do acidente, e estamos circulando nessa curva, já em direção a isso. Hickory e a menina gritam "Segurem-se", e nós batemos em pedaços de rocha, pedregulhos, restos de metal. Sou jogada à frente pelo carvão, minha cabeça atinge algo duro e então...

Nada.

SEGUNDO · INTERLÚDIO
NÃO É A MENINA DE QUE ELA SE LEMBRA

O TEMPO FAZ COISAS ESTRANHAS NA MANSÃO. WINIFRED CONTOU para Violet antes que ela subisse a Escada Sagrada. "Seja paciente com Jane. Ela não vai ter envelhecido como nós. Ela não vai ter sofrido o que sofremos. Mesmo assim, ela precisa de sua ajuda. Proteja-a."

Violet tranca a porta agora. Respira fundo. Vira-se e corre novamente. Suas mãos estão trêmulas. Adrenalina, sim, mas algo mais. Winifred a avisou sobre as primeiras mortes, mas ela nunca disse que haveria tantas. Nada disso parece real. O campo de prisioneiros. O trem. John. Roth. O Berço e as chaves. Vê-la novamente. Esses olhos novamente. Essa estranha heroína de sua infância que partiu sem dizer adeus.

Jane Doe em carne e osso.

Hickory está se comportando, mas Violet não pode arriscar. Jane está pendurada sobre os ombros dele, com a mão enfaixada encharcada de vermelho, pingando uma trilha. Certa vez, Winifred disse a Violet que Jane seria a maior arma que ela já usaria. E a mais perigosa.

"Derrame seu sangue", disse ela. "Mas só se você estiver pronta para encarar as consequências."

Violet vai precisar cuidar direito do ferimento antes que seja tarde.

— Tem ideia aonde estamos indo?

— Para longe — Hickory abre outra porta. — Para qualquer lugar. Rápido.

Eles fugiram do trem assim que ficou lento o suficiente para saltar, bem quando os Cabeças de Couro apareceram, disparando chamas e rifles. Tudo o que podem fazer agora é correr e se esconder. Violet reza para que as salas estejam se movendo. Mas ela não pode esquecer o coringa, o traidor, o capeta. Mesmo se despistarem o exército, ela terá de lidar com Hickory. Ele pode ter enganado Jane, mas Violet sabe do segredo desse arteiro. Ela soube assim que o viu na jaula.

Agora ela ajusta a corda enrolada nos ombros, uma boa descoberta no vagão do motor.

Ela considera suas opções. No final, só há uma.

"Prender e interrogar", Winifred diria. "Assumir o controle."

PARTE · TRÊS

DESPERTAR

OLHOS ABERTOS NA MENINA, INCLINADA SOBRE MIM, LIMPANDO minhas bochechas com sua manga. Turvo. Nebuloso nos cantos. Quando ela fala, soa como três pessoas falando ao mesmo tempo.

— Não se preocupe. Saímos do trem. Estamos seguras.

Estamos numa sala iluminada por velas. Uma pequena câmara acarpetada em areia preta. Estou suando e tremendo, a língua enrolando nas palavras. Algo sobre Roth pegar o pai. Que precisamos encontrá-lo, pegá-lo de volta, mesmo que ele tenha dito que sou uma péssima cantora e que nunca gostou de minhas músicas.

Tento me mover. A menina agarra meus ombros e me segura com gentileza.

— Acalme-se — sua voz ecoa. — Tente relaxar. Segure isso.

Ela coloca a chave na minha mão, como Winifred fez certa vez. Consigo soltar uma frase. Algo sobre uma porta de volta para casa, eu acho. Não estou certa do motivo.

— Descanse — a menina diz, e eu afundo de volta na areia macia.

De volta ao meu casulo flutuante.

O DESTINO DE BLUEHAVEN

"ENTRAMOS NA MANSÃO POR LIVRE E ESPONTÂNEA VONTADE. ENtramos na Mansão desarmados. Entramos na Mansão sozinhos."
A menina está cutucando a unha com sua faca, sentada na areia negra que provavelmente não deveria estar aqui, assim como a neve, a grama e a maldita floresta faminta. Ela levanta o olhar para mim, e eu rapidamente finjo olhar um rasgo na minha túnica, porque a estou encarando há um tempo e estou certa agora: sem dúvida ela é Violet. Seus olhos, o queixo, a forma como ela morde a língua quando se concentra. Mas então há... bem, todo o resto. A altura, mãos e ombros. A menina tem seios, pelo amor dos deuses.

— Antes de desmaiar novamente — ela diz —, você me pediu para provar que sou eu. Vou dizer o que costumava ficar pendurado sobre nossa porta da frente. As Três Leis. E se isso não te convencer, sei que você não sabe nadar, aprendeu sozinha a ler e a escrever e me fez prometer a não contar a ninguém sobre a vez em que ficou presa, tentando entrar de novo pela janela do porão depois que minha mãe te trancou fora da casa, fugindo do cachorro de rua que começou a grudar na sua perna.

— Oh. — É tudo o que consigo dizer. Como se tivessem me falado que estava chovendo lá fora ou sei lá.

Tento ficar de pé, mas minhas pernas estão bem bambas.

— Vai com calma — a menina que é Violet afinal diz. — Precisa descansar.

Eu xingo e me deito de volta na areia.

— Quanto tempo eu fiquei apagada?

— Algumas horas, talvez. — Ela arranca um naco de sujeira da unha. Cheira e estremece, então joga fora. — Lembra-se do que aconteceu?

— Quer dizer, se lembro de descarrilar um trem? Não, não mesmo. — Eu levanto minha mão recém-reenfaixada. A coisa vai mesmo ficar com uma cicatriz. — Mas me lembro disso.

— É — a "não creio que é Violet" diz isso —, desculpe por isso. Fiquei sem opção.

— Desde quando cortar minha mão no meio é uma opção?

— O que eu podia fazer? Derrubar Roth com uma pá de carvão e uma arma? Eu te cortei para nos dar tempo e funcionou... Nós escapamos.

A cena passou na minha cabeça uma centena de vezes desde que acordei. O pai no vagão, ficando para trás, deixado para trás, pendurado sobre os ombros de Roth enquanto o trem batia.

Eu o perdi novamente. Não posso *acreditar* que o perdi novamente.

Parte de mim quer gritar e socar as paredes, mas se eu começar, duvido que consiga parar. Além disso, estou fraca demais.

— Quer dizer, *alguns* de nós escapamos — eu digo.

A "ainda não acredito que é Violet" finalmente para de cutucar as unhas.

— Seu pai escolheu ficar, Jane. Ele sabia que só ia nos atrasar e sabe que Roth vai mantê-lo vivo desde que estejamos na Mansão, desde que sejamos uma ameaça. — Ela vira a faca e enfia numa de suas botas. — Nós temos a vantagem. Temos a primeira chave, ele não.

Eu abaixo a cabeça. Por mais que me mate, sei que Violet Gigante está certa. Encontrar a segunda chave é o mais importante agora. Chegar ao berço antes de Roth. É o único jeito de detê-lo, salvar o pai, salvar todos, incluindo nós mesmos. E não é mais uma situação de uma agulha num palheiro infinito. É uma luta contra um exército.

— Nenhum sinal dele então?

— Roth? Não. Nós corremos um bocado. Eu tranquei cada porta atrás de nós. Os cômodos se moveram pelo menos uma vez. — Violet aponta para a porta ao meu lado. — Está trancada e vamos saber se alguém vier por alguma dessas — ela ponta para três arcos escuros do outro lado do cômodo — se os corredores se iluminarem. Não tenho muitas balas sobrando, mas sou bem boa com uma faca. Estou certa de que poderíamos usar uma armadilha para nossa vantagem também. E não se preocupe com Hickory. — Ela aponta para o arco brilhante ao lado dela. — Eu o deixei amarrado lá, na frente de outra porta trancada. Dei uma sova nele, mas acho que seu ego está mais machucado do que tudo... Tá, o que foi? O que há de errado?

— Nada.

— Você parece bêbada. Fica me encarando.

— Claro que estou te encarando. Você escuta só a si mesma. *Olhe só para você. Você está... velha.*

— Não estou *velha*. Estou basicamente com a mesma idade que...

— Eu, exatamente! O que significa que eu era bem mais velha do que você há poucos dias. Como isso é possível? Winifred disse que o tempo é esquisito na Mansão, mas isso... isso é... — Eu afundo os dedos no meu cabelo cheio de nós —, não sei o que é isso. — Então me ocorre. — Ai, merda, por favor, não me diga que estamos fora de Bluehaven há, tipo, dez anos.

— Tá, não vou dizer. — Violet faz uma pausa para efeito. — Vocês estão fora há seis.

— *Seis anos?*

— Acalme-se, Jane.

— *Me acalmar?*

— E pare de repetir tudo o que eu digo. É irritante. Vou explicar tudo logo mais, mas agora acho que você deveria mesmo descansar e...

— Não faça isso. Não seja como a maldita Winifred Robin. Se você é mesmo a Violet, então... então somos amigas, certo? Então, por favor, me conte. O que aconteceu lá em casa depois que eu parti?

A expressão de Violet suaviza.

— Que estranho ouvir você chamar de casa.

Eu me afundo de volta na parede.

— É. Acho que é.

Violet bufa naquela respiração de "então lá vamos nós".

— O terremoto que aconteceu durante o festival, na noite em que você foi embora, derrubou muitas casas, Jane. O incêndio que se espalhou pela ilha destruiu ainda mais. Fornos quebrados, brasas espalhadas. Muitas vidas foram perdidas. Se Winifred não tivesse assumido controle...

— Quer dizer que ela deteve Atlas? Ela o venceu?

Violet concorda.

— Logo depois que você saiu, nas catacumbas. Então ela me encontrou. Juntou todos para combater o incêndio. Depois que o controlamos, ela disse que o povo entendeu tudo errado esses anos todos. Disse que você estava do nosso lado. Que havia deixado a ilha para nos ajudar e que se ficássemos juntos, se confiássemos em você, então tudo ficaria bem.

— Ela tentou fazer com que eles *confiassem* em mim?

— Tentou — Violet diz. — E conseguiu.

Não pode ser.

— Eles acreditaram nela?

— Alguns sim. Não aconteceu do dia para a noite. Atlas recuou por algumas semanas, mas quando as pessoas perceberam que a Mansão não iria se abrir novamente tão cedo, ele começou a contar às pessoas que você havia fugido para um Outromundo e que continuava amaldiçoando a ilha de lá. Se você retornasse, passou ordens para executá-la na mesma hora. Até tentou prender Winifred e assumir o museu, mas nós o detivemos. Winifred o prendeu.

— Queria ter visto isso.

— As pessoas estavam cansadas de dar ouvidos a ele. Com você e John longe... desculpe, mas ainda não consigo chamá-lo de *Charleston*; com a ilha ainda em perigo, eles acharam cada vez mais difícil culpá-la por tudo. Winifred nos contou sobre a visão dela. Suas instruções do Nabu-kai. Com Atlas fora do quadro, nós nos juntamos e nos preparamos para reconstruir a ilha.

— E quanto a seus pais? Como estão?

Um frio passa por Violet agora. Ela parece não saber o que fazer com as mãos. — Eles me expulsaram de casa depois que você foi embora.

— Eles o *quê*? Por quê? Porque você impediu que Atlas me matasse?

— Isso. E outros motivos também. Não me importa — Violet diz, mas qualquer idiota pode ver que ela se importa sim. — Eu me mudei para o museu com Winifred. Fiquei feliz que me expulsaram. Eles eram horríveis.

— Eram? Ah, não, Violet, quer dizer...

— Não. Estão vivos. Eu apenas não falo com eles há anos. Só os vi algumas vezes de longe. Como pode imaginar, eles nunca compraram a ideia de acreditar em você. Aposto que estão enlouquecendo o Atlas enquanto conversamos.

— Atlas? Mas eu achei...

— Winifred não podia mantê-lo preso para sempre. Ela o baniu para o outro lado da ilha junto a Eric Junior, Peg e mais uma centena. Disse que se eles estavam contra você, eles estavam contra tudo o que a Mansão significava, até os próprios Criadores. Não durou muito para meus pais se juntarem a eles. Eles ficam do lado deles e nós ficamos do nosso. As colheitas são basicamente tudo o que compartilhamos em Bluehaven, só que até isso ficou complicado. Os deslizamentos levaram muitas fazendas no terremoto, mas conseguimos salvar algumas. As coisas estavam andando, mas... — Violet para por um momento, insegura de como seguir — Bluehaven está morrendo, Jane. Alguns anos atrás as colheitas começaram a secar. Mal conseguimos cultivar ervas, quanto mais comida, e a vida marinha toda desapareceu. As pessoas estão morrendo de fome. Não sei quanto tempo Winifred vai conseguir manter a paz. Acho que o que quer que esteja acontecendo aqui, o que quer que Roth esteja fazendo com a Mansão, está chegando a nosso lar, nosso mundo. Todos esses portais enfraquecidos... O nosso começou a apodrecer também. O portal nas catacumbas ainda está selado, mas Winifred diz que também está apodrecendo. Acho que a Mansão está tentando se sustentar secando os Outromundos.

Não posso acreditar em tudo isso. É, eu meio que sempre esperei que algo ruim fosse acontecer a Bluehaven um dia, mas ouvir isso, saber que está acontecendo há tantos anos mesmo que eu só tenha saído há, o que, poucos dias? É surreal demais para se aceitar.

— Você está bem, Jane?

— Não. Quero dizer, sim. Acho. Eu só... seis *anos?* Eu balanço a cabeça para espalhar as perguntas emperradas no meu cérebro. Elas se recusam a ir embora. — Violet, o que está fazendo aqui?

— Não é óbvio? — ela diz. — Estou aqui para te ajudar.

O MELHOR PLANO POSSÍVEL

ACONTECE QUE WINIFRED CONTOU A VIOLET TUDO O QUE ELA ME CONtou na noite em que parti, quando estavam indo combater o fogo. Disse que ela precisaria me ajudar um dia, até deu a data exata que entraria na Mansão. Ela tinha visto tudo em sua visão. Com certeza, seis anos depois, Winifred acompanhou Violet para a Escada Sagrada e disse adeus. Foi uma subida perigosa. Aparentemente a Escada está num estado pior do que nunca hoje em dia.

— Passei os últimos seis anos treinando para ser sua protetora, Jane. Winifred me ensinou a lutar, a atirar, a sobreviver. Até me ensinou a dirigir.

— *Dirigir?* Tipo um carro? Não há nenhum carro em Bluehaven. No que ela te ensinou?

Violet dá de ombros.

— Teoria. Mas ela me treinou principalmente em arco e flecha. Sou fatal atirando com uma besta. Queria trazer uma aqui comigo, mas, bem, a Segunda Lei.

— E a Winifred nunca mencionou o Berço ou as chaves?

— A primeira vez que ouvi sobre tudo isso foi de seu pai. Ouvi sobre a lenda dos Criadores, é claro, mas John estava certo. A versão que contam em Bluehaven é incompleta. Eu não tinha ideia de que eles deixaram três chaves para trás. Eu nunca teria ligado sua chave com o Berço. Quero dizer, deve haver bilhões de chaves aí nos Outromundos. E não dá para culpar Winifred por não perceber a ligação. Os flashes que ela viu nas catacumbas mostraram todas as coisas que *ela* tinha de fazer. Só o caminho dela. Fazer sua missão começar, me treinar. Se ela de alguma forma sabia o que está rolando aqui, nunca teria compartilhado comigo.

— Winifred disse alguma coisa sobre outras pessoas entrarem? Ela está vindo nos ajudar?

Violet balança a cabeça.

— Seria sempre eu. Só eu.

De repente Violet parece mais adulta do que nunca. É esquisito, mas me deixa mais triste do que tudo. A menina que costumava correr por aí pregando peças e queimando taturanas se transformou numa adolescente, quase numa mulher, e para mim passou menos de uma semana. Eu costumava saber tudo sobre ela. Agora é uma estranha. Como a menina que eu costumava conhecer se foi para sempre?

— Senti a Mansão me guiando no momento em que pisei aqui dentro — ela diz. — Me guiando até você. Só levou algumas horas para eu te alcançar. Só tive de seguir em frente e esperar.

— Então você foi presa de propósito?

— Foi mais fácil do que te localizar a distância.

— Por que não me contou tudo isso na mesma hora?

— Era óbvio que você não confiava no Hickory. E eu mantive meu rosto escondido porque imaginei que você iria me reconhecer e surtar. — Violet passa uma mão pela areia, com os olhos passeando por todo lado, menos nos meus. — Além do mais, foi estranho. Ver você novamente. Digo, sempre soube que eu te veria de novo, mas quando finalmente vi, sei lá. É esquisito. E, você, cale a boca.

— Eu não falei nada.

— Eu sei.

Um silêncio desconfortável preenche a sala.

— Então — eu finalmente digo —, e agora?

— Me diga você — Violet diz. — É você quem está com a chave.

Sou eu que estou com a chave.

— Tá. — Eu me levanto da parede e testo minhas pernas. Até agora, tudo bem. — Tá. — Eu ando pela sala, a areia escura macia entre os dedos do meu pé. — Tá.

— Pare de falar isso.

— Tá. — Vou até o arco iluminado de velas ao lado de Violet. — Por sinal, você por acaso não matou acidentalmente o Hickory, matou? Ele está quieto pra danar.

— Ele está bem. Qual é o plano, Jane?

É. O plano.

— Tudo bem. O pai disse que precisamos das duas chaves para abrir o Berço, então... então o plano é simples. Encontramos a segunda chave, encontramos e abrimos o Berço, pegamos a *terceira* chave, daí usamos o poder dos Criadores para matar Roth e seu exército. Ou pelo menos você sabe mandá-los de volta para... Como era, Arakaan? De onde diabos eles tenham vindo. Salvamos a Mansão, salvamos os Outromundos, pegamos meu pai e o levamos para casa. Certo?

— Certo — Violet diz. — E como encontramos a segunda chave?

Então eu digo a frase mais inacreditavelmente estranha, fantástica e aterrorizante no bom sentido que eu já disse em toda a minha vida:

— Nós encontramos minha mãe.

Começo a andar de um lado para o outro novamente, arrumando a história.

— Minha mãe e meu pai se separaram depois que encontraram o Berço, cada um carregando uma das chaves. Ela se perdeu na Mansão, ele ficou preso em Bluehaven, mas eles se encontraram na Pegada. No trem, meu pai disse que minha mãe estava escondida em algum lugar. Falou algo sobre um rio. Eu não peguei tudo. Algo sobre cachoeiras também, e...

Eu paro na mesma hora.

— Acho que já vi. Acho que sei onde ela está.

— O quê? — Violet fica de pé também. — Como?

— No meu pesadelo. Eu sempre tenho pesadelos, Violet. De todo tipo. Mas esse tem mudado desde que entrei aqui, como se eu... não sei... estivesse me lembrando mais. Meus pais estavam na água comigo, no Mar do Berço, quero dizer. Estávamos sendo levados em direção à pedra de fundação. É grande, como uma ilha. Mas uma ilha pequena. E há todos esses monstros debaixo d'água, os Espectros, guardiões do Berço. Estão prestes a nos matar.

— Geralmente, as pessoas não se lembram das coisas de quando eram bebês, sabe.

— É, bem, as pessoas também não causam terremotos quando surtam. Nunca vi meus pais na água antes. Nem a pedra fundamental. *Nem* os Espectros. Era tudo novo. E depois estávamos de volta *fora* do Berço. Minha mãe e meu pai estavam correndo, sendo perseguidos por dois Espectros que escaparam, creio eu. Ou Roth. Talvez Roth. Eu os vi se separando, mas então... então o sonho mudou de novo, e essa parte nova não podia ser uma lembrança porque eu não estava com meu pai ou minha mãe.

Eu encaro a parede. Imagens de meu sonho cutucam atrás dos meus olhos como imagens em cordinhas. Girando, desacelerando, se encaixando.

— Eu viajava pela Mansão. Vi o rio. Não está conectado ao Mar do Berço nem nada assim. Acho que é água de um Outromundo, escorrendo por algum portal enfraquecido. — Eu me viro para Violet. — Eu estava *descendo* o rio. Vi duas estátuas grandes na água. Daí tinha correntezas e halls parecidos com lagos, cheios de pilares, e uma enorme cachoeira. E eu desci por esse hall enorme que tinha *mais* cachoeiras, daí... — eu balanço a cabeça tentando encaixar outra imagem — foi isso. Atingi a água e tudo ficou escuro.

Não conto a ela sobre escutar a voz da minha mãe. Essa parte é só para mim.

— E tem certeza de que não foi só um *sonho* mesmo? Tipo inventado?

— Sei que soa estranho, mas eu me sinto... sei lá... diferente. Não foi como um pesadelo. Quero dizer, não foi legal, toda aquela água, ui, mas agora que penso nisso... Acredito que a Mansão estava me mostrando por um motivo. Ela *queria* que eu visse.

Violet não parece convencida.

— Olha — eu digo —, todo mundo está sempre falando da Mansão como se fosse essa coisa viva, que respira. A Mansão escolhe quem fica, quem vai. Atrai você. Guia você. É tão louco pensar que ela pode *querer* que a gente chegue ao Berço antes do Roth... Que ela pode dar um empurrãozinho na direção certa. Acredite em mim, Violet, eu sei que parece maluquice, mas aposto que minha mãe está se escondendo naquele hall de cachoeiras com a segunda chave. Numa caverna ou passagem secreta ou sei lá. A Mansão pode estar mantendo-a viva, mantendo-a jovem como Hickory.

De repente, eu tenho certeza. Minha mãe está viva.

Eu busco o ombro da Violet de uma forma reconfortante, mas parece estranho, então eu meio que a empurro.

Ela não está impressionada.

— Vai — eu digo. — Tem algo aí, certo?

Ela cruza os braços igualzinho à miniViolet, o mesmo velho sinal de que não está gostando do que está ouvindo. Mas então ela bufa pelas narinas, o mesmo sinal de que está cedendo.

— Você está certa. Mas por acaso você sabe como *encontrar* esse rio?

— Não — eu digo —, mas conheço alguém que pode saber.

Eu aponto para o corredor iluminado. O rosto de Violet se contrai.

— Quer levar Hickory?

— Ele já esteve no rio. Ele me disse antes de entrarmos na floresta.

— Mas não podemos confiar nele. Ele é...

— Um mentiroso ladrão salafrário, eu sei. E acredite em mim, eu preferiria largar esse idiota e nunca mais vê-lo novamente na minha vida, mas o fato é que...

— Jane, ele não é quem você pensa.

Ela está me atiçando com isso. Tem algo aí que perdi.

— Espere aí, você... você *conhece ele*?

— Claro que conheço. Todo mundo conhece. Ele não parece nada familiar para você? Tem estátuas dele por toda Bluehaven, ou pelo menos costumava ter. A escola recebeu o nome dele. — Violet me observa, esperando aquela pontada de reconhecimento. — Ele é Hickory Dawes, Jane. A primeira pessoa a entrar na Mansão há mais de dois mil anos.

O GRANDE AVENTUREIRO

— VOCÊ É DE BLUEHAVEN? — O DESGRAÇADO DO HICKORY DAWES não me responde, então eu me viro para Violet.

— Ele é de *Bluehaven?* Nossa Bluehaven?

— Não... da outra Bluehaven. Dã... É claro que da *nossa* Bluehaven.

Eu cuspo alguns "mas" e "comos" antes de me decidir por um "*por quê*".

— Por que ele não me contou? — E de volta a Hickory. — Por que não me contou?

Ele está com um olho roxo e todo machucado, amarrado entre duas estátuas em tamanho real de gente na frente de uma porta fechada, joelhos plantados na areia, braços amarrados e colocados na lateral. Ele puxa catarro e cospe.

Violet fecha os punhos. Ela se contém.

— Ele foi um dos primeiros colonizadores de Bluehaven. Parte do primeiro grupo, de toda forma. Diz que não consegue se lembrar das Terras Moribundas e acredito nele. Ele seria só um garotinho quando a peregrinação aconteceu.

Minha mente volta ao armário da classe. À minha aula secreta de história.

— Eles estavam fugindo de algum tipo de doença, certo? Uma praga.

— A Praga Impronunciável — Violet diz. — Não se sabe muito sobre a doença em si, as Antigas Crônicas são leves nos detalhes, mas sabemos que matou milhões de pessoas. Cidades e vilas sucumbiram. Nosso mundo foi varrido. Aqueles que sobreviveram buscaram refúgio do outro lado do oceano. O povo de Hickory encontrou Bluehaven após uma longa e perigosa viagem. Estava deserta. Sem construções, sem a Praça Principal, sem Escada Sagrada. Mas eles sabiam que havia tido gente lá antes. Encontraram pinturas nas cavernas, nos túneis. Desenhos de uma porta solitária no topo dos penhascos.

— O portal.

Violet faz que sim.

— Eles escalaram os penhascos, encontraram a porta, tocaram a pedra, mas nada aconteceu. Sobras de um antigo templo, acreditavam. Gradualmente foi esquecido. Começaram a construir a cidade. Criaram terraços. Cultivaram campos. Viveram suas novas vidas.

— E esse cara? — eu pergunto, apontando para Hickory.

— Bem, os colonizadores podem ter sido vagos sobre as Terras Moribundas, mas foram claros sobre a data em que o portal abriu pela primeira vez. De acordo com as Crônicas, aconteceu dezesseis anos após a chegada deles, o que significa que ele cresceu em Bluehaven. Você teria... o que, Hickory? Dezoito? Dezenove?

Hickory não responde.

— Enfim, um dia ele subiu o morro e nunca mais retornou. Uma equipe de busca foi enviada. Uma mulher, Arundhati Riggs, encontrou os rastros dele e também entrou na Mansão. Viajou pelos Outromundos e voltou. Todo mundo se maravilhou com as histórias dela. Com o passar dos anos, mais e mais gente conseguiu entrar pelo portal. Construíram a Escada Sagrada, o templo ao redor do portal, a Mansão como a vemos de Bluehaven hoje. E perceberam a honra que havia sido concedida a Hickory. Ele foi o primeiro de milhares. O fato de ele nunca ter voltado só alimentou a lenda.

Ela se ajoelha na frente de Hickory.

— Eu sempre me perguntei o que foi feito de você — disse ela. — Uma vez na escola até escrevi uma história sobre você. E agora eu sei. Hickory Dawes, o Grande Aventureiro. Mentiroso. Ladrão. Traidor.

Os olhos de Hickory se contraem.

— Já sabe tudo de mim, não é, menininha?

— Não esquece que a *menininha* aqui te deu uma surra numa luta justa.

Hickory se inclina em direção a Violet, lutando contra as cordas.

— Chama de *honra* estar preso aqui? Sentindo que cada pessoa que você já conheceu se afasta de você. Esquecendo os rostos. Vozes. Coisas simples como a sensação do sol na pele. — Ele balança a cabeça. — Não é uma honra. — Ele olha para mim agora. — É uma maldição.

— Você ainda podia ter me contado — eu digo. — Podia ter me ajudado. Depois que encontramos meu pai eu podia ter te levado de volta para...

— Para onde? Uma ilha que eu não reconheço, cheia de estranhos? Não é isso o que eu quero.

— Então o que você quer, Hickory? Hein? O que exatamente passa por sua cabeça desde que você descobriu a chave?

Silêncio agora. Surpresa, surpresa, Hickory Dawes não gosta de compartilhar as coisas.

Violet fica de pé novamente.

— O plano dele, se é que dá para chamar de plano, era passar você e a chave pro Roth, de alguma forma enganar Roth ao mostrar a ele a entrada do Berço, daí roubar de *volta* a chave e pegar o Berço para si.

— Bom plano — Hickory diz. — Até certo ponto.

Violet o ignora.

— Mas a história do John no trem mudou tudo. Olha, Roth deixou todos os caçadores de recompensas acreditarem que só havia uma chave e que ele já sabia a localização do Berço. Acho que ele imaginou que seria mais fácil manter o controle sobre as pessoas desse jeito. Não queria ninguém colocando as mãos nas duas chaves e chegando antes. Quando John disse que havia *três* chaves, Hickory percebeu que foi enganado. Por isso que ele não te entregou depois que roubou a chave do caçador; ele sabia que não precisava mais do Roth.

— Quer o Berço para si? — eu pergunto a Hickory. — Por quê?

— Isso ele não me disse — conta Violet. — Mas você o ouviu, é óbvio. Ele odeia este lugar. Ele quer soltar o Mar do Berço e destruir a Mansão. Ele não é nada melhor do que Roth.

— Sou mais bonito — Hickory diz. — Também não sou tão fedido.

Quero dar um soco nele. Bem na fuça.

— Você ouviu o que meu pai disse, idiota. A Mansão segura os Outromundos juntos, se ela acabar, eles todos acabam. Quer mesmo matar todos os seres vivos da existência por causa da sua implicância com este lugar? Você é doente da cabeça.

— Talvez — Hickory diz. — Talvez não. — Ele sorri. — Agora vocês duas vão chegar ao ponto logo ou vamos ficar aqui de conversinha enquanto Roth faz uma máscara mais realista com a carinha bonita do seu pai?

Eu me adianto para dar um chute no Hickory, mas Violet me puxa para trás. Imagino que ela vá me dar aquela frase de "não vale a pena", mas tudo o que ela diz é:

— Deixa que eu cuido disso.

Rápida como um raio, ela o agarra pelo cabelo com uma mão e tira a faca da bota com a outra. Segura a lâmina na garganta dele.

— Esse ponto aqui tá bom pra você?

Hickory tosse, grunhe e faz uma careta. Então cai na gargalhada.

— Qual é a graça? — eu pergunto.

— Vocês duas. Agindo como duronas, quando sabemos que vocês precisam de mim. Patinhos perdidos querem um guia para o rio. — Ele aponta para a passagem. — As vozes viajam longe aqui. Desculpe ouvir que Bluehaven foi pro saco, moças, mas, o que se pode fazer?

— Isso deve ser fácil então — digo eu. — Sabe onde estamos?

Hickory vira a cabeça para as estátuas de cada lado dele. Há pequenos símbolos entalhados em suas testas. Violet pergunta o que eles são. Eu balanço a cabeça descrente.

— Indicações. Marcos. Estamos de volta perto do seu esconderijo, Hickory?

— Esconderijo diferente. Um velho. Entalhei esses símbolos há muito tempo.

— E sabe o caminho para o rio daqui?

— Um bom caminho. Meio que seguro. — Ele vira a cabeça em minha direção. — Acho que você está certa, por sinal. A Mansão quer que nós peguemos o Berço antes de Roth. — Ele diz *nós*, atrevido para danar. — Mas por acaso você não se perguntou o motivo? As coisas que você viu em seus sonhos e por que a Mansão mostrou para você? E, o mais importante, por que você causa os terremotos?

— Hickory — Violet aperta mais firme sua faca.

— Não — eu digo.

O rosto dele se ilumina.

— Ah, então você pensou sim sobre isso. Está esperando o momento certo para contar a ela, hum? Não queria soltar tudo para ela antes de ela recuperar toda a força?

Hickory fez seu *tsc, tsc* para mim.

— Sempre lerdinha, Jane. Ficou tão focada no passado da Violet e no meu, que nem pensou duas vezes sobre o seu próprio.

Violet puxa o cabelo dele novamente, virando sua cabeça para trás. Ele engole em seco, fazendo seu pomo de adão subir e descer na lâmina.

— Tudo bem, Violet, deixa ele falar.

Ela recua e abaixa a faca. Hickory alonga o pescoço, suspira dramaticamente.

— Você e seus pais entraram no Berço. Nadaram em suas águas sem morrer. Parece que isso deu a você alguma conexão com este lugar. Talvez você tenha bebido um pouco do Mar do Berço. Talvez tenha ido até a pedra fundamental e se cortado na rocha. Talvez a mamãezinha e o papaizinho te deixaram segurar a terceira chave e você tentou engolir o troço. Sei lá. A questão é que seu sangue entalha pedras. — Ele me deixa pensar por um momento. — Assim como um dos Criadores, né?

O nome desliza de meus lábios antes que eu possa detê-lo.

— Po...

Hickory revira os olhos.

— Não Po, sua idiota. Aris. Formador de pedras? Bem, mas quem pode dizer que não haja um pouco de Po em você também? Talvez um pouco de Nabu-kai também. Quem sabe do que você é capaz? Aposto que é por isso que Roth teve dificuldade de entrar na sua cabeça no trem. Nunca vi isso acontecer antes.

Violet remexe os pés.

— Acho que ele está certo, Jane, considerando tudo o que John disse. Digo, se Winifred soubesse que você entrou no Berço, se ela soubesse sobre as três chaves, estou certa de que ela teria feito a conexão anos atrás, mas, bem, ela não sabia.

Passo um dedo sobre minha mão enfaixada. Pode ser possível? Será que era isso o que o pai estava tentando me dizer antes de Roth entrar no trem? "Sim, Jane, você nasceu na Mansão, mas o Mar do Berço te infectou. Uma onda nos jogou na pedra fundamental e parte dos poderes dos Criadores se prenderam a você." O povo em Bluehaven sempre me tratou como se eu fosse um tipo de doença, e talvez eles estivessem certos. Talvez haja algo dentro de mim. Algo anormal. Jane Doe, Amaldiçoada, totalmente.

— Enfim — Hickory diz —, algo para refletir no caminho. Faz um tempo desde que vi esses símbolos, mas me lembro, o suficiente. — Ele vira a cabeça para a porta atrás de si. — Você deveria ver o que há lá atrás. Bem bonito.

O olhar de Violet permanece em mim. Ela está esperando para ver se vou surtar sobre toda essa conexão com a Mansão. Eu faço um *estou bem* com a cabeça, mas a verdade é que não tenho certeza de como eu me sinto. Enjoada? Assustada? Confusa? Só sei com certeza de que preciso me mover novamente.

— Quão longe é o rio?

— Não é longe. Chegar lá é a parte fácil. O rio começa num portal enfraquecido. Ele se ramifica em milhares de canais, muitos deles mortais. Você viu em seus sonhos, Jane. Corredeiras. Redemoinhos. Mas aposto que não viu os campos de prisioneiros. Tem mais de um punhado. Cabeças de Couro transportando prisioneiros e suprimentos em barcos; é bem traiçoeiro. Mas posso te ajudar. E o mais importante: posso arrumar um barco.

Engulo em seco. Até onde eu sei, o barco fecha um acordo.

— Como podemos confiar em você? — Violet pergunta a Hickory. — Depois de tudo o que fez.

— Pode confiar que eu quero chegar ao Berço tanto quanto você.

— Hickory se põe de pé, grunhindo contra as cordas. — E que eu quero derrotar Roth ainda mais.

Sou inundada pelos piores cenários possíveis. Truques, armadilhas, traições. Estou começando a achar que nunca vou me livrar desse cara. O Grande Aventureiro. O Grande Pé no Saco.

— Então — ele diz com um sorriso —, quem vai me soltar?

AS CAVERNAS DE CRISTAL

TEMOS SORTE DE A PORTA ABRIR PARA DENTRO, PORQUE HÁ CERCA DE meio metro de areia preta do outro lado. As velas e tochas se acendem. Meu queixo cai. Estamos no andar de cima de um grande hall de dois andares, o mais lindo que qualquer coisa que já vi. Há cristais crescendo das paredes, pendurados do teto, saindo da escadaria arenosa bem na nossa frente. Cristais brancos, roxo claro, azul leitoso. Alguns parecem espadas, outros como montes de corais presos à pedra. E estão brilhando.

— Eu te disse — Hickory se alonga e suspira. — Imagine só o mundo de onde isso vem.

— Fico feliz que finalmente encontramos algo que não está tentando nos matar.

Hickory faz uma careta.

— É, quanto a isso, não toque neles.

— Por que não? — Violet fica em guarda. Pronta para atirar, mergulhar e rolar.

— Não são cristais normais. — Hickory pega uma vela do suporte e joga escada abaixo numa área de cristais azuis pontudos. Assim que a vela encosta neles, eles fazem um som como gelo estalando e crescem vários centímetros bem diante de nossos olhos. — Eles respondem ao toque. De qualquer coisa que não seja outros cristais. Alguns dos corredores à frente estão bem bloqueados.

— Bem bloqueados? Hickory, você disse que o caminho era seguro.

— *Meio*. Meio que seguro. Os Cabeças de Couro ficam longe, a maioria das armadilhas já foi acionada ou emperrada, e esta é a rota mais direta para o rio, te prometo isso. — Hickory aponta para o rifle de Violet. — Por sinal, sem armas. Se quebrar um cristal, os cacos saem voando. Crescem onde caírem. Explodi um pedaço na boca de um Pele de Lata uma vez. Não foi bonito.

— Sem atirar. Entendi. — Violet coloca o rifle no ombro e levanta a faca novamente. — Mas só para você saber, posso lançar esta aqui tão longe quanto. Não vem com ideia boba.

— É — eu me junto a ela.

Decidi colocar algumas regras. Eu fico com a chave. Sou eu que já estive no Berço. É o *meu* pai que foi capturado. Claro, acabei de descobrir que posso ter suco de deus morto nas minhas veias ou um pouco de pedra fundamental na minha pele, e sinto como se eu fosse vomitar a qualquer minuto, mas estou assumindo o controle.

— Fique cinco passos à frente de nós, Hickory. Pare se mandarmos parar, corra se mandarmos correr, dá um tapa na sua cara se a gente mandar dar um tapa na cara, e só fale quando falarmos com você.

Até a Senhorinha Esfaqueadora recebe suas ordens.

— Enquanto eu estiver nessa, nada de cortar minha mão. — Eu aceno para meu corpo. — Em tudo isso aqui, está estritamente proibido vir com facas, espetos, facões, cutelos, qualquer coisa afiada ou pontuda. — A regra é recebida com silêncio, como se ela estivesse de fato avaliando. — Violet...

— Eu só acho que...

— *Violet!*

— Tá, tá, nada de cortar.

— Promete.

Ela suspira, como se *eu* é que não estivesse sendo razoável.

— Prometo que não vou cortar, furar, picar, arranhar ou raspar em você enquanto eu viver. Agora podemos seguir em frente, por favor?

Tem tanta areia na escada, que basicamente escorregamos, com cuidado para evitar os cristais que crescem no corrimão. A areia está ondulada aqui, moldada por um vento do Outromundo há muito esquecido. Pequeninas dunas se amontoam em cada porta. Não há nenhuma pegada à vista. A maioria das velas foi engolida ou arrancada das paredes, mas os cristais iluminam o caminho. Hickory nos conduz por um corredor, passando por zonas de branco, roxo e azul, até uma área de um rosa-claro cintilante. É como caminhar por um baú do tesouro.

Aparentemente estamos seguindo para um pequeno acampamento de Cabeças de Couro no começo do rio, bem na base do portão, para que possamos nos certificar de que não vamos perder o hall das cachoeiras.

— Nervosa, porém breve — Hickory diz quando Violet pergunta que tipo de recepção podemos esperar. — Só uns poucos Cabeças de Couro. Levemente armados. Podemos derrubá-los, pegar um barco, ir embora.

Seguimos pelos corredores tomados, eu não me incomodo com os cristais. Eu os conto, procuro formas, me pergunto o que aconteceria se eu enfiasse um pedaço na orelha do Roth, qualquer coisa para evitar pensar em todas as coisas terríveis que ele podia estar fazendo com o pai agora. Torturando-o, lendo-o, fazendo seus pés dançarem e debaterem. Jogá-lo numa cela escura, fria e solitária. Pior, uma cela cheia de Peles de Lata. Acima de tudo isso, tem nosso cruzeiro rio acima para eu não pensar e minha possível conexão com a Mansão.

Quero dizer, por que se preocupar com as coisas com as quais você não está pronta para lidar?

Mas não consigo me distrair por muito tempo. Hickory já está testando minhas regras. Quando digo para ir mais devagar, ele para bem na minha frente. Quando eu digo para ir mais depressa, ele vai longe demais. Pior ainda, ele gira e grita para mim bem quando estou desviando de uma estalactite de cristal. Violet grita com ele, mas eu fico fria. Sei o que ele está tentando fazer.

— Não vai funcionar, seu idiota — eu digo, empurrando-o. — Está tentando me assustar para causar outro terremoto? Por que diabos você iria querer que eu causasse um aqui, afinal? Estamos cercados por pedra, caso não tenha notado. Tipo, montanhas desse troço.

— Só estou curioso. Como é quando acontece?

— É tipo: feche a matraca e continue andando.

— É como se você fosse parte da rocha? Isso dói?

Tropeço nele e ele bate num monte de cristais brancos na parede. Consegue sair bem quando uma dúzia de espetos de meio metro avança no ar.

— E isso aí, doeu? — eu pergunto.

Aquela que já foi a pequena Violet entra no meio de nós.

— Você — ela aponta para o Hickory —, deixe-a em paz. Você — apontando para mim agora —, cuidado com as paredes. Se esse troço bloquear nosso caminho, estamos ferrados. E vocês dois parem de barulho. — Ela tira a faca. — Andem.

Hickory segue à frente, um pouco longe demais novamente, mas eu deixo que ele vá. Nós entramos num corredor rosa com estátuas, a maioria coberta pelos cristais. Parecem com montes cintilantes na forma de pessoas. Eu decido ver se consigo segurar o fôlego até chegarmos à última.

— Então, como é a sensação? — Violet pergunta. Eu balanço a cabeça. "Bela tentativa. Não vai rolar." — Precisa contar alguma hora, Jane. Não dá para ignorar algo assim.

— Não estou ignorando — eu chio sem respirar. — Só não quero pensar nisso.

— Está sendo idiota.

— Provavelmente. Mas eu posso ser. — Meus pulmões não conseguem aguentar. Eu bufo a quatro estátuas do final.

— Olha, eu ainda não consigo aceitar o fato de que você tem quase a minha altura agora. Na verdade... é mais alta do que eu? Espera. Não. Olha, você está de bota.

— Jane...

— Preciso de tempo para pensar, Violet. Fico feliz que esteja aqui. Sério. Só deixa eu lidar com as coisas pesadas no meu próprio tempo, tá?

— Ótimo — ela diz.

Mas não é nada ótimo. Dois corredores bem tomados depois, quando estamos engatinhando e estou ocupada procurando formas de animais nos cristais, ela volta ao assunto.

— Não é só uma questão sua, sabe. Você foi jogada nisso tudo, verdade, mas estamos lidando com o destino de todos os mundos aqui.

— Você é mais irritante do que costumava ser.

— Você é mais burra do que costumava ser.

— Talvez eu sempre tenha sido burra. Talvez você simplesmente tenha esquecido.

— Para de enrolar, Jane. Você tem esse poder por um motivo, então...

— Não chame de *poder*.

— Por que não?

— Porque soa tosco.

— Essa... habilidade então. Pode não gostar, mas não pode negar que provavelmente vamos precisar acioná-la novamente em algum momento.

— Acionar? Não, não, não. Chega de cortar. Eu já te disse.

— Mas...

— Minha *habilidade* quase nos matou duas vezes em poucos dias. Bem, duas vezes em seis anos, para você, acho. Ainda assim... — Queria me virar e olhar para Violet, mas ainda estou engatinhando e não há espaço suficiente entre os cristais. — Ou você se esqueceu do que aconteceu no festival?

— Claro que não esqueci — ela diz. — Mas e se você pudesse aprender a controlar os terremotos? Podia provocá-los quando ficasse um pouco... sei lá...

— Louca?

— Eu ia dizer *emotiva*, mas é bem isso mesmo. E quando seu sangue atinge a pedra nesses momentos, as coisas ficam bem loucas. É como se *sobrecarregasse* a conexão. Mas e se você pudesse comandar os terremotos sem surtar *nem* derramar sangue? Podia vir a calhar, Jane. Quero dizer, você acabou de descarrilar um *trem*. Você é uma arma ambulante.

— É perigoso demais, Violet. Você mesma disse, as pessoas morreram no festival. A culpa foi minha. E quer saber? Parece, sim, que sou parte da rocha, e dói pra caramba. Eu me sinto arrebentando no meio, cada rachadura. Não posso controlar esse tipo de... esse tipo de...

— Poder?

— Sim. Digo, não. Não chamo assim.

— Mas se você praticasse.

— Não — eu digo de novo, com mais força desta vez. — Olha, você diz que eu posso causar os terremotos porque algo aconteceu dentro do Berço. Ótimo. Mas *o que* aconteceu? Nós fomos mesmo até a pedra fundamental? Se o Mar é tão perigoso, por que não nos matou? Meu pai tem essa conexão também? Minha mãe? Ela vai ser capaz de nos contar onde fica a entrada do Berço? Ou que diabos devemos fazer quando entrarmos? Digo, a terceira chave liga algum tipo de máquina antiga?

— Acho que sim — Hickory se intromete. — Mas há um dispositivo infernal lá. Engrenagens gigantes de pedra. Lemes para canalizar o Mar. Vire a chave, puxe algumas alavancas...

— A questão é — eu grito para ele — que é tudo um palpite. Nós não sabemos, Violet. *Eu* não sei. Toda resposta que conseguimos só leva a mais perguntas, e estou cansada disso. Então não, não quero controlar os terremotos. Não quero ter nada a ver com eles. Não. Chega. Nada de me cortar.

— E se dermos com o Espectro que pegou a Elsa? Já pensou nisso? Digo, foi onde ela foi pega, não foi? E se ele ainda estiver lá?

— Eu não...

— E quanto ao fato de que Roth leu a mente de John no trem? Hum? E se Roth viu o hall das cachoeiras? O que fazemos se ele está indo para lá agora mesmo por um caminho diferente? O que fazemos se houver um pelotão inteiro de Cabeças de Couro esperando por nós?

— Não sei!

Grito as palavras tão alto, que isso assusta nós duas. Tanto que nem percebi que já tínhamos entrado num novo corredor, parado de nos mover e que continuávamos abaixadas. Isso não é típico de nós.

Não é como eu e a miniViolet. Claro, podíamos irritar uma a outra, mas nunca discutimos sobre nada sério. Eu e a megaViolet somos um jogo totalmente novo. Ainda estamos tentando definir as regras.

— Sinto muito, Jane, mas a Mansão me trouxe aqui para te ajudar.

— Então vai lá dar umas porradas no Hickory ou sei lá.

— Eu ouvi isso.

— Cala a boca, Hickory. — Eu olho para as botas de Violet. Não posso deixar de desejar que fossem botinhas vermelhas sujas de lama. Botas familiares. — Olha, eu sei que isso é maior do que eu e meus pais. E talvez você esteja certa. Talvez eu tenha mesmo esse... *troço* dentro de mim por algum motivo. Talvez eu precise acioná-lo novamente. Mas se eu fizer isso, vou lidar com eles. Agora preciso ficar focada em encontrar minha mãe, resgatar meu pai e levá-los para casa, o que quer que seja *casa* para nós agora. Pensar em qualquer outra coisa... é coisa demais, mocinha.

Eu me preparo para outra discussão. Violet apenas encara a areia. Eu saio novamente, seguindo os rastros de Hickory, e é quando eu a ouço, baixinho, quase para si mesma.

— Não me chame de mocinha.

PASSANDO APERTO

QUANDO HICKORY DISSE QUE NÃO ERA "LONGE", OBVIAMENTE ELE quis dizer que era *bem, bem longe*, porque juro que estamos andando há horas. A Mansão parece cada vez menos com si mesma a cada dobra. Mais velha, mais bruta, mais como um sistema de cavernas do que qualquer coisa. Uma mina tomada de buracos e fissuras. Enormes pilares de cristais azuis leitosos irrompem de paredes e cruzam corredores, atravessando um esqueleto de Cabeça de Couro aqui e ali. Roupas de couro rasgadas e máscaras de gás se penduram de seus ossos. Nós seguimos em silêncio pela areia. Hickory decifra seus símbolos. Violet morde a língua. Eu penso na minha mãe. Em vê-la, ouvir sua voz, dizer a ela tudo o que aconteceu. Eu me pergunto se tenho os olhos dela. Eu não poderia dizer pelo sonho. Até começo uma lista de perguntas que quero fazer a ela.

1. *Você está bem?*
2. *Consegue me reconhecer?*
3. *Como evitou ser pega todo esse tempo?*
4. *Você causa terremotos quando dá uma surtadinha?*
5. *Posso ganhar um abraço?*
6. *Gosta de coco?*

7. *O que aconteceu depois que foi separada da gente?*
8. *Ainda tem a segunda chave? Por favor, diga que sim.*
9. *Como achamos o Berço?*
10. *Como, exatamente, nos livramos de Roth e salvamos a Mansão?*

Passo mil vezes pela lista e fico bem nervosa de encontrá-la. E se ela não souber quem eu sou? E se não acreditar em mim? E se ela nem estiver lá? E se o Espectro quebrou a mente dela e a matou? E se meu pai entendeu tudo errado e...

Não, eu digo a mim mesma. Ela está viva. Ela vai estar lá. Tem que estar.

Penso nos Criadores também. Será que eu acredito mesmo em tudo o que o pai diz sobre eles? Será que eles enganaram o Deus do Caos e criaram o Mar do Berço, abrindo caminho para a vida em cada mundo? Afinal, ver e acreditar na Mansão não é o suficiente, porque isso só prova o presente, não o passado — que a Mansão existe, não como e por que foi feita.

Como posso acreditar nisso quando tudo o que tenho para seguir são histórias?

Digamos que você encontra um pedaço de pão. Você pode tocar, cheirar, comer, mas o pão em si não te diz nada sobre o padeiro. Alguém te diz que é um velhinho. Mais dez pessoas concordam — cem, mil —, mas e se estiverem mentindo? E se foram enganados e o padeiro na verdade é um jumento absurdamente talentoso? O pai disse que algumas lendas mudam toda vez que são contadas. E se a verdade sobre Po, Aris e Nabu-kai foi transformada numa mentira?

E se a história é toda mentira?

Uma brisa sufocante levanta esses cheiros como ovos podres. A areia negra se aprofunda, transformando halls e corredores inteiros em mares de dunas, tudo isso com um brilho sinistro do cristal. Um dos enormes halls por que passamos está tomado de cristais tão grandes, que parecem com árvores reluzentes. Eles me fazem sentir tão pequena como um grãozinho de areia, mas é uma vista linda de se contemplar, sem dúvida. Alguns dos corredores estão tomados com areia quase até o teto e temos de tirar em braçadas para podermos passar. É um trabalho exaustivo, que não fica mais fácil pelos lustres cheios de cristais semienterrados em nosso caminho, ou os grãos de areia mandados pelo vento, que nos pinicam. Violet arranca faixas de seu manto para colocar sobre nossos narizes e bocas. Nossos olhos são deixados para se virarem sozinhos. Só temos de recuar uma vez quando Hickory faz uma curva errada, mas temos de parar quatro vezes em encruzilhadas enquanto ele anda de um lado para o outro tentando se lembrar do caminho. Os cristais destruíram alguns dos símbolos.

"Chegar lá é a parte fácil uma ova."

— Admita — eu grito, enquanto seguimos por outro corredor —, estamos perdidos.

Ele grita algo de volta que fica perdido no vento uivante, mas imagino que deve ter sido: "Estamos perto", porque logo perdemos todo o vento e somos pegos numa miniavalanche. A areia escorre abaixo de nós e despencamos num quartinho.

Violet cai sobre mim. O tempo nos segura por um momento. Não falamos. Ela respira na minha cara e eu respiro na dela, e é estranho, porque as vespas começam a circular na minha barriga novamente, mas a sensação é diferente, como se elas não tivessem ferrões. Estão apenas zumbindo.

Por que estão zumbindo?

— Desculpe — Violet finalmente diz, saindo de cima de mim tão rápido, que você pensaria que ela aterrissou numa lesma gigante.

É. Ela me odeia.

— Ninguém se mexa — Hickory diz.

Chegamos a uma armadilha enguiçada em pleno ciclo. Enormes lâminas de metal e pêndulos como machados saem do teto, paredes e piso, em várias alturas e comprimentos, todos tomados com espadas e lâminas de cristal rosa. Algumas das lâminas estão entalhadas nesses enormes pilares de cristal branco também, crescendo do piso ao teto.

É um maldito moedor de carne.

— Hickory, juro... você é o pior guia do mundo.

— Estamos exatamente onde precisamos estar — ele diz. — Apenas um pouco mais apertado do que costumava ser. — Pedaços esmagados de Peles de Lata estão espalhados pelo chão, parede e teto. Mal há espaço para rastejarmos. — Só precisamos conseguir passar. Com cuidado.

Violet tira seu rifle do ombro, joga seu manto.

— Pra frente é o único caminho.

O momento desconfortável entre nós aparentemente foi esquecido. Ela toma a dianteira, rastejando e deslizando pela armadilha, passando o rifle primeiro, considerando cada movimento. Eu sigo em seguida e Hickory segue logo depois. É como se estivéssemos seguindo por um jogo gigante de vida ou morte ou de pega-varetas, torcendo e retorcendo, ajudando cada um a passar.

"Pare. Cuidado agora. Olhe o pé. Um pouco para a esquerda."

Violet passou. Estou me apertando por uma cavidade na areia quando Hickory me diz para parar. Minhas costas estão prestes a tocar uma lança de cristal. Ele tira areia debaixo de mim até eu poder passar. Eu faço sinal de positivo para ele. Diabos, eu até o agradeço. Também digo que ele é um otário, só para lembrá-lo de como estão as coisas, e é quando eu bato a cabeça em outro cristal.

— Ai — eu digo. — Oh, oh.

O cristal estala e cresce, deslocando uma lâmina gigante. Eu me abaixo e rolo. A lâmina arrebenta um pilar. O cristal explode. Estilhaços se espalham e incham. Um cadáver de Pele de Lata sai voando e a maldita armadilha toda ganha vida.

— Corre, corre, corre — Violet grita. Como se precisasse nos avisar.

Naturalmente, há muito grito e luta, mas conseguimos. Por pouco. Eu salto por uma fenda alta, evitando por pouco uma lâmina de cristal. Hickory fica abaixado, deslizando por baixo de uma lâmina. Nós chegamos à areia do outro lado ao mesmo tempo. Mas não estamos seguros ainda.

Hickory grita e esfrega a mão no cabelo. Algo está crescendo nas minhas costas, furando como uma centena de agulhas. Eu grito e

Violet salta em mim num piscar, arrancando um pedaço de cristal da minha túnica e dando ela mesma um grito enquanto o troço fura seus dedos. O pedaço está grande como um melão quando atinge a areia. Um tufo de cabelo do Hickory está ao lado, agora enterrado numa bola de cristal branco. Eles ainda estão crescendo. Nós recuamos, tremendo.

Violet balança a cabeça para nós, sugando uma gota de sangue de seu dedo.

— Inacreditável.

— Eu diria que foi muito bem — digo. Minhas costas parecem ter sido raladas num ralador. Por sorte não está sangrando. — Quero dizer, sabe, podia ter sido pior.

Hickory olha feio para mim.

— Chega de erros. As coisas estão ficando traiçoeiras.

Como se tudo pelo que passamos até agora tenha sido sopa no mel.

COMPREENDENDO WINIFRED

— VOCÊ DEVE ESTAR BRINCANDO.

Estamos na beira do maior abismo que eu já vi. Os penhascos são enormes, estendendo-se na escuridão acima de nós, abaixo de nós, ao longe à nossa direita. Arcos abertos pontuam cada face do abismo, tomado por tochas flamejantes. Dúzias de pontezinhas de pedras seguem pelo abismo, altas e baixas. São umas coisas malfeitas e caindo aos pedaços. Muitas já caíram totalmente. Aquela na nossa frente se projeta poucos metros e termina num monte de roxo cintilante. Outros pedaços de cristais lançados ao longe se prendem às pontes e aos abismos ao nosso redor, brilhando como lanternas na escuridão. Mas não há muitos.

A areia preta e os cristais chegaram ao máximo que podem, por enquanto. Esta parte da Mansão pertence a um Outromundo de água.

Estamos alto demais para ver o rio fluindo pela fenda. Até as tochas lá embaixo não são nada além de borrões nublados em laranja. Podemos apenas vislumbrar o portal, à espreita, nas sombras, bem à nossa esquerda, centenas de andares abaixo, mas não mais largo do que uma casa. Está mais marcado ainda do que o portal da neve estava. Milhares de jatos de água escorrem da rocha numa chuva constante, alimentando as ondas não avistadas lá embaixo. As tochas mais próximas da cachoeira se apagam e acendem, numa interminável batalha para ficarem acesas.

— Hickory, como diabos vamos poder descer lá?

— Escalando.

— E você não mencionou isso antes por quê?

— Não teria mudado nada. Você queria o caminho mais rápido para o rio. É este. As paredes são bem rugosas. Cheias de lugares para se agarrar. Os Cabeças de Couro fixaram algumas escadas perto do fim.

— Ele faz um biquinho para mim. — Não me diga que a pequena Doe tem medo de altura?

— Com a altura eu até posso lidar. O que espera pela gente lá embaixo é o que me assusta.

— Não se preocupe — diz Violet. — Caia dessa altura e você morrerá assim que atingir a superfície. Nem vai ter chance de se afogar.

— Ah, que conforto.

—Você sempre pode tentar criar umas escadas de terremoto para nós.

— Vou fingir que não ouvi isso.

Violet dá de ombros.

— Então vamos escalar. Hickory, você primeiro. Nos movemos rápido, ficamos quietos e ficamos de olho nos arcos. Se algum Cabeça de Couro nos vir, seremos alvos fáceis.

Hickory se coloca na beirada. Violet pausa. Morde o lábio por um segundo, abaixa a voz.

— Ei... se lembra quando você teve de subir na casa da frente, da Sra. Jones, porque ela soltou os cachorros em você? E começou a jogar garrafas em você, e eu a parei...

— Tacando fogo nas cortinas da janela da frente da casa dela — eu digo. — Claro. Mas ela jogava pedras. Fiquei com hematomas por semanas. Foi poucos meses atrás, na verdade.

— Ah, é — ela fica olhando pro nada, da forma como as pessoas fazem quando as memórias voltam. — Acho que para você faz esse tempo mesmo. — Ela afasta as lembranças e começa a descer.

— Ei — eu digo, e sua cabeça aparece novamente. — Obrigada por me ajudar lá. Com o cristal nas minhas costas e tal.

Ela sorri de fato. É meio que um sorriso triste, nada como a garota sorridente que eu costumava ver na miniViolet, mas com certeza é mais do que tudo o que ela me deu até agora.

Ela abre e fecha a boca algumas vezes, como se quisesse dizer algo, mas não soubesse como. Tudo o que ela solta é um "Jane" e um "eu", antes que Hickory nos diga para nos apressarmos, o que me mata, porque quando ela começa a escalar novamente eu só consigo pensar: "Jane, eu o quê?"; "Jane, estou com câimbra?"; Jane, sinto muito de ter sido tão mandona?"; "Jane, gosto de você?".

Não, cale a boca, cérebro, é a Violet.

Ainda assim, um "obrigada" e um sorriso. Isso é o que se pode chamar de progresso.

O pai iria surtar se soubesse que eu estou pendurada sobre uma queda de zilhões de metros, mas acontece que sou a melhor escaladora aqui. Não leva muito para eu estar na frente, testando mãos e pés, encontrando o melhor caminho para descer. Escalar descalça dói depois de um tempo, mas pelo menos posso enfiar os dedos dos pés nas fendas. Faço um zigue-zague descendo, de arco a arco, para que possamos descansar nossos braços e pernas. Os primeiros são bloqueados por cristais. Os outros estão desertos.

— Ei, qual é o comprimento desse rio, afinal? — eu pergunto enquanto verificamos os corredores em busca de escadas, cordas, alguma forma de descer. — Onde acha que termina?

Hickory dá de ombros.

— Qual é o comprimento de um pedaço de fita?

— Que fita? Não tenho nenhuma fita.

— Ele quer dizer que não tem ideia do comprimento do rio — diz Violet. — Pessoalmente, eu não acho que tem fim. Pode continuar fluindo para novas partes da Mansão até que o mundo de onde ele veio seque completamente. Ou até encontrarmos uma forma de curar a Mansão, é claro.

— Então está debaixo d'água, certo? A passagem do portal. Do outro lado. De que adianta isso?

— Provavelmente não esteve sempre debaixo d'água — diz Violet.

— Outromundos evoluem. Os rios mudam de curso, o nível do mar aumenta e diminui, as pessoas constroem represas e inundam vales. Mas você está certa. Esse mundo está cortado para nós agora. A não ser que haja outro portal lá.

— Então Bluehaven não é o único lugar com mais de uma entrada para a Mansão?

— Claro que não. Winifred usou dois portais em *A Cruzada de Sallis-Ur*. Alguns mundos podem até ter uns três ou quatro. Tudo é possível.

Encontramos uma escadaria um pouco abaixo no corredor. Hickory diz que, pelo menos, ela deve nos levar a alguns andares abaixo, então Violet assume a dianteira com o rifle a postos. Ela nos diz para falarmos baixo, mas estou gostando de conversar com ela novamente.

— Como ela é? A Winifred, digo.

— Você sabe como ela é.

— Não, não sei não. Só conversamos, tipo, uma hora. Não tivemos muito tempo de falar sobre nossas coisas favoritas. Você já deve conhecê-la muito bem.

— Acho que ninguém conhece realmente a Winifred.

— Vocês nunca conversaram sobre coisas normais?

— Nunca.

— Só treinavam?

— É.

— Mas você leu todos os livros dela...

— Que contam sobre a lenda, não sobre a mulher. A maioria das pessoas fica uma eternidade falando sobre si mesma em suas Crônicas. Como foram incríveis. Como foram veneradas como deuses. Winifred se atém aos fatos. Suas ações e vitórias falam por si só.

— Sabe como ela ganhou as cicatrizes?

— Batalhas, fugas, raspões. Armadilhas e torturas. Não dá para fazer as coisas que ela fez e sair ileso.

— Acha mesmo que ela previu tudo isso?

— Eu te disse. Ela só viu flashes do próprio caminho dela quando tocou no símbolo.

— Tá, mas e se ela estava mentindo?

Violet suspira.

— Você ainda não confia nela, mesmo depois de tudo o que ela fez.

— Bem, tudo o que ela fez não foi exatamente digno de confiança. Quero dizer, ela começou com tudo isso, lembra? Se ela não tivesse me entregado para o Atlas naquele dia...

— Você ainda estaria no porão e Roth continuaria procurando pelo Berço até todos os portais e os Outromundos serem destruídos.

— Não, mas... bem, tá, acho que sim. Mas ela devia ter dito que você viria. — Violet vira o olhar para mim e eu dou de ombros. — Teria sido bom saber, só isso. Eu podia ter esperado em algum lugar por você. Podíamos ter planejado uma fuga boa pro meu pai. Podíamos ter evitado tantas coisas. — Eu aponto o dedo para Hickory. — Tipo conhecer esse cara aí.

— Eu ouvi isso.

— Cala a boca, Hickory — diz Violet. — Tudo acontece por um motivo, Jane.

Eu reviro os olhos.

— Ugh, nem começa. Você soa exatamente como ela.

— Você diz como se isso fosse uma coisa ruim.

— Só estou dizendo que se eu fosse ela eu teria feito as coisas bem diferentes. Eu teria contado tudo, contado tudo a *nós*, desde o começo. Antes mesmo de o festival começar. Ela diz que só viu o caminho dela nos flashes? Ótimo. Mas o caminho dela não segue todo sozinho. O caminho de ninguém. Nossos caminhos cruzam e se chocam, se desenrolam lado a lado. O dela, o meu, o seu, o de Hickory, da mãe e do pai. Isso sem mencionar os caminhos de todos em Bluehaven. Winifred devia ter nos contado exatamente o que estava reservado a nós. Tornaria as coisas mais fáceis para todo mundo.

A escadaria segue. As velas nas paredes piscam enquanto passamos.

— Você faria isso? — Violet pergunta depois de um tempo. Sua voz está tão baixa, que imagino que ela esteja falando consigo mesma, mas então ela levanta a voz. — Você faria as coisas de forma diferente? Digamos que você que tivesse tocado o símbolo sob as catacumbas. Visto flashes de coisas horríveis por vir. Mas depois disso você viu algo belo. Você e John, felizes e saudáveis num novo lar. E se você soubesse desse final, uma visão perfeita que só poderia se tornar real depois de sofrer misérias e provações, você realmente faria as coisas de maneira diferente? Mudaria o caminho que os Criadores criaram e buscaria de cara esse futuro feliz ou deixaria as coisas ruins acontecerem?

Não sei o que dizer. Ela está certa. Eu deixaria as coisas ruins acontecerem. Eu faria o que pudesse para me certificar de que tudo aconteceria assim. Como Winifred fez.

— "Terrível, mas necessário, Jane." Não foi o que ela te disse anos atrás no barraco, quando tudo isso começou? Ela me disse a mesma coisa, várias vezes. Pode não gostar dos métodos dela, mas precisa confiar nela. Mesmo que ela tenha visto mais do que tenha dito, precisa acreditar que há um motivo para tudo isso.

Que droga ser um fantoche. Agora é minha hora de suspirar.

— Ela realmente disse que viu um final feliz?

— Não — Violet diz. — Mas prefiro acreditar que ela viu. Por que ela iria se sacrificar tanto? Por que ela ainda teria fé nos Criadores? Tanta fé em você?

Uma pergunta surge em minha mente. Violet salta para a escada antes que eu possa segurá-la.

— Você tem fé em mim?

Violet me deixa no vácuo até chegarmos ao fim das escadas e seguirmos de volta ao abismo.

— Sim — ela diz, mas é impossível não ouvir o "acho" silencioso no final da frase, preso à resposta como uma sombra.

O RIO

— AÍ ESTÁ — HICKORY DIZ.

Estamos deitados de barriga para baixo agora, ao lado de outra ponte quebrada, e finalmente podemos ver o rio seguindo entre os penhascos lá embaixo. Uma estrutura retorcida está meio oculta nas sombras perto da base do portal, onde chove muito, construída sobre a água, estendendo-se entre dois penhascos, envolta na neblina. O acampamento dos Cabeças de Couro.

Uma rede irregular de plataformas bambas de madeira e escadas, presas à rocha, sobe pelos penhascos de cada lado, conectando os arcos como um labirinto vertical.

— Viu? Celas à esquerda. Alojamentos no meio. A doca fica à direita — Hickory aponta.

Conto cinco barquinhos presos ao cais.

— O lugar parece deserto — eu digo.

— Pode ser hora da patrulha — Hickory explica. — Ou do cochilo. De toda forma, haverá guardas.

Ele assume a frente novamente, escalando a primeira das plataformas de madeiras um pouco abaixo. São poucas tábuas, fixas à pedra com pregos de metal enferrujado e corda puída. Pegamos cada plataforma um de cada vez. Elas rangem, grunhem e estalam.

— Cuidado — Hickory diz. — Às vezes eles posicionam Cabeças de Couro por aqui.

— Como você sabe tanto sobre este lugar mesmo? — Violet pergunta.

— Um segundo esconderijo meu costumava ser logo ali. — Hickory aponta para um bando de arcos à frente no abismo. — Lugar pequeno, bem modesto. Bem antes de o rio vir. Imaginei que se eu estivesse aqui poderia ficar de olho em todas as pontes. Uma chance melhor de avistar alguém. Daí veio Roth e seu exército. Eu sabia que eles não prestavam. Eu os evitei por um tempão. O portão apodreceu. A água veio. — Ele se mantém bem agarrado na parede com uma mão, levanta a camisa com a outra, revelando uma cicatriz particularmente feia do lado. — Daí me encontraram.

— Atiraram em você? — pergunto.

Hickory assente.

— Foi uma bela perseguição. Mas não dava para eu correr para sempre. Eles me arrastaram aqui para baixo. Me torturaram. Me mantiveram por um tempo até me levar para o covil do Roth.

— E sua vida de caçador de recompensas começou.

— Olha, não foi uma *escolha* — ele começa a dizer, mas então a corda presa em sua plataforma se parte. Ele consegue se agarrar no penhasco bem a tempo quando as tábuas se soltam e mergulham no rio, batendo em outras plataformas na queda.

Nós congelamos, com olhos na estação distante. Cada janela escura, cada porta aberta. Jaulas e arame farpado. Ainda assim, não há um Cabeça de Couro à vista.

— Eles teriam ouvido isso — eu digo. — Com certeza.

— Continue escalando — Violet diz. — E chega de conversa. Algo está errado aqui.

Quando chegamos embaixo, meus braços e pernas parecem geleia. Minhas mãos e dedos dos pés parecem garras de caranguejo destroçadas. Estamos a cerca de cinquenta metros de uma estação numa plataforma mais larga e firme que fica a poucos centímetros acima do rio. Os outros respiram aliviados. Eu nem tanto. A água é negra como tinta, borbulhando sob as tábuas.

Nós nos abaixamos atrás de alguns barris na plataforma e Violet começa a fazer todos esses sinais com a mão. Dedos apontando, girando, caminhando no ar. Quando termina, ela espera por uma resposta dos dedos, mas eu e Hickory não fazemos ideia do que ela disse.

— Como é?

Violet faz uma careta, leva um dedo aos lábios. É inútil mesmo, porque mesmo que houvesse Cabeças de Couro aqui, eles nunca ouviriam nossas vozes embaixo da chuva do portal, especialmente dessa distância. Ela começa novamente com os sinais, mas desiste depois de três movimentos.

— Esquece. Vocês dois fiquem aqui. Não se mexam até eu dar sinal de que está tudo limpo. — Ela rasteja pelas tábuas, se aproximando cada vez mais das jaulas vazias ao lado do acampamento, para dentro da neblina. Pergunto a Hickory se ele acha que é uma emboscada.

— Não é realmente o estilo deles — ele diz. — Mas eu já me enganei antes.

Violet entra no barracão principal de dois andares e desaparece.

Nós esperamos, esperamos, com o rio borbulhando abaixo de nós. Hickory bate os dedos no barril, remexe os lábios e suspira.

Não aguento mais.

— Vamos. Eu vou ajudá-la, e se quiser se certificar de que a chave não caia em mãos erradas, é melhor que venha também.

Hickory tenta me agarrar, mas dou a ele a manobra de peixe molhado e escorrego entre os barris. Ele me xinga, mas segue. Eu me aperto na parede, o mais longe da água que posso. Nós entramos na neblina, passando por jaulas vazias, com a pele úmida, coberta de gotinhas do borrifo d'água. Está tudo escuro e deserto dentro do barracão principal. Barris, caixotes, bancos virados. Metade de uma escada quebrada está pendurada de um buraco no teto, levando ao segundo andar. Há meia dúzia de Cabeças de Couro mortos aqui também. Sacos de ossos caídos, todos eles.

— O que aconteceu aqui? — eu quase grito sobre o jorro do portal gotejante.

— Não faço ideia — diz Hickory. — Mas deve ter acontecido há muito tempo. — Ele pega uma máscara de gás pelo tubo. Um crânio corroído vem ao chão. Ele mal olha, corre os dedos pelo pescoço da máscara.

— Foi arrancada direitinho.

— Pelo quê? — Eu vejo uma mão cortada num canto. Um pedaço de osso saindo de uma luva de couro. Dou um passo mais próximo de Hickory. — Espectros não podem fazer isso, certo?

— Acho que não.

— Então quem fez?

Ele joga a máscara de lado.

— Melhor não descobrirmos.

Violet está no outro cômodo, agachada sobre uma pilha de roupas ou sei lá, num cantinho. Há marcas de garras na parede. Água pinga do teto. Ela se vira, apontando o rifle.

Minhas mãos se erguem.

— Ei, ei, somos nós.

— Vocês tinham que esperar por um sinal.

— Não era certo mandar você sozinha aqui — Hickory diz. — Tive de arrastar Jane.

— *Quê?* Isso não é verdade, seu mentiroso da...

— Não importa — Violet diz. — Dê uma olhada nisso.

Não são roupas no canto. É um monte encharcado de...

— Pele — Violet diz. Ela cutuca um pedaço com seu rifle e o levanta. O troço é rosado, translúcido. — Algo deixou isso para trás. Uma criatura do que, um metro e meio de comprimento? Um e oitenta? Acho que esses pedaços — ela balança uma das mangas jogadas — são braços ou pernas.

— Acha que matou todos os Cabeças de Couro? — eu pergunto.

— Talvez — Hickory diz. — Ou matou alguns e mandou os outros embora.

— Essas franjas aqui podem ser guelras — Violet diz.

— Quer dizer que veio da água? Pelo portal?

— Os buracos são grandes o suficiente para um ovo de peixe — Violet diz.

— Ou um girino.

Um barulho lá fora me dá arrepios. Um gorjeio de pássaro e um coaxar de sapo misturados, seguido por um barulho de água.

— Certooo — eu digo. — Acho que nos fez um favor, limpando esse lugar e tudo, mas não vamos ficar aqui para agradecer. Violet, por favor, solte esse troço, é nojento. — A pele faz um som molhado quando vem ao chão. — Você verificou os barcos?

Violet acena para a porta levando à doca.

— Por aqui. Está limpo. Primeiro, acho que precisamos de disfarces. Pode nos dar um tempo precioso se formos avistados.

Voltamos ao primeiro cômodo, reviramos as roupas dos Cabeças de Couro. Não leva muito para nos vestirmos nesses trapos fedorentos, por mais que não caibam direito. Nós os jogamos sobre nossas roupas e pele e nos ajudamos a prendê-los. Deixamos de lado as luvas porque são grandes demais, com poucos dedos, mas pegamos uma máscara de gás cada um. Eu me certifico de que há um buraco no couro da minha cintura para eu poder tirar a chave do bolso.

— Brilhante — eu digo quando terminamos. — Não parecemos nada com eles.

— Acredite ou não, não é a primeira vez que tento isso — Hickory diz. — Longa história. Não terminou bem. — Ele balança a cabeça. — Somos baixos demais, para começar.

— Deve haver Cabeças de Couro crianças por aí — Violet diz. — Talvez achem que somos moleques.

— Tecnicamente, nós somos moleques — eu digo.

Hickory flexiona os braços.

— Fale por você.

Nós saímos para a doca, na chuveirada. Examinamos o rio. A barra está limpa. Nenhum vilão. Nenhuma criatura rosada. Nada além da água negra correndo.

Hickory e Violet decidem que o barco no lado mais distante da doca é o melhor, onde a água está levemente mais calma. O motor está todo destruído, como os outros, mas as laterais não estão tão furadas. Eles vão para ele como se fosse um grande achado, mas para mim parece um caixão de metal. Só conseguimos encontrar um remo, então Hickory arranca uma tábua da doca para usarmos.

Violet solta o barco e o segura. Eu dou um passo atrás. Por mais que o barracão seja sinistro, sair deste lugar de barco de repente parece uma péssima ideia.

— E se eu cair?

— Eu salto para te pegar — Violet diz.

— E se todos nós cairmos? E formos sugados por um desses redemoinhos?

— Daí nós seguramos o fôlego e torcemos pelo melhor.

— Mas e se formos sugados por uma escadaria bem longa ou corredor e...

— Venha logo — Hickory diz. — Quer encontrar sua mãe ou não?

Diabos. Ele está certo. Odeio que ele esteja certo, mas está.

Há três assentos no caixão flutuante. Bancos na frente, no meio e atrás. Eu me coloco no meio, as mãos agarradas de cada lado, máscara de gás no meu colo. Hickory segura o barco enquanto Violet toma a frente. O barco balança e sacode. Eu fecho bem os olhos e finjo que estou sentada numa cadeira de balanço. Lá no porão dos Hollow. Qualquer lugar em terra firme.

— Me diga quando estivermos prestes a sair — eu digo, com olhos ainda bem fechados.

— Jane — Violet diz depois de um tempo. — Olhe para mim.

— Não consigo.

— Por que não?

— Estou ocupada.

Uma onda de água gelada molha as minhas costas. Eu grito e me viro, pronta para socar Hickory, e vejo a estação dos Cabeças de Couro diminuindo ao longe. A corrente já está nos levando pelo abismo, por baixo de pontes e corredores, com os pontos de cristais coloridos brilhando como estrelas bem acima. Hickory sorri para mim.

— Agora — diz ele —, vamos encontrar aquela chave.

VAGANDO

O ABISMO SE ABRIU EM TRÊS CORREDORES LÁ ATRÁS. EU ESCOLHI O do meio, mais por um pressentimento do que qualquer coisa. Nós seguimos em silêncio sob um teto em cúpula, passando entre lustres pendurados pouco acima. O reflexo das velas ondula quando passamos. Pingos e gotas ecoam dos arcos ao redor, todos negros. Violet conduz quando precisamos, mas a corrente faz a maior parte do trabalho, rápida e constante.

Hickory está dormindo agora, aninhado abaixo do motor quebrado. Estou começando a achar que ele fez o rio parecer mais perigoso do que é só para que o trouxéssemos junto. Aparentemente temos umas boas horas até chegarmos à próxima estação dos Cabeças de Couro.

Fico com os olhos bem abertos para qualquer coisa que me pareça familiar, algo que eu possa ter visto em meus sonhos. Nada se sobressai. Eu faço ajustes em minha roupa, que está apertada e pegajosa em todos os lugares. Experimento a máscara de gás. Não é de surpreender que tenha um cheiro horrível. Nós vagamos pelo rio e eu decido começar outra conversa com Violet. Em parte, para ficar calma, mas também porque ela me pega encarando-a duas vezes, e não dá para elogiar tanto o talento de uma pessoa no remo. Eu pergunto a ela sobre Bluehaven, e ela parece feliz em responder. Não, ela não usa botinhas vermelhas há anos. Não, não houve outro Lamento da Mansão desde que eu fui embora, mas Atlas provavelmente faz o seu próprio para comemorar a ocasião. Sim, todos os pescadores ainda me odeiam, e Eric Junior provavelmente é ainda um idiota.

Falando em idiotas, também pergunto a ela sobre Roth, porque andei pensando.

— Deve haver uma forma de matá-lo, certo? Todo mundo diz que ele é imortal, mas *algo* o machuca. Ou *alguém*. Ele não é exatamente um modelo de saúde, sabe?

— Não sei, Jane — Violet diz, segurando um bocejo.

— Aposto que minha mãe sabe. Todo esse tempo aqui? Ela vai poder nos ajudar, com certeza. Quer ouvir as perguntas que tenho para ela? Eu fechei em dez.

Só chego até a quinta antes de Violet me interromper.

— Acha mesmo que ela vai estar lá?

— É — eu digo —, acho mesmo que ela vai estar.

Violet mergulha o remo na água. Nós desviamos de outro lustre.

— Sinto muito dizer isso, Jane, mas... eu acho que não. E também não estou convencida de que a chave vai estar lá.

— Por quê? E aquilo de "tudo acontece por um motivo"? Você acha que a Mansão fez o quê? Me levou numa excursão pelo rio só por diversão?

— Não disse que não acredito que haja um motivo para isso. Só não quero que você alimente esperanças da Elsa estar lá, só isso. Ela sumiu há muito tempo, e este é um lugar perigoso.

— Ela não *sumiu*. Além disso, Hickory conseguiu sobreviver aqui.

— Juntando-se aos malvados — Violet deu de ombros. — Tipo isso.

— Ah, então você acha que minha mãe é uma caçadora de recompensas agora?

— Não, Jane. — Ela coloca o remo no colo, vira o rosto para mim. — Tá, você disse que viu algumas estátuas, que desceu o rio em corredeiras, cruzando lagos e descendo uma grande cachoeira, e depois tudo ficou escuro.

— É. E daí?

— Daí que você morre de medo d'água. E se tudo ficou preto porque você ficou assustada e acordou antes de ver exatamente o que devia ver? E se você só viu o *começo* do caminho? E não se esqueça do Espectro. Elsa foi pega. Você precisa se preparar caso... bem, caso...

— Ela não está morta, Violet. Eu sei. Ela vai estar lá, e a chave vai estar também.

Violet vira novamente as costas para mim. Acho que é isso, fim do jogo, nunca mais vamos conversar, mas então ela vira a cabeça e diz.

— A gente não discutia tanto assim, né?

— Não muito. Quero dizer, teve uma vez que você tacou fogo nos meus lençóis. Foi uma forma bem engraçada de me acordar.

Violet ri.

— Eu tinha me esquecido disso. Bem, você vai ficar feliz de saber que esses impulsos estão sob controle agora graças a Winifred.

— Ai, não. O que você fez?

— Nada.

— Vai, me conta. O que aconteceu? Deixa eu adivinhar. Tacou fogo no escritório dela? Naquele armário de armas que ela tinha lá. Ou... espera, você não tacou fogo na Grande Biblioteca, tacou?

— Não — Violet quase grita, como se fosse a coisa mais ofensiva que eu poderia ter dito. Então ela pigarreia e diz. — Tá, foi, mas foi um incêndio pequeno.

— Por que diabos você tacaria fogo na biblioteca?

— Foi sem querer. Tá, não foi, mas... foi um ano depois que você foi embora. Estávamos pesquisando, e é sempre tão escuro lá embaixo, então pensei em prender umas tochas juntas e fazer uma luz *grandona*, só para que pudéssemos ler melhor, claro.

— Claro.

— Daí as tochas meio que...

— Explodiram?

— Certo. Acho que pus um pouco de óleo demais nelas.

— Por acidente.

— Sim. Por acidente. Foi mesmo acidente. Eu não me queimei, mas os livros ao meu redor não tiveram tanta sorte. Winifred veio correndo, apagou o fogo com o manto e ficou tudo bem. Quer dizer, não *bem*. Ela me castigou. Cinquenta voltas correndo pela biblioteca. É um lugar grande, lembre-se, e eu só tinha 9 anos na época. Eu não pude tocar nada com uma chama por um ano inteiro.

— Uau. Então todas as velas e tochas aqui devem estar mexendo com sua cabeça, né? Apagando e acendendo ao seu redor. Fogo mágico. É um sonho para uma piromaníaca, certo?

— Não sou piromaníaca — ela diz, um pouco enfática demais. — Estou bem. Completamente curada. Nada com que se preocupar. — Ela se vira novamente, joga o remo no meu colo. — Toma.

Ai, merda.

— Quer que eu reme?

— É fácil, Jane. Se formos muito para a direita, você rema na direita. Se formos muito para a esquerda, você rema na esquerda. A corrente vai cuidar do resto. Você consegue.

— Tá, sem problema. — Grandes problemas. Muitos problemas. Eu não confiaria em mim com um barquinho de brinquedo numa banheira. — Vou remar esse barco. Pelo rio negro sinistro. E não vou nos afundar.

— Dá um grito se tiver algum problema. Eu não durmo há dias. Preciso descansar.

Violet se enfia no espaço na frente do barco, se enrola como um gato. Eu agarro o remo e me endireito. Posso fazer isso. Preciso fazer isso. Ela cuidou de mim quando apaguei no trem.

— Tá — eu cochicho. — Olhos para a frente. Em sintonia com o remo. Pequenos manejos, esquerda e direita. Deixe a corrente fazer o trabalho, Jane Doe. Capitã Doe. Reme, reme, reme seu barco, descendo o...

— Está bem aí, *capitã*? — Hickory diz atrás de mim, e eu quase mijo nas calças.

— Droga, Hickory. Estou bem. Ótima. Está tudo... merda, o que foi isso?

— Acalme-se. Eu só voltei para o meu banco.

— Estou calma. Completamente calma.

Hickory suspira. Enfia seu remo improvisado na água.

— Se você diz.

O rio flui, a Mansão passa. Todos esses arcos vazios levando sabe-se lá aonde, escondendo sabe-se lá o quê. Violet não se mexe. A pobrezinha já está dormindo profundamente.

— Acho fofo, por sinal — Hickory quase cochicha depois de um tempo.

— O quê?

— Você e a Violet.

— Eu e... espera, você estava escutando nossa conversa?

— Estamos num barquinho de nada. É difícil não ouvir. Mas acho bem legal. Você é menina, ela é menina...

— E você é um idiota.

— Ei, não desconta sua frustração em mim. Se você está a fim dela, apenas...

— Eu não estou *a fim* dela. — Verifico se Violet ainda está dormindo. Graças aos Criadores ela está. — Não é bem assim. É Violet, pelamor. Não penso nela desse jeito.

— Então por que você disse que ela era linda?

— Quê? Eu nunca disse... — Ai, eu disse, sim, que ela era linda. Na jaula do caçador de recompensas. Já tinha esquecido. — Mas. Mas ela tinha aquele lenço. Eu não sabia...

— Não se preocupe. É melhor ser direto com essas coisas.

— Olha — eu aperto os punhos, abaixo a voz —, cale a boca e reme.

Passamos por outro lustre e por um minuto eu considero enfiar minha cara numa vela. Não acredito que eu disse a Violet que ela era linda. Quero dizer, é a *Violet*. Mas espera, não. Talvez ela não tenha ouvido. Estava barulhento na jaula, certo? As rodas rangendo e tudo? Talvez ela tenha achado que eu disse *berlinda*. Tipo "nossa, você está na berlinda". Sim. Vai ser o que vou dizer a ela se ela algum dia mencionar isso.

— Acho que você está certa, por sinal — Hickory diz. — Sobre sua mãe. Ela vai estar lá.

— É, bem, você não vai chegar nem perto dela. Regra nova. Você precisa ficar a cinco metros de distância dela, sempre. Na verdade, nem pode olhar para ela. Ou para a segunda chave. E logo que a encontrarmos você cai fora, colega. Banido do grupo.

— Banido do grupo?

— É. Banido. Não vamos mais precisar de você. Minha mãe pode nos levar à entrada do Berço. *Ela* pode nos ajudar a abri-lo. *Ela* pode nos ajudar a cruzar o Mar para a pedra fundamental no centro, e, quando chegarmos lá, a terceira chave será nossa, não sua. Você já perdeu.

Posso ver que Hickory está me observando. Sinto seu olhar gelado atrás da minha cabeça.

— Você está errado sobre mim, sabe — diz ele.

— Ah, então você *não* é um idiota mentiroso e manipulador? Você *não* quis sequestrar um bando de gente e levá-las ao covil do Roth? Por sinal, quantos morreram por sua causa, você sabe? Tem uma estimativa, hein?

Isso cala a boca dele. Eu olho para trás, esperando outro olhar fulminante, mas ele está olhando para a água, perdido nas luzes de velas refletidas. Ele até parece triste e sinto como se eu visse o verdadeiro Hickory novamente. O Hickory que não via desde o barraco, quando eu contei a ele sobre minha vida em Bluehaven. Sem mentiras. Sem respostas atravessadas. Só um carinha cansado, partido, solitário.

— Então como? — pergunto. — Como estou errada em relação a você?

Ele sai de seu sonho, balança a cabeça.

— Esquece.

— Não — eu digo. — Quero ouvir. Digo, deve ser exaustivo, Hickory, manter toda essa coisa de Rapaz Misterioso. Me diz. Qual é o grande segredo?

Mas eu o perdi novamente. Ele apenas rema, aqui, mas distante, de olhos vidrados num olhar de milhares de metros. Eu espero. E espero. Então deixo de lado, cansada demais desses joguinhos. Nós remamos juntos em silêncio. O tempo passa tão rápido e seguro quanto a correnteza. Violet dorme.

Então, depois de sabe-se lá quanto tempo, Hickory começa a cantarolar algo. Suave. Triste. Algo familiar. Acho que ele nem sabe o que está fazendo. Sei que ele vai parar se eu me virar, então me sinto firme, continuo remando, tentando descobrir onde eu poderia ter escutado essa música antes. E me ocorre. De repente estou passando novamente pela floresta de folhas vermelhas com Hickory ao meu lado. Estou cantando "A Música do Cocô", ainda não consigo acreditar que o pai odeia minha voz, mas o que ele entende de música, afinal? E Hickory canta sobre uma menina. Uma menina chamada... como era? Willow? Não, alguma coisa com F. Fi... Fo... Fa...

Farrow.

Eu paro de remar. Hickory para de cantar. Talvez ele pense que vou voltar pra cima dele. Eu penso em perguntar sobre a música, sobre a menina. Quem é ela? Quem *era* ela? Um amor de infância de Bluehaven? Namorada? Obviamente ele não se esqueceu de *todos* os rostos de sua antiga vida, a não ser que ele só se lembre do nome. Estou prestes a me virar, chamá-lo, dizer-lhe que eu sei algo que ele não quer que eu saiba...

Mas perco minha chance.

O barco vira uma curva e acelera por corredeiras. O corredor é bem mais largo agora e camarotes tomam as paredes, escorrendo água. Passamos sob uma corda pendurada sobre o rio. Há uma massa escura presa nas cordas.

Um Cabeça de Couro morto, pego como um inseto numa rede.

— A próxima estação está chegando — Hickory diz.

Voamos por um arco e eu as vejo, erguidas de cada lado do rio acima. Duas estátuas semissubmersas com suas espadas empunhadas acima da água, com as pontas se tocando.

Estátuas do meu sonho.

— É aqui — eu digo. — Eu vi isso. Isso é o que a Mansão me mostrou.

O corredor à frente se bifurca em três passagens menores. Eu sacudo Violet. Ela se senta, alarmada.

— O que há de errado? Já chegamos?

— Sim — eu digo. "Não olhe para ela, idiota, você disse que ela era linda." — Hum, melhor pegar isso. — Passo a ela o remo.

— Precisamos ir para a esquerda. É melhor nos segurarmos firme.

BUFÊ LIVRE NO CAIXÃO

ESSE CALDO ONDULANTE. ESSAS ONDAS BATENDO. O RUGIDO DO VENTO e da água. Nós batemos em curvas, raspamos em paredes altas e seguimos corredeiras abaixo; e sempre tem aquele momento sem a força da gravidade, quando o estômago revira, surge um grito e uma queda repentina ao batermos de volta na água, apenas para sermos carregados velozmente de novo. Estou morrendo de medo, claro, mas também focada. O caminho para o hall de cachoeiras se abrindo tão claro na minha mente é como se eu estivesse de volta a um sonho.

Sei exatamente onde temos de ir.

Grito indicações, guiada pela intuição tanto quanto pela memória. Vire à direita. Esquerda. Bem em frente, tranquilo. Só temos uma chance para isso. Se virarmos errado, não tem como voltar.

As cachoeiras dos camarotes nos encharcam. Nós nos abaixamos sob colunas tortas e deslizamos ao redor de estátuas quebradas. De cabeças de pedra como rochas. De mãos gigantes saindo d'água. Caímos num lago, e é exatamente como eu me lembro. Um teto não avistável. Pilares desaparecendo na escuridão. Um rugido distante, como um ralo gigante. Há um redemoinho aqui.

— À direita — eu grito. — Direita, direita, direita.

A água está revolta. O redemoinho tenta nos sugar, mas Hickory e Violet conseguem desviar. Nós pegamos uma nova corrente e chegamos rapidamente à ponta mais distante do lago.

— Por aqui — eu aponto. — Passando pelo terceiro arco.

E voltamos às correntezas dos corredores. Estamos chegando perto, posso sentir.

— Esquerda, esquerda — eu grito —, estamos quase chegando. — Mas assim que a palavra sai da minha boca, nós acertamos uma cabeça de pedra. O barco dá uma guinada. Nós giramos, perdemos a virada e seguimos para a direita.

— Segurem-se — Violet grita.

Nós flutuamos por outra cachoeira e acertamos as correntezas novamente dois segundos depois. A força me joga para trás. Eu aterrisso no Hickory, mas Hickory não está lá.

Olho para trás. Ele está pendurado num lustre sobre as cataratas, deve ter sido jogado quando fomos arremessados. Posso ouvi-lo gritar "Esperem!" em meio ao barulho d'água, mas então fazemos uma curva e ele some.

— Abaixe-se! — Violet grita.

Um arco baixo. Nós entramos na escuridão. O barco sai debaixo de nós. Seguramos firme, girando, descendo, batendo e raspando numa parede. É uma escadaria em espiral. Saímos do fundo como uma rolha de uma garrafa e deslizamos pela superfície como uma pedrinha jogada. Trêmulas, encharcadas, buscando ar.

Esse novo corredor é mais largo, iluminado por poucas tochas na parede. A água está mais calma, mas ainda rápida. Chamamos Hickory seguidamente. Examinamos a água escura. Ele não está à vista.

Então notamos as peles flutuando na água. Há mais emaranhado nos castiçais sobre a superfície. Um pouco à frente, a água está densa delas.

— Oh, oh — digo eu. — Isso não é legal.

Violet aponta seu rifle rio abaixo para a parede de escuridão se aproximando. As tochas lá foram arrancadas das paredes ou levadas pela água. — Mantenha seus braços e pernas dentro do barco — ela diz baixinho. — Não faça barulho.

— Mas precisamos voltar de algum jeito e pegar a trilha para...

— *Eu disse para ficar quieta.*

A escuridão nos engole. O rugido da escadaria escorrendo água diminui para um grunhido, e eu me pergunto por que é que sempre que você precisa ficar bem quieta sua respiração fica bem alta.

Uma água espirra na escuridão. Algo bate no barco.

— Eles estão aqui — Violet cochicha.

Outras duas batidas balançam o barco, então ouvimos o suave canto- -coaxar ao nosso redor. Sons molhados e de arranhões também. Gostaria de pensar que estamos seguras enquanto ficarmos no barco, mas a criatura lá da estação trocou de pele em terra firme, o que significa que estamos num caixão aberto. Lanchinhos numa bandeja flutuante. Nós viramos uma curva na escuridão. A corrente nos pega novamente. Um grunhido distante fica mais alto, provavelmente outro conjunto de escadas à frente.

Mas primeiro três pontos de luz. Velas num lustre se aproximando.

Formas emergem. Violet abaixada na frente. Os castiçais sem velas nas paredes. E lá, não muito abaixo, estão as criaturas. Dúzias delas, deslizando pela água ao nosso redor, suas caudas como serpentes. Flutuamos sob o lustre e com o brilho mais forte vêm os detalhes que eu preferia não ver. Guelras. Um brilho rosado. Bolhas inchadas de pele onde deveriam estar os olhos. Vislumbres de dentes, garras e línguas bifurcadas. Anéis de estranhas franjas ao redor dos pescoços. Penas membranosas feitas de pele que se eriçam e chacoalham.

Por que não estão nos atacando? O que estão esperando?

Violet me passa uma tábua — uma arma agora, não um remo —, mas está desajeitada com o rifle. Ela o empunha no último segundo. A tábua bate em seu assento. Não faz tanto ruído, porém mais do que o suficiente. Uma criatura salta da água e nos acerta, o corpo todo, na lateral do barco. Então outra, e outra... Nós balançamos e quase caímos. Eu aperto os olhos e penso: "cadeira de balanço, cadeira de balanço", mas não ajuda em nada. Então o maior estrondo sacode o barco, não de um lado para o outro, como os outros, mas para a frente e para trás, para cima e para baixo. Uma das criaturas saltou no barco. Está sentada bem atrás de mim.

Posso ouvi-la respirando. Fede a leite azedo e peixe podre. Abro os olhos e Violet está me encarando, segurando um dedo nos lábios. Ela aponta para os olhos e balança a cabeça.

"Pode nos ouvir, mas não pode ver."

Ela mira o rifle na criatura atrás de mim. Eu me abaixo, lentamente, enfiando um dedo em cada ouvido, me preparando para a explosão. A cauda da criatura me acerta de lado, serpenteia pela minha barriga. Então a respiração se torna um chiado, um rosnado e eu grito:

— Agora! Atire! — E Violet aperta o gatilho.

A criatura é explodida do barco junto a meus tímpanos, mas não posso me preocupar com isso agora. As criaturas atacam de todos os lados, saltando da água, tentando subir a bordo. Estamos cercadas por um frenesi de rosnados, cantos e coaxares. Caudas batendo e espirrando água. Violet esvazia seu rifle. Eu pego a tábua e começo a girá-la.

Não noto a escada até ser tarde demais.

O barco cai abaixo de mim, puxando meu estômago com ele, mas desta vez eu não estou me segurando. Desta vez eu voo no escuro, prestes a nadar com as criaturas.

O NINHO

CACHOEIRAS EM ESCADAS SÃO AS PIORES, ESPECIALMENTE AS COM VÁrios andares. Estou voando. Acerto a água. Estou voando. Acerto a água. Arrastada, jogada, afundada e jogada novamente. Eu respiro quando posso, mas a respiração é superficial. Água. Ar. Água. Ar. Água. Água. Onde está o ar? A escadaria deve ter acabado.

Estou sendo levada por um corredor inundado.

"Preciso de ar, preciso de ar, preciso..."

Ar. Muito ar. Fui jogada num hall cheio de pilares. Estou voando, virando, caindo, caindo, caindo. Tenho um vislumbre de tochas se acendendo. Plataformas de madeira. Outro lago interno correndo em minha direção. "Onde está o barco? Onde está Violet? Estou ferrada. E sozinha."

Bato forte na superfície, tonta e molhada. Estou afundando, suspensa na escuridão, como no meu sonho, mas há algo diferente nessa água, algo estranho. É densa, como um caldo, e quente. Meus olhos ardem quando eu os abro. Algo agarra meu braço. Eu luto, tento me afastar, mas o aperto é maior. Cinco dedos, não uma garra.

É Violet. Seu braço em volta de meu peito. Posso sentir suas pernas chutando, então eu chuto também, e antes de eu me dar conta estamos jogadas sobre uma plataforma baixa de madeira, tossindo e cuspindo, tirando faixas de gosma de nossos olhos.

Procuro a chave no meu bolso. Ainda lá. Ainda segura.

— Acho que não tem sentido eu falar para você ficar calma — Violet diz ao meu lado.

O píer está tremendo. Estou causando outro terremoto.

— Oh, oh. Agora não...

Preciso ter pensamentos felizes, mas posso ouvir as criaturas ao nosso redor. Rosnados, cantos e coaxares. Estão descendo a cachoeira atrás de nós, se espalhando de um arco perto do teto, de uma galeria no andar de cima que parece seguir por todo o hall. Uma das criaturas aterrissa no casco de nosso barco virado. As outras mergulham na gosma e desaparecem.

Nós nos puxamos para fora d'água, absorvendo a situação. Uma floresta de pilares e píeres. Uma rede de escadas altas e plataformas de madeiras fixas como camarotes em cima de árvores, vários níveis delas, com pontes de cordas conectando-as. Madeira podre. Corda esgarçada. Pedaços de pele. Lustres reluzindo na escuridão acima. Tochas queimando em cada pilar. O hall é enorme, mas posso vislumbrar montes emaranhados de jaulas, barracas e barracões construídos contra a parede mais distante, pairando sobre a galeria. Estamos numa antiga fortaleza de Cabeças de Couro. Outra estação abandonada.

— Hum. — Violet perdeu sua arma. — Alguma ideia brilhante?

— Seguir para a estação — eu digo. — Não ser comida.

Nós corremos. Criaturas saltam do caldo podre, aterrissando no píer à direita e à esquerda; suas peles rosadas de tão pálidas são quase transparentes. Eles avançam ao nosso lado, atrás de nós, caudas duras e pontudas, penas membranosas se ouriçando. Dez criaturas. Vinte. Um grupo inteiro na caçada.

O píer se abre em dois caminhos. Violet pega a esquerda. Quero segui-la, mas uma criatura avança da água e atrás dos meus calcanhares, então vou pra direita. O píer treme. Um dos pilares ao meu lado se parte. Um pedaço de pedra se solta e cai na gosma.

Tenha pensamentos felizes, Jane. *Cocos. Pai. Violet.*

Onde ela está?

O píer balança. Eu salto numa escada e subo o mais rápido que posso. Uma corda se parte. A parte de baixo da escada cai abaixo de mim, mas não para as criaturas. Elas saltam do píer que despenca e escalam os pilares ao redor como gatos numa árvore.

Há uma plataforma acima de mim. Uma ponte de cordas. Eu me viro para lá e corro. A ponte balança abaixo de mim, corrimãos de tecido oscilando como cordas de pular. Encontro um Cabeça de Couro morto há muito tempo, jogado sobre a plataforma do outro lado. Um facão ainda preso em sua mão. Eu solto a arma e corto as cordas atrás de mim até elas se soltarem. A ponte vem abaixo, levando três criaturas consigo.

Mas não estou salva ainda.

As criaturas continuam vindo. Saltando d'água. Correndo pelas outras pontes. Escalando os outros pilares. Fluindo da galeria em arco na parede.

O lugar está tomado.

Eu salto em direção à estação. Balançando o facão, cortando cordas. Quando me encontro encurralada, subo outra escada para o próximo nível. Uma altura vertiginosa. Tenho um vislumbre de Violet lá embaixo, balançando uma tocha, correndo para a estação. Ela está quase lá. A água ao redor dela está tomada de vermelho. Há algo lá embaixo. Algo lá *dentro*.

Três pontes depois, estou na parte final, correndo em direção a uma porta no topo da estação, com criaturas rosnando atrás de mim. Quero correr mais rápido, mas a ponte é muito instável. Estou no meio do caminho quando as cordas estalam.

— Oh, oh.

Eu guardo o facão, chego ao deque e me seguro firme.

A ponte se parte ao meio abaixo de mim e eu me balanço, para baixo, para baixo, para baixo, segurando firme. As criaturas caem. Meus pés quase atingem a gosma vermelha fedida, mas um nó nas cordas impede que a ponte caia mais. Sou jogada para trás, pendurada a centímetros da superfície.

Não é uma gosma.

São ovos.

Milhões deles. Uma massa de desova das criaturas misturada à água, ao redor de toda a estação, subindo as paredes.

Este é o lar das criaturas. Seu ninho.

E nós viemos direto para ele.

— Nada bom — eu murmuro. — Bem nojento.

Violet grita meu nome, já dentro da estação. Eu escalo a ponte caída como uma escada. Um andar, dois andares, três. Busco a plataforma agora. Eu gemo, me puxo para cima...

E dou de cara com um conjunto de dentes rosnando. Uma língua bifurcada. Um anel ouriçado de penas membranosas.

A criatura avança. Eu me jogo de volta e balanço para o lado de baixo da ponte. Algumas criaturas me notam novamente e saltam da gosma de ovos, escalando a escada de cordas. Estou presa. Eu olho ao redor à procura de algo, qualquer coisa que me ajude.

Lá, uma única corda pendurada atrás de mim.

E sobre a estação, um nível abaixo. Segundo andar. Uma janela.

Tudo o que tenho de fazer é saltar e balançar.

A criatura na plataforma bate sua cabeça em tábuas de madeira bem abaixo de mim, batendo os dentes. Eu me jogo para trás, me viro no meio do ar, agarro a corda e balanço, pairando sobre a gosma de ovos e as criaturas nos meus calcanhares. Sinceramente, é incrível.

Perco a janela, é claro. Um cálculo infeliz. Em vez disso, bato na parede de madeira ao lado — Merda! — Passo direto pelo piso. — Droga! — Antes de aterrissar um andar abaixo em cima de uma massa.

Violet está ajoelhada bem à minha frente, esbugalhada e com a boca aberta, pasmada.

— Ei — eu arfo.

— Ei — ela responde. — Hum. Chegou bem na hora. Valeu.

Eu olho meio sem entender para ela e ela olha abaixo de mim.

— Eu estava prestes a virar comida.

Eu aterrissei sobre uma das criaturas. Eu a esmaguei. Quebrei seu pescoço. Dou um grito e saio dela.

— Bom, isso foi... — Sorte. Acidente. Acaso. — Digo, é, foi tudo planejado.

— Claro que foi. — Violet quase sorri.

Uma batida e um coaxar atrás de mim. Os olhos de Violet se esbugalham e eu me viro. Outra criatura parada na porta. Chiando, ouriçada, pronta para atacar. Ela salta no cômodo e BAM! Cai no chão, morta. Meu facão enfiado nas suas costas.

Um segundo depois, Hickory entra no cômodo.

— Feche a porta! Feche a porta!

Violet salta à frente e joga seu peso contra a porta, batendo em duas criaturas em pleno bote.

Eu bloqueio a porta com uma caixa pesada de metal.

As criaturas batem na porta. A madeira racha.

Não vai segurar muito tempo.

Recuando, bufando, ajudo Hickory a ficar de pé.

— Nada mal para um velhinho.

Ele faz uma careta.

— De nada.

Violet arranca o facão das costas da criatura.

— Sigam-me.

Nós seguimos pelo cômodo, sob o buraco com a minha forma no teto, ao redor das pilhas de lixo. — Precisamos chegar à galeria. — Ela encontra uma escada no canto. — Encontrar uma porta e torcer para que os cômodos se movam.

Então começa nossa escalada para o andar de cima. Subindo escadas, abrindo alçapões, fechando-os atrás de nós. Avançando por cômodos e bloqueando portas com barris e caixotes. Nada segura as criaturas por muito tempo. Nós escorregamos em restos de casca de ovos. Avançamos por massas até a altura da cintura. Quando irrompemos para fora da estação na galeria, as criaturas já dobraram de número. Elas rastejam por cima do telhado, ao redor das paredes, chiando com suas línguas.

— Aqui — eu grito, apontando para a porta mais próxima. — *Vamos, vamos, vamos!*

Corremos pela galeria. A porta está trancada, mas minha fiel chavinha resolve isso num piscar. Abro a porta, entro na escuridão além... e meus pés não sentem nada além do ar.

Estou cambaleando numa beirada. Hickory e Violet me puxam de volta bem a tempo. Nós batemos a porta atrás de nós e ficamos contra ela, assistindo pasmados as velas e tochas ganharem vida ao redor de nós, iluminando a escuridão.

Estamos na beira de outra ponte quebrada, a poucos metros de uma queda de trinta metros. Mas não estamos de volta ao abismo. Estamos numa câmara circular alta. E há cachoeiras. Dúzias delas, escorrendo de arcos e camarotes abaixo, ao lado e acima de nós. Algumas caem de alturas tão incríveis, que se tornam apenas camadas de neblina fina quando chegam ao violento redemoinho d'água no fundo.

— É aqui! Encontramos.

O hall das cachoeiras. Chegamos finalmente, mas para onde vamos? Estamos presos. Ilhados. Não há escadas saindo dessa plataforma rachada e escorregadia.

O redemoinho abaixo de nós cospe e gira. A porta treme em nossas costas.

As criaturas não vão desistir.

Eu examino os arcos e busco qualquer sinal da mãe, mas os poucos que não estão soltando água estão vazios. O lugar está deserto. Eu grito sob o rugido d'água. Digo a ela que estamos aqui — que precisamos dela —, que saia. Posso sentir o pânico voltando. A plataforma treme e se esmigalha aos meus pés. O terremoto está começando novamente. Violet grita para mim, me manda parar, mas eu não posso.

— Ela está aqui! Tem de estar!

A porta estremece novamente nas nossas costas. Uma garra parte a madeira entre minha cabeça e a de Hickory.

Ele grita no meu ouvido.

— Precisamos ir. Escale as paredes agora mesmo.

— Não podemos ir — eu grito. — Precisamos *dela*, é o único jeito.

Mais rosnados, gorjeados e coaxares, à nossa direita. Algumas criaturas encontraram outra entrada para o hall. Estão ouriçando suas penas membranosas para nós de outra ponte quebrada. Uma delas salta na parede, começa a rastejar em direção a nós.

Outras seguem.

Mas isso não é o pior.

Algo mais está vindo também.

Lá, bem além das criaturas. Um pontilhado de estranhas luzes brancas, suaves, vivas e frias, brilhando de um arco no topo da câmara, cada vez mais brilhante.

Eu encaro a luz, hipnotizada como uma mariposa pela chama. Seria Roth? Uma tropa de Cabeças de Couro? Mas então me ocorre, como um chute no estômago.

Isso é algo maior. Algo pior.

— Espectro — Hickory diz, se afastando da luz. — Não, não, não...

Quando se pensa que nada pode piorar.

A luz branca fica mais brilhante, tomando o hall. Eu espero que as criaturas se afastem, mas elas não se afastam. Ainda estão vindo para nós, saltando de plataforma a plataforma, escorregando pelas paredes. E por que elas fugiriam? Elas não podem ver a luz. Não têm ideia do que está vindo.

— O que fazemos, Hickory? — Violet grita.

Eu examino os arcos vazios novamente, meu olhar caindo no redemoinho mais uma vez, aquele vazio rodopiante. Sei exatamente o que precisamos fazer. Onde precisamos ir. Por mais que eu odeie, por mais que eu tema, a Mansão já me mostrou o caminho. Violet estava certa. Minha mãe não está aqui. Este não é o fim do caminho.

— Nós saltamos — eu digo.

Pego a mão de Violet. Entrelaço meus dedos nos dela. Agarro a mão de Hickory também, porque ele veio até aqui com a gente.

Talvez ele deva mesmo estar aqui, afinal. Ele concorda. Eu me viro e faço sinal para Violet.

Incrivelmente, em face de tanto perigo, ela sorri, brilhando mais do que o Espectro, me preenchendo de um tipo diferente de luz, quente e viva.

— Te vejo do outro lado, mocinha — ela diz.

E quando a porta atrás de nós se arrebenta, nós saltamos.

O ESPECTRO

CAÍMOS, CAÍMOS, ATINGIMOS A ÁGUA DE MODO TÃO DURO, QUE MEU corpo todo dói. Somos sugados no redemoinho imediatamente, descendo pelo buraco. A força da corrente arranca Violet e Hickory das minhas mãos. Eu bato numa parede e dou cambalhotas, puxada cada vez mais fundo nesse inferno negro. O ruído é ensurdecedor. O terror é absoluto. Isso foi um erro. Não vou sobreviver a isso. Não consigo. "Você vai morrer aqui", digo a mim mesma, "sozinha".

Então minha cabeça bate em algo — uma parede, uma estátua que passa, quem sabe? — e tudo muda.

Eu ainda sinto dor, terror, as ondas me sugando, mas posso *ver*. O pai está aqui, nas águas próximas, como no meu sonho. Eu me estico até ele, chuto. Quero segurá-lo uma última vez. Dizer que eu o amo. Que sinto muito por ter fracassado. Eu moldo as palavras na minha mente e as solto na água. A mãe está aqui também, flutuando nas trevas ao lado dele.

Digo que eu queria que ela estivesse lá. Queria tê-la encontrado. Queria. Queria. Queria.

"Liberte-se." Sua voz vem a mim novamente. Suave, cochichada.

Aquele sinistro grunhido subaquático ecoa ao meu redor. Tentáculos de luz branca prendem em meus tornozelos, minha cintura e me jogam contra a parede.

A força do impacto tira o que resta de ar de meus pulmões.

A mãe e o pai desapareceram. As borbulhas se acalmam. A corrente parou.

O Espectro se ergue diante de mim numa luz ofuscante, bestial. Mudando de forma como um fantasma. Etéreo. Mas só consigo vislumbrar um par de chifres. E quatro pernas. E os tentáculos não são bem tentáculos, mas longos fios de luz saindo de suas laterais, se remexendo com o fluxo d'água. Está me encarando com seus olhos de fogo branco. Olhando para *dentro* de mim, através de mim.

Está prestes a me dar a Pegada. Me prender naquele lugar de pesadelos. Realizar seu dever como protetor da Mansão, um Guardião do Berço de Todos os Mundos.

O Berço.

A chave.

Pulmões queimando. Pego a chave do meu bolso e a estendo. O Espectro grunhe tão alto e profundo, que reverbera pela água, por minha pele, meus ossos, minha própria alma.

Mas ele não me dá a Pegada.

"Se quer salvar a Mansão, nos ajude". Eu solto essas palavras na água, esperando que o Espectro me escute. "Me solte. As criaturas estão vindo. Nos arrume tempo." O Espectro flutua um fio de luz sobre a chave, ao redor da minha mão. Um espasmo toma meus pulmões, minha garganta. Enfio a chave de volta no meu bolso e digo ao Espectro para decidir de uma vez. "Ó de casa. Caso não tenha notado, estou afogando aqui, coleguinha."

O Espectro acena e se retira, desaparece tão rapidamente pelo corredor como se nunca estivesse estado aqui. A escuridão retorna. Os rugidos das bolhas. A corrente me leva novamente e meu corpo todo convulsiona, desesperado por ar. Acho que minha espinha está prestes a se partir.

Então a dor começa a sumir. Os espasmos diminuem. Eu paro de lutar, tomada por uma sensação irresistível de calma. Então isso é que é se afogar? De que eu tinha tanto medo?

MARÉ SOLTA

— ELA ESTÁ MORTA?

— Ela está viva. Vamos, Jane.

— Eles estão vindo. Levante-a. Precisamos ir.

Olhos abertos na garota inclinada sobre mim, limpando minha testa com a mão. Turvo nos cantos novamente, acendendo e apagando. O chão treme debaixo de mim.

Meu terremoto ainda está firme.

— Violet?

— Sim, sou eu, Jane. Não se preocupe, você está segura.

— Não, ela não está — Hickory grita. — Me ajude a limpar esse troço. Violet me ajuda agora.

— Ele está certo. Precisamos ir. Agora mesmo.

Eu me apoio nela. Estamos de pé num camarote. Atrás de nós, um corredor de pó branco batendo em nossos calcanhares. Na frente de nós, um longo corredor iluminado por velas. Áreas de um estranho troço branco esfarelento no chão trêmulo, reluzindo levemente sob a luz de velas. Hickory está mais abaixo, tentando abrir caminho por uma parede de gosma de ovos bloqueando nossa passagem.

— Você me encontrou? — eu murmuro para Violet.

— Hickory te encontrou. Te pescou da água bem a tempo. O que aconteceu? Nós vimos a luz. Você estava na Pegada?

Eu balanço a cabeça.

— Não, eu...

— É sério que vocês vão ficar de historinha agora? — grita Hickory. — Corram!

Nós aumentamos o passo. Violet me deixa na massa trêmula de ovos gelatinosos e escava com Hickory, até os cotovelos. Ele já está semienterrado nesse troço, sem sair do lugar. Tem demais disso. Ele grita para Violet. Ela grita de volta. Não estou bem certa do que eles estão falando, porque minha mente está vagando novamente. Eu olho ao redor das paredes trêmulas da Mansão e as correntezas no corredor abaixo. Torço horrores para que o Espectro esteja nos ajudando, voando pelo hall das cachoeiras, de criatura a criatura, pegando o máximo que puder. Mesmo que esteja, provavelmente não vai conseguir derrubar todos. São muitos.

Precisamos parar as criaturas, mas como?

"Liberte-se."

Era só um sonho — um sonho de um sonho —, mas isso não muda o fato de que eu vi algo, senti algo, ouvi algo real. Meus pais na água. Minha mãe. Acho que ela esteve comigo o tempo todo, falando comigo, me dizendo o que eu tinha de fazer.

É hora.

Eu desenrolo o curativo na minha mão.

— Violet, me dê sua faca.

— Quê? Jane, não pode deter essas coisas com uma faca...

— Sim — eu estendo minha mão —, eu posso.

Ela percebe o que estou dizendo, leva um momento para acreditar. Até Hickory para de cavar a gosma e me encara.

Eu me estendo tão ereta quanto posso.

Violet me passa a faca. Ela está sem palavras, chocada, mas pega uma faixa da minha roupa de Cabeça de Couro e me puxa para perto.

— Dá seu surto — ela diz, e me dá um tapa forte.

Eu não esperava por isso, mas posso usar. A dor na bochecha. O choque. Eu canalizo tudo, me viro e cambaleio de volta em direção à água. Respiro fundo, alimento o frenesi, me preencho ainda mais com tudo o que me assusta, cada pensamento que me deixa louca. O louva-deus e a anta. Atlas, Peg e Eric Junior. O lamento da Mansão. Winifred explodindo o túnel. Armadilhas. Peles de Lata e Cabeças de Couro. Lustres balançando e plantas carnívoras. O campo de prisioneiros. O trem. Os cristais. O rio. As criaturas nadando em nossa direção agora mesmo.

E Roth aprisionando meus pais. Segurando uma faca na barriga da minha mãe. Fazendo os pés do meu pai dançarem. A visão dele. O fedor mortífero. Sua meia-máscara. Aqueles olhos.

Roth. Roth. Roth.

Eu me liberto. Abro a garrafa. Derramo a maré furiosa de terror e raiva. As pedras ao meu redor tremem e racham. O terremoto fica cada vez mais forte, mais alto. Estou quase no camarote agora, e posso ver as criaturas vindo me pegar. Saltando pela água, escalando as paredes.

Agarro a faca o mais firme que posso. Seguro a lâmina no meu ferimento e corto. A dor me atravessa, mas só por um segundo. Desta vez eu a comando, eu a foco, canalizo-a por minha mão.

Fico de joelhos e deslizo. Bato minha mão com sangue na pedra.

E posso sentir. Tudo. Cada garra na parede se aproximando. Cada vibração na rocha enquanto as criaturas nadam pela água. Mas não estou apenas sentindo a pedra, eu *sou* a pedra. Cada bloco. Cada fenda se espalhando de minha mão e seguindo pelo chão sobre o camarote, pelas paredes e o teto. Cada pedaço enorme se libertando e caindo na água. Sou o desmoronamento. O despencar. O fim da linha.

O poder é incrível. Exaustivo. Forço minha fúria pelo corredor e atinjo cada criatura que posso, selando o caminho. Mas o poder é forte demais. Já posso senti-lo escapando de mim. Sinto as rachaduras se espalhando sobre mim, atrás de mim. Violet e Hickory, em direção da nossa única fuga. Água se espalha pelo teto. O corredor acima de nós deve estar inundado, e agora ela está vindo.

Eu grito por ajuda. Tento tirar minha mão da pedra, mas não consigo. Violet e Hickory estão aqui num piscar. Eles me agarram, me levantam, cortam a conexão. Me ajudam a voltar aos ovos. Estamos quase lá quando o teto cede atrás de nós. Ele transborda como uma represa rompida. Pedras caem. Somos jogados em direção à parede de ovos, através dos ovos, todos arrancados. Então atingimos algo. Outra parede. Um beco sem saída. A força da água nos prende na parede e enche o corredor de uma hora para a outra.

Estou me afogando no escuro novamente.

Posso ouvir Hickory e Violet gritando ao meu lado. Sinto os braços e as pernas deles atingindo os meus através do redemoinho de ovos e água. Mas quando acho que estamos terminados, que nada pode nos salvar, sinto outra coisa.

Uma parede de pedras alveolares atrás de nós. Um portal.

Enfio minha mão sangrando nele.

OUTROMUNDO

NÓS CAÍMOS, ESCORREMOS, DESLIZAMOS E GIRAMOS. UM EMARANHA-do de membros. O Sol está tão branco, tão ofuscante. Não consigo abrir os olhos. Estou ciente de que acertei um cotovelo no estômago do Hickory. Ele me dá uma joelhada na cabeça. Acho que Violet está agarrando meu braço e apertando. Há um som de pedras rangendo atrás de nós. O fluxo d'água e ovos diminui. Eu protejo meus olhos e olho para trás bem a tempo de ver a porta de pedra se fechar. O jato d'água se torna um borrifo, um gotejar, então para.

O portal se fechou. Agora é só um matiz de pedra numa pequena rocha. Uma pequena ilha se erguendo do chão de um deserto. Eu vejo, mas não consigo acreditar.

Deserto.

Estamos num maldito deserto.

Eu me viro e tusso. Sinto dor na minha mão esquerda. A brita na ponta de meus dedos. É real. Estamos respirando o ar de um novo mundo. Um ar que tem um gosto antigo. Amargo. Eu me sento e olho os ovos das criaturas espalhados ao nosso redor, os pedaços de pedra escura da Mansão. Além da nossa poça gosmenta, um piso branco se estende até o horizonte, reluzindo tão forte, que dói. De repente o troço branco dentro do último corredor da Mansão faz sentido. Sal. Deveria ter havido um oceano aqui, outrora.

— Foi por pouco — diz Violet.

Está ajoelhada ao meu lado, recuperando o fôlego com o rosto virado para o céu. Por enquanto, o calor é bem-vindo. Logo será insuportável. Hickory já está voltando ao portal e joga todo o peso contra ele. Arranha como um gato preso para fora no frio, seus olhos bem fechados. Aposto que está com medo de todo esse espaço. O Sol e o céu. Ele já quer voltar para dentro da Mansão. Isso é o que acontece quando você passa dois mil anos sem sair.

— Mandou bem — Violet me diz. Seus olhos comprimidos como os meus. — Você está bem?

— Não exatamente. — Tento limpar minha mão sangrenta na poça. Tiro um pedaço de couro da minha perna e enrolo no ferimento. É tudo o que posso fazer por enquanto.

Violet protege os olhos e olha para o horizonte. Seu uniforme de Cabeça de Couro está esfarrapado e se desfazendo como o meu.

— Eu me pergunto onde a gente está — ela diz. — Tem um cheiro bem ruim. — Ela torce o rosto e cheira o braço. Dá de ombros. — Talvez sejam os ovos.

Está tudo errado. Claro, escapamos do rio e das criaturas, mas perdemos nossa chance de encontrar o Berço. Ou vencer Roth e voltar para casa. Esse portal está morto para nós agora. Não há nada do outro lado além de rocha e água.

Pior de tudo, fracassei com meu pai.

— Estraguei tudo. Estamos presos aqui.

Violet me ajuda a levantar.

— Você fez a coisa certa, Jane. Teríamos nos afogado se não fosse por você. Ou teríamos sido comidos vivos. Não se preocupe, vamos descobrir algo.

— Se me disser que tudo acontece por um motivo, Violet, eu vou gritar.

— Mas você sabe que é verdade. — Ela força um sorriso, mas não dura muito tempo. — Sinto muito que Elsa não esteja aqui.

— É — eu digo — eu também. — Me sinto uma idiota, colocando todas as nossas esperanças num sonho. Devemos ter perdido alguma coisa. Saímos da água no corredor errado. A trilha está perdida. O caminho para a segunda chave. O caminho para minha mãe. Mesmo se de alguma forma conseguíssemos encontrar o caminho de volta para a Mansão, nunca iríamos pegá-la, não sem virar picadinho.

Eu tiro a chave do meu bolso, seguro-a firme.

— Ei! — Hickory ainda está aninhado contra o portal, apontando para um fechozinho preso à rocha. Um pedaço de metal do tamanho de um tijolo com um pedaço de corda pendurado. — O que é isso?

— Acalme-se Hickory — Violet diz, mas então eu levanto o olhar e agarro o braço dela.

Uma trilha de fumaça subindo no ar, quase desaparecendo.

Um sinalizador, preparado para ser acionado quando o portal abrisse. Um sinal.

Outra voz ecoa na minha mente. Não a de minha mãe. A de meu pai. "Um mundo desolado. Destruído. Apodrecido. Ele esperava, há muito tempo, o portal se abrir novamente."

Então eu os vejo. Não um sol queimando no céu, mas dois.

— Não, não, não. — Um arrepio toma meus ossos, apesar do calor escaldante. Aquele sabor amargo no ar irrita minha garganta novamente. Um cheiro familiar, eu percebo, similar ao ar que respiramos no trem quando *ele* veio a bordo.

Faço binóculos com as mãos e examino a planície de sal, procurando um campo de morte distante, um exército vindo.

— Precisamos correr. Agora.

De todos os mundos ligados à Mansão, por que ela nos trouxe aqui?

— Ei — Violet agarra meu braço, me impede de virar.

— O que foi?

— Dois sóis — eu digo — e esse cheiro. Não são os ovos.

Eu aponto para o deserto.

— Estamos no mundo de Roth. Viemos por um portal diferente dos meus pais, mas...

— Isso é impossível — Violet diz. — Há um número infinito de mundos conectados à Mansão. As chances de terminar em *Arakaan* são... são...

— Lá — Hickory grita, apontando atrás de nós. — Tem alguém vindo.

Uma mancha no horizonte. Uma pequena nuvem suja se erguendo do chão do deserto. Uma fileira de figuras do tamanho de formigas no calor.

— Cabeças de Couro — eu digo. — A cavalo. Precisamos correr.

Mas não podemos correr. Não podemos nos esconder. E todos nós sabemos.

— Não entre em pânico — Violet diz. — Eles não vão nos matar. Não se mostrarmos a eles a chave. Vão ter de nos levar de volta para Roth. De volta para dentro da Mansão. Então eles... eles vão ter de nos levar para o portal do mar de dunas, certo? Aquele que John e Elsa usaram quando vieram para Arakaan. O que significa que teremos tempo de escapar.

Uma salva de tiros de rifle ecoa pelo deserto. Tiros de aviso. Eu e Violet nos ajoelhamos e encaramos a nuvem que se aproxima com as mãos levantadas. Hickory se ajoelha, apoia as mãos no chão e passa os dedos pelo chão salgado, como se tivesse medo de se soltar e cair no céu.

Conto nove Cabeças de Couro vindo em nossa direção, em formação, nos cercando antes de parar. Os olhos de vidro das máscaras reluzem na luz do Sol. Os cavalos batem seus cascos e mastigam um troço em suas bocas, com olhos esbugalhados e prontos para avançar novamente.

Nós esperamos. E observamos. E esperamos mais um pouco. Tem algo errado. Esses idiotas são pequenos demais para serem Cabeças de Couro. Eles têm cinco dedos, não três. E não estão fazendo o *click*, *clack* com a boca, estão falando. Não entendo a língua deles, mas definitivamente são vozes.

— Humanos — eu murmuro. — Caçadores de recompensas?

— Aqui fora? — Hickory diz. — Eu duvido.

Um deles desmonta. Pisa pela poça direto para o portal. Passa uma mão hesitante sobre a pedra e dá um passo rápido para trás. Os outros conversam entre si e apontam para o Portal, para nós, com seus rifles preparados.

Estão com medo.

O líder se aproxima de nós, fala com a gente, palavras abafadas pela máscara. Hickory e Violet me olham, me colocando no centro de tudo.

— Hum. E aí? Meu nome é Jane. Jane Doe.

Vozes murmuram. Mais dois homens descem dos cavalos e se juntam ao líder.

— E aí? — Violet murmura. — Você começou com um "e aí"?

— O que eu devia dizer? Tá na cara que eles falam outra...

O homem grita com a gente, tira a máscara. É careca. Tem um olho preguiçoso. Gotas de suor escorrem por seu rosto e pescoço. Eu pergunto quem ele é, e então ele nota a chave na minha mão. Ele grita algo para os outros. O pânico se espalha. Eles todos desmontam e se ajoelham. A droga do esquadrão aponta suas armas, pronto para atirar.

— Não, não, não — eu digo. — Está tudo bem. Por favor. Não queremos encrenca.

Mas encontramos. Os homens se juntam e nos forçam de barriga para baixo. O Olho Preguiçoso arranca a chave e prende minhas mãos nas minhas costas enquanto outro cara cuida das minhas pernas. Violet e Hickory são amarrados também. Então o Olho Preguiçoso me puxa de volta ajoelhada e agarra meu cabelo. Ele me força a olhar para alguém que está se aproximando de nós. Alguém mais baixo do que ele, mais magro do que ele. Alguém que balança e cambaleia, parece um pouco mal das pernas.

Das pernas *dela*. É uma mulher, tenho certeza.

O Olho Preguiçoso joga a chave para a mulher. Ela a revira, deixa cair, pega da poça salgada. Inspeciona a chave cuidadosamente, gentilmente, como se fosse uma joia preciosa. Sua respiração acelera, amplificada por sua máscara de águas. Então ela tira a máscara e balança seu louco cabelo grisalho.

— Onde encontrou isso? — ela diz, com a voz trêmula.

O deserto se aperta em mim. Eu mal consigo respirar.

— Mãe?

Ela recua, como se a própria palavra fosse um grande golpe. Ela é muito mais velha do que a mulher que vi em meus sonhos, mas é ela, eu sei. Ela só está... bem... mais enrugada. Nós nunca perdemos seu rastro. A Mansão nos conduziu a ela, afinal. Deve ter nos trazido aqui anos atrás. De volta ao lugar em que Roth nunca pensaria em procurar por chaves num milhão de anos. De volta ao mundo que ele deixou morrendo.

Uma gargalhada cresce dentro de mim e irrompe antes que eu possa segurá-la.

Hickory e Violet nos olham boquiabertos.

— Mãe — eu digo —, tudo bem. Sou eu, Jane. Eu... eu sou sua filha. Viemos...

Ela avança, agarra meu rosto, vira minha cabeça de volta à luz ofuscante do Sol e força meus olhos abertos com dedos como garras. Posso sentir o cheiro de álcool em seu hálito.

— *Você* — ela sussurra. Só agora eu percebo que suas mãos estão trêmulas.

Ela se afasta de mim, grita uma ordem para os homens, e — *pfft! pfft! pfft!* — algo afiado espeta meu pescoço. Eu caio entre Hickory e Violet. O deserto gira e vira um borrado. Vozes ecoam. E a última coisa que eu vejo? Minha querida mãe perdida inclinada sobre mim com uma velha chave de metal manchado, pendurada em uma corrente fina ao redor de seu pescoço, idêntica à minha em todos os aspectos. Com o símbolo do Berço e tudo.

A VERDADE SOBRE JANE

VOLTO A MIM NUMA PILHA DE COBERTORES. CABEÇA GIRANDO, MÃO pulsando, visão borrada, mas clareando. Estou em algum tipo de cabana. Um pequeno domo de tijolos de barro. A luz do fogo dança pelas paredes irregulares de uma tocha acesa ao lado da minha cama. Mesmo assim, há um frio no ar. O pai disse que as noites eram frias em Arakaan, mas isso é ridículo. O sal lá fora poderia ser neve.

Onde eu estou exatamente? Como cheguei aqui?

Eu me lembro do lombo quente de um cavalo contra minha bochecha. Violet, inconsciente, jogada sobre uma égua castanha, trotando ao meu lado. O ombro do Olho Preguiçoso afundando no meu estômago enquanto me carregava em direção a um acampamento, no deserto, de cabanas que parecem um grupo de tartarugas enfiadas em seus cascos. Vi um poço. Hickory sendo arrastado para longe. Um pasto para os cavalos e uma estranha criatura parecida com um bode que berrou quando passamos. Estou bem certa que acenei um olá bêbado para o bicho antes de apagar novamente.

Uma vila minúscula. Podia ser pior, acho. Eu me solto dos cobertores. Giro meus pés descalços no piso e estremeço. A maior parte do meu disfarce de Cabeça de Couro está desfeito e minha túnica com certeza já viu dias melhores. Uma atadura nova foi presa ao redor do corte na minha mão esquerda, presa num lacinho arrumado.

Mãe.

As mechas grisalhas em seu cabelo. As linhas no rosto. Aqueles olhos castanhos, tomados de vermelho, olhando para mim. O seu bafo. Suas mãos trêmulas. O que aconteceu com ela aqui?

Corro meus dedos sobre o calombo em meu pescoço onde senti a picada.

— Maldito dardo — diz uma voz atrás de mim.

A mãe está aqui na cabana, vestida num roupão marrom claro agora, sentada contra a parede, segurando um cantil de couro que claramente não está cheio d'água. A frente do roupão dela está molhado com gotas escuras. Ela dá um gole, segura um arroto.

— Não se preocupe. Não estava envenenado. Só com um leve sedativo.

— Ah — eu digo. *Ah*, como se dardos com sedativos leves fossem perfeitamente aceitáveis.

— Seus amigos estão bem, por sinal. Nós os acordamos uma hora atrás. — A mãe ajusta uma almofada atrás de si. — Tivemos uma boa conversa. Eles nos contaram tudo. Você passou por muita coisa.

— É, eu... acho que passamos. — Eu engulo em seco. — Posso vê-los?

Minha mãe me ignora.

— A chave também está em segurança. Fez bem mantendo-a longe de Roth. Nota 10, estrelinha dourada, tudo isso. — Ela me faz um sinal de joinha. — Show.

Mas ela não parece feliz ou aliviada. Nem um pouco.

Tem algo de errado.

Eu me remexo na cama, tentando endireitar minha túnica. Não tenho certeza do motivo. Minha mãe mal consegue olhar para mim. Seus olhos aguados deslizam para a cama, para o piso, a parede, o teto, a tocha. Ela encara as chamas, perdida no fogo. Eu pigarreio.

— Mãe...

— Não me chame assim — ela diz, um pouco forte demais. — Por favor.

Tá. Vamos aos poucos. Acho que vamos ter de trabalhar nisso.

— Elsa — eu digo. Onde eu começo? O que eu digo?

De repente minhas dez perguntas parecem tão idiotas...

— Obrigada. Por nos salvar. Se você não tivesse vindo...

— Você teria vagado no deserto por dias, como eu tive de fazer.

A mãe grunhe e se levanta, cambaleia para ajustar o cobertor esfarrapado jogado sobre a porta. Algo na nuca dela reluz à luz do fogo. Aquela correntinha. Seu colar. A segunda chave do Berço deve estar enfiada debaixo do roupão.

— Parece que faz uma vida toda — ela diz e dá de ombros. — Creio que faça.

Calma aí, Jane. Precisa seguir com cuidado.

— Há quanto tempo está aqui, Elsa?

— Quarenta e sete anos — diz ela. — Quase meio século rezando, observando, esperando aquele portal abrir novamente. — Ela ri consigo mesmo. — Agora está bloqueado do outro lado, inútil, tudo graças a você.

Ai.

Digo a ela que sinto muito. Que não tive escolha.

— E ainda tem o portal do Roth, certo? — eu acrescento. — No mar de dunas. Por favor, diga que sabe o caminho para lá.

— Nós sabemos o caminho. Partiremos o mais breve possível. Será uma longa jornada, mas vamos conseguir. — Ela olha para seu cantil, dá uma balançada. — Sempre conseguimos.

Quarenta e sete anos. Não consigo imaginar. A raiva, a dor, a frustração, o medo, o isolamento. Posso vê-la indo ao portal todos os dias. Passando sua mão pela pedra, implorando, desejando que abrisse novamente para deixá-la entrar. Talvez ela tenha enfiado as unhas no portal como Hickory, seu caminho para casa tão próximo, e ainda assim impossivelmente longe. Ela só podia esperar.

Esperar e envelhecer nessa paisagem desolada. Não é à toa que ela começou a beber.

— Pegaremos a verdadeira chave no caminho — a mãe diz agora, me pegando de guarda baixa.

— Desculpe, a... o quê?

— Esta — a mãe puxa seu colar, tira, me joga a chave — é falsa. — Eu seguro a vela na luz do fogo, confusa. Mesmo de perto, a chave parece exatamente igual à minha. — É uma isca, Jane. Uma das trezentas chaves falsas forjadas décadas atrás. Espalhadas pelos confins de Arakaan para esconder a localização da *verdadeira* chave, caso Roth voltasse.

— Trezentas? — Diabos. — Bem, pelo menos vocês pensaram bem.

— A verdadeira chave está escondida numa cidade antiga no oeste. — A mãe diz. — Um esconderijo num cânion do qual o povo dessa região fugiu há muito tempo. De lá seguimos para o norte.

— Norte — eu digo. — Tá. Bom. Quero dizer, não é o ideal, mas é um plano. — Eu bufo profundamente, sinto a primeira pontada de esperança bem no fundo. Não estamos mais sozinhos. Depois de todo esse tempo revirando no escuro, temos uma tribo toda junto de nós.
— Preciso dizer, mãe...

Ela estremece com a palavra novamente. Desta vez me irrita.

— Olha, sei que isso é estranho, esquisito e bem, bem difícil para você, mas é para mim também. Crescer sem você foi difícil, eu não sabia quem era você, onde você estava, se estava viva ou morta. Nem sabia seu nome. Era só eu e o pai e...

A mãe faz um som estranho. Não sei dizer se é um soluço ou uma risada. Talvez seja um misto dos dois. Ela apoia uma mão na parede. Balança a cabeça descrente.

— Meu Deus, você não sabe mesmo...

As paredes de argila da cabana parecem se fechar em mim.

— Não sei o quê?

— Não acredito que ele não te contou — a mãe diz. — Ela caminha ao redor da cabana, correndo suas mãos pelo cabelo, fechando os punhos, como se estivesse tentando arrancar o cérebro.

— Ele devia ter te contado tudo. Na primeira chance que tivesse. Ele prometeu.

— Quem, o pai? — eu pergunto. — Minha mãe grunhe. Eu me levanto, dou um passo em direção a ela. — Ele me contou tudo. Não teríamos chegado aqui sem ele, mãe.

— *Eu disse para não me chamar assim!* — ela retruca.

Ficamos em silêncio. Não sei o que dizer, o que fazer. Uma lágrima rola pela bochecha da minha mãe. Seus lábios tremem. Ela parece uma garotinha agora, uma criança ferida.

— Não posso fazer isso — ela diz. — Achei que eu era forte o suficiente, mas... sinto muito.

Ela pigarreia, grita algo naquela língua estrangeira. Momentos depois alguém é empurrado para a cabana. Meu coração se aperta.

É Violet. Ela está vestida num roupão marrom agora. Parece perturbada, até assustada.

— Você está bem? — pergunto a ela. — Eles te machucaram?

— Estou bem — ela diz. — Mas qualquer idiota poderia ver que ela não está. Algo mudou. Ela estremece como a mãe quando eu me estico para tocar a mão dela. Um movimento repentino que ela tenta esconder puxando uma mecha de cabelo para trás da orelha.

A mãe se vira para ela.

— Conte você a ela. É melhor que ela escute de uma amiga.

— Não faça isso — Violet diz. — Por favor.

Mas a mãe a ignora. Finalmente se vira para mim e me olha. Digo, realmente *olha* para mim.

— Eu não pedi nada disso — ela diz e se abaixa lá fora na noite fria.

E, do nada, ela se vai.

— Violet, o que está havendo? Onde está Hickory?

— Não sei — ela encara o cobertor jogado sobre a porta. — Eles o levaram.

— Quê? Para onde? O que fizeram com você? O que disseram?

Violet aponta para a cama.

— Você deveria se sentar.

— Eu acabei de me levantar.

— Por favor, Jane...

— Estou bem onde eu estou, Violet. O que eles contaram a você?

Violet se prepara.

— Eles nos interrogaram. Eu e Hickory. Bateram nele. Bem na minha frente. Eles o torturaram. Disseram que tinham de se certificar de que estávamos *do lado certo*. Então contei tudo a eles. Quem nós somos, de onde viemos, o que estávamos procurando. Tudo o que aconteceu com a gente dentro da Mansão. — Ela balança a cabeça. — Elsa estava bêbada, falando coisas sem sentido. Ficava repetindo: "Ela não sabe", seguidamente. Disse que talvez John não tenha conseguido te contar a verdade por causa de tudo o que você fez por ele. Que talvez ele não quisesse magoá-la.

— Me magoar? Como ele poderia me magoar?

Violet caminha até a tocha, esquenta as mãos nas chamas.

— Você se lembra do que ele disse? De tudo o que ele nos contou sobre como ele e Elsa foram capturados?

— Sim.

— Então você se lembra de que houve um intervalo. Ele nos disse como foi preso. Como Roth foi vê-los quando Elsa estava dando à luz. Como ele não deixou John ajudá-la até ele jurar que iria encontrar o Berço. E ele fez isso. John nos disse que jurou pela vida deles, e o Roth o deixou ajudá-la, mas ele nunca terminou a história. Roth veio a bordo do trem e tudo virou uma zona. Tudo o que sabemos é que seus pais escaparam, encontraram o Berço e soltaram dois dos Espectros. Só que John nunca nos contou sobre o nascimento.

Sim, Jane, você nasceu na Mansão, mas...

— Algo deu errado — eu digo, com uma nova colônia de vespas voando no meu estômago.

Violet confirma, se vira para me encarar.

— Roth o deixou sair um pouco tarde demais. John não conseguiu ajudar Elsa. O filho deles... o bebezinho... — Sua voz treme. Ela limpa uma lágrima.

— Ele morreu.

Eu remexo meus pés, me sentindo fraca dos joelhos. O que ela está dizendo não faz nenhum sentido. Nenhum. Seu cérebro obviamente está alterado pelo dardo mais ou menos venenoso.

— Violet, acho que você precisa descansar. Talvez se deitar um pouco.

— Não preciso me deitar, Jane — ela diz com força agora. — Escute. Eles tiveram um menino, mas ele só sobreviveu por alguns minutos.

— Mais lágrimas escorrem pelas bochechas dela, brilhando na luz do fogo. — Eles fizeram tudo o que podiam para revivê-lo, mas...

— Isso é loucura. O que você está dizendo é... — Não posso ficar parada, não consigo pensar, não consigo respirar. Essa maldita cabana está abafada demais, e parece que diminui a cada segundo. Preciso caminhar, respirar, preciso pensar. Por que ficou tão quente aqui de uma hora para a outra?

— Está me dizendo que... que eu... que meu pai não é meu verdadeiro... Não, isso é loucura. Impossível.

— Roth os manteve na cela por meses depois disso. Os Cabeças de Couro levavam John em patrulhas para encontrar o Berço. Elsa também, quando ela ficou forte o suficiente para caminhar. E estavam progredindo. Descobriram um símbolo do Berço entalhado numa câmara, uma trilha toda disso, mas a trilha sempre se perdia. Roth estava perdendo a paciência. John e Elsa sabiam que o tempo deles estava acabando, e foi quando conseguiram escapar.

— Pare. — A cabana está girando. Eu me sinto doente. Acho que vou desmaiar de novo. — Por favor.

— Eles fugiram pela Mansão. Seguiram os rastros novamente. Mas desta vez eles continuaram. Encontraram duas chaves numa câmara, num tipo de pedestal. Eles as pegaram e a entrada do Berço se revelou. Eles abriram. Entraram. Chegaram à pedra fundamental e... encontraram *você*, Jane. Eles tiraram *você* do Berço.

Sim, Jane, você nasceu na Mansão...

— ... mas não é nossa filha — eu sussurro para mim mesma, caindo lentamente de joelhos.

De repente parece tão óbvio, tão real. De certa forma eu consigo *sentir*. A verdade fria e dura, caindo no meu estômago como um bloco de gelo.

— Isso explica tudo — Violet diz. Gentil e suavemente. — Os terremotos. Seus sonhos. Sua conexão com a Mansão. A razão pela qual Roth quer te pegar.

Lágrimas quentes escorrem pelos meus olhos enquanto eu arranco a faixa envolvida na minha mão. Violet tenta me parar, mas eu sacudo sua mão para longe. O ferimento está vermelho, em carne viva, começando a escorrer novamente. Não é o sangue do homem que sempre chamei de pai ou da mulher que achei que era minha mãe.

O sangue dos Criadores.

— Sou eu — eu digo. — Eu sou a terceira chave.

ESTE NÃO É O FIM

AMARRAS AMARGAS

ELE A ENCONTRA NA PRAÇA PRINCIPAL, PARADA NA BASE DA ESCADA Sagrada, com seu manto carmim batendo suavemente na brisa. Ela está encarando a Mansão escura contra o céu estrelado da noite. Ela diz que ele está atrasado. Geralmente ele protestaria, mas não esta noite. Mesmo sob a luz opaca da Lua, ele consegue ver que ela não está bem. Os ombros caídos.

— Você parece cansada, velha menina.

— Talvez eu esteja — Winifred suspira. — As mentiras podem ser um peso e tanto, Eric, e contei muitas ultimamente. Mantive alguns fatos longe de você, de Violet, de Jane principalmente. — Ela se vira para ele. — Mas chegou a hora de eu contar tudo a você.

Atlas está surpreso, receoso.

— Muito bem. Por que você mandou Doe embora?

— Eu já te contei. Mandei Jane para salvar nosso mundo. Para salvar todos os mundos.

— Salvá-los do quê?

— De um grande mal com o qual já me deparei antes. Um mal que, tenho vergonha de dizer, fracassei em derrotar.

Atlas nunca ouviu Winifred falar assim. Nunca a ouviu falar desse fracasso.

— E acha que uma criança tem mais chances do que você?

— Ah, ela não é uma criança qualquer. É filha dos Criadores, e precisa de nossa ajuda. — Winifred olha mais uma vez para a Mansão. Ela se vira e sai pela praça. — Venha, Eric. Não temos tempo a perder. A guerra está vindo, e há muito o que fazer.

—

FIM DO LIVRO UM

AS CRÔNICAS DE JANE DOE

—
LIVRO DOIS

Perdida numa ilha que morre, Jane finalmente descobriu a verdade sobre seu passado. Agora, um mundo todo de perigos está entre ela e a Mansão. Com uma ajudinha de Violet e Hickory, ela precisa encontrar a coragem de aceitar seu destino e encarar seus medos mais profundos. Porque o tempo está passando: a vida de John está em perigo, a força de Roth sobre a Mansão está aumentando e cada alma de cada mundo está ameaçada em seu equilíbrio. Conseguirá Jane chegar ao Berço a tempo?

Há tempestades de areia. Há escorpiões.

Há novos amigos e perigos.

A aventura continua.

AGRADECIMENTOS

Para começar, tiro meu chapéu para todo mundo na Hardie Grant Egmont por entrar nessa Mansão comigo. Marisa Pintado, você é uma estrela. Luna Soo, Annabel Barker, Kate Brown, Haylee Collins, Ella Meave, Joanna Anderson, Julia Kumschick, Sally Davis, Penelope White, Emma Schwarcz, Jessica Sullivan, o pessoal de vendas, e todo mundo que eu posso ter esquecido (por favor, me perdoem); sua paixão, dedicação e encorajamento fizeram minha cabeça e me motivaram a cada dia. Encontrei meus heróis e não poderia estar mais feliz. Obrigado a todos por tornar meu sonho realidade.

Obrigado também à extraordinária agente Grace Heifetz, em Curtis Brown, Austrália. Tenho tanta sorte de ter uma pessoa tão inteligente, generosa e cuidadosa ao meu lado.

Milhões de abraços e cumprimentos a toda minha família e amigos que me mostraram tanto no passar dos anos. Um salve especial a Brooke Davis, ouvinte número um e luz da minha vida (não somos namorados!); Claire Thompson, confidente e conselheira; Pip Smith, por abrir uma baita porta; Charlie Mah, primeiro leitor adolescente; e Felicity Packard, que acendeu o fogo lá atrás. Obrigado também a Sarah Hart; Mark Russell; Julia Loersch; George Poulakis; Simon Gauci; Steph Lax; Catherine Pye; Holly Ringland; Gabrielle Tozer; Amanda

Bradford; Ollie e Rosie; Juully e Bill Lyons; equipe Oscar & Friends; Indiana Jones; Bailey, o Labrador; e a todos os cachorros bacanas que já conheci.

Mãe, você é mesmo incrível. Obrigado por seu amor e apoio incondicionais. Seguir nessa viagem louca com você foi emocionante. Pai, eu te amo, sinto saudades. Tim e Nic, meus queridos irmãos, obrigado por me aguentarem todos esses anos. Karen, nossa amizade de uma vida inteira representa tudo para mim. Brooke, sim, você recebe um segundo obrigado porque é incrível. E ao meu futuro marido, não sei quem ou onde está você, mas como ousa não estar aqui para isso?

Você me deve um bolo. Muito bolo.

Finalmente, obrigado de coração a todos os contadores de histórias por aí, no passado e no presente, que me entretiveram, emocionaram, consolaram, inspiraram e educaram por toda minha vida. E para você, querido leitor, por mergulhar no mundo de Jane. Espero que tenha se divertido. Te vejo logo mais.

JEREMY

DADOS INTERNACIONAIS DE CATALOGAÇÃO NA PUBLICAÇÃO (CIP)
(Câmara Brasileira do Livro, SP, Brasil)

Lachlan, Jeremy
   Jane Doe e o Berço dos Mundos / Jeremy Lachlan; tradução Santiago Nazarian. São Paulo: Editora Melhoramentos, 2020.

   Título original: Jane Doe and the cradle of all worlds
   ISBN 978-85-06-08334-5

   1. Ficção fantástica. 2. Ficção juvenil I. Título.

20-33391   CDD-028.5

Índice para catálogo sistemático:
1. Ficção: Literatura juvenil 028.5

Maria Alice Ferreira — Bibliotecária — CRB-8/7964

Título original: *Jane Doe and the Cradle of All Worlds*
Copyright do texto © 2018 Jeremy Lachlan
publicado pela primeira vez na Austrália por Hardie Grant Egmont

Direitos de publicação no Brasil:
© 2020 Editora Melhoramentos Ltda.
Todos os direitos reservados

Tradução SANTIAGO NAZARIAN
Ilustração de capa EDUARDO SCHAAL
Projeto gráfico e diagramação OPERÁRIAS (GEOVANA MARTINEZ + KAIO CASSIO)

1ª edição, julho de 2020
ISBN 978-85-06-08334-5

Atendimento ao consumidor:
Caixa Postal 729 – CEP 01031-970
São Paulo – SP – Brasil
Tel.: (11) 3874-0880
www.editoramelhoramentos.com.br
sac@melhoramentos.com.br

Impresso no Brasil